인정빌라

차례

짝	7
끝말잇기	49
분홍 코끼리	93
개와 당신의 이야기	137
아는 사람의 장례식	181
새들도 멀미를 한다	225
대문 없는 집	265
우리에게는 적당한 말이 없어	307
핑퐁	351

작가의 말	387
작품 해설 — 정홍수	390
추천의 글 — 진달래	414

짝

탁구장에 다녀온 사이 거실 풍경이 달라져 있었다. 나를 제외한 가족 구성원들끼리 작당한 결과였다.

오래간만에 창가에 옹기종기 모여 있던 남편과 아이들은 내가 신을 벗기가 무섭게 후다닥 움직여 나를 막아섰다.

"설마!"

내가 쏘아보자 남편은 멋쩍은 듯 뒤통수를 긁으며 눈을 찡긋했다.

"제정신이야?"

나는 남편을 밀치고 한 걸음 앞으로 나섰다.

"엄마, 오지 마!"

자신들이 누워 지냈던 아기 침대를 사수할 요량인 듯 보리는 내 바짓가랑이를 잡고 늘어졌다. 보리가 앙탈을 부리자 연화도 남은 바짓단을 잡고 내 얼굴을 빤히 올려다봤다.

"엄마, 괜찮다고 해. 얼른, 얼른 괜찮다고 해 줘."

아이들의 정수리 너머로 두 개의 작은 케이지가 보였다. 각각의 케이지 안에는 흑콩 같은 두 눈이 박힌 금빛 햄스터가 바닥을 빠르게 오가고 있었다. 맥이 탁 풀렸다.

"기어이 일을 냈구만. 내가 못 살아, 정말."

이렇게 된 이상 내가 어쩌지 못할 거라고 믿는 것인지 어느새 연화와 보리는 케이지 앞으로 가서는 산만하게 움직이는 햄스터의 몸짓을 보며 입까지 헤 벌리고 넋을 놓았다.

처음에는 보리 혼자서 징징대며 며칠을 졸라 댔었다. 며칠 지나니 연화까지 덩달아 떼를 썼다. 내가 완강히 버틸수록 아이들도 떼쓰는 강도를 높여 갔다. 그러든지 말든지 나는 아이들의 청을 들어줄 생각이 없었다. 눈, 코, 입이 있는 생명을 돈 주고 산다는 게 마뜩찮았고, 쥐과(科)의 동물을 집 안에 들이는 게 왠지 싫어서였다. 자라면서 곧잘 팔뚝만 한 쥐들을 보곤 했지만 많이 보았다고 해서 익숙해지는 것은 결코 아니었다. 쥐꼬리를 잘라서 학교에 갖다 내던 학창시절을 보내지도, 쥐가 내게 직접적인 위해를 입힌 적도 없었지만 나는 그 낯선 존재만으로도 매번 몸서리를 치며 화들짝 놀랐었다. 공포와 혐오가 섞인 놀람이었다. 어쩌면 이건 다 고등학교 때 알베르 카뮈의 『페스트』를 지나치게 정독했던 때문일지도 모른다. 좀 더 극단적으로 말하자면 나는 남편이 쥐띠인 것도 가끔은 못마땅했다. 내가 그 종(種)에 대해 이토록 께느른하게 느끼고 반응하는 마당에 진짜 쥐를 집에 들일 수는 없었다.

아이들은 엄마가 생각하는 그런 쥐가 아니라고 짹짹거렸지만 나는 받아들일 수 없었다. 마트에서 파는 햄스터라니, 가당치도 않았다. 보리가 친구 집에서 봤던 햄스터 이야기를 하며 여러 번 '햄스터'라는 글자를 발음했을 때, 내 머릿속에는 사육장 안에 갇힌 채 쉬지 않고 새끼를 밀어내는 힘 빠진 어미 햄스터가 먼저 떠올랐다. 동시에 연년생으로 연화와 보리를 낳을 때 겪었던 일들이 머릿속에 파노라마로 지나갔다.

탄생은 온갖 찬사로도 충분한 수식이 안 되는 경이로움 그 자체지만, 탄생시키는 일은 경이로움을 초과하는, 치사량의 고통과 희열을 동시에 감당해야 하는 경험이었다.

연화를 낳는 날, 나는 나의 모든 것을 소진할 각오를 하고 분만실에 들어갔다. 어릴 적부터 몸이 약했던 나는 유도분만을 하는 동안 몇 번이나 정신을 놓고 말았다. 뺨을 몇 대나 맞았는지 모른다. 안간힘을 너무 준 나머지 눈은 물론 얼굴 곳곳에 실핏줄이 터졌다.

나는 눈을 감고 배 속 아기의 태명을 불렀다. 연화. 흥덕사 마당 가득 핀 연꽃을 보고 나서 찾아온 아기였다. 연잎을 하나씩 벌리고 태어나는 연화를 상상할 때마다 정수리에 쭈뼛 소름이 돋으며 정신이 돌아왔다.

하지만 분만실에 들어온 지 열 시간 가까이 되자 손가락 하나조차 구부릴 힘도 남아 있지 않았다. 남편이 내

수술 동의서에 사인을 하는 사이 나는 수술실로 옮겨졌다. 아이가 나올 정도로 자궁 문이 열리지 않은 데다 그 때문에 아이가 양수를 너무 많이 마셨다고 했다. '이따 만나.' 나는 남편과 배 속의 아이 모두에게 그렇게 되뇌며 마취 상태로 들어갔다. 그렇게 태어난 연화는 2킬로그램이 겨우 넘을 정도로 작았다. 폐호흡을 처음 시작할 때 터지는 울음소리도 작았고 숨 쉬는 것도 너무 더디다 했다.

한 해 차이로 태어난 보리는 작게 태어나 성장이 더뎠던 연화와 쌍둥이처럼 비슷비슷하게 자랐다. 보리는 많이 먹고 많이 울었다. 입이 짧은 자식에 애가 타다가도 빽빽 우는 자식을 안아 올리게 되니 보리를 안을 때마다 나는 연화에게 이상한 죄책감을 가지게 되었다. 어떻게든 똑같은 마음으로 대하고 싶었지만 수면 부족에 시달리던 20개월 동안은 보리가 빽하고 울어 댈 때마다 보리 쪽을 바라보게 되었다. 동시에 내 멘탈은 바사삭 부서져 버렸다.

헤비 드렁커였던 남편도 그 기간만큼은 퇴근하자마자 곧장 집으로 들어왔다. 연애 시절에는 알코올과 관계

중독이 아닌가 잠시 걱정한 때도 있었는데 정말 딱 그 기간 만큼은 술을 끊고 나와 함께 있어 주었다.

 덕분에 나는 차츰 회복되어 갔다. 아이들을 보고 우는 날보다 웃는 날이 많아졌다. 하지만 일상이 없는 남편의 얼굴은 점점 빛을 잃어 갔다. 낯빛이 어둡다고 말할 때마다 남편은 '그 빛은 모두 연화와 보리에게 쏟아져 내렸어.'라고 대답했다. 실어증에 걸린 시인의 표정으로.

"당신 정말!"
"2천 원 주고 산 거야, 단돈 2천 원."
 남편이 두 손으로 브이를 해 보였다.
"그걸 지금 말이라고 하는 거야!"
 나는 남편의 팔을 꼬집었다.
"미안해, 진짜 어쩔 수가 없었어."
 남편은 작은 목소리로 그렇게 말하면서 비는 시늉을 했다.
"너희 둘이 끝까지 책임져야 해, 알겠지?"
 아이들은 햄스터를 보느라 정신이 팔려 내 말에는 건성으로 대답했다.

"어어, 너희 예뻐만 하면 되는 일 아니야. 끝까지 책임져야 하는 일이라고. 먹이도 주고 청소도 빼먹으면 안 돼. 환기도 매일 시켜 줘야 하고. 세상에 당연한 일은 없어. 특히 살아 있는 것을 대할 때는 더더욱……."

"엄마, 투 머치."

연화가 검지를 입에 붙이고 말했다.

나는 생명예찬론자도 아니고, 동물애호가도 아니고, 환경운동가는 더더욱 아니지만, 살아 있는 것에 대한 일말의 책임감을 가지고 있는 인간이었다. 아이들이 살아 있는 것을 너무 쉽게 생각하지 않았으면 좋겠다고, 그래서 햄스터를 사 주는 것은 좋은 방법이 아니라고 몇 번이나 남편에게 신신 당부를 했었는데, 남편은 내 부탁보다 아이들에게 잃었던 신뢰를 만회하는 것이 더 급했던 모양이었다.

마침 내가 탁구장에 가고 없는 일요일 오후, 연화와 보리는 남편을 공략했고 아이들과의 약속을 몇 번이나 깬 적이 있던 남편은 아이들의 간청을 외면할 방법이 없었을 것이다. 남편은 그간 잃었던 점수를 한 방에, 그것도 아주 값싸게 만회한 셈이다. 어쩌면 내가 반대를 너무

극렬하게 해서 셋이 똘똘 뭉치게 된 건지도 몰랐다. 반대의 반대처럼 도파민이 터지는 일이 또 있을까.

남편은 딱히 모나지 않은 성격의 소유자였고, 첫 직장으로 입사한 사보 편찬 기획사에 지금까지 다니고 있을 정도로 성실하고 진득한 사람이었다. 하지만 시간이 지날수록 내가 반했던 한결같음은 종종 한결같이 융통성 없는 모습으로 느껴지기도 했다. 답답한 현실을 마주할 때마다 나는 남편을 원망했다. 남편에게 잘못이 있어서라기보다는 원망의 대상이 필요했다. 내 고통의 근원이 남편에게서 출발한 건 아닌지 의심하면서 이유를 찾아내려 애쓴 적도 있었다. 이 모든 일을 공유하고 있는 가장 가까운 사람이라 나는 내 감정을 솔직히, 더러는 더 과하게 풀어내곤 했다. 미안한 이야기지만 그래야 내가 살 수 있었다.

한때는 시간이 모든 것을 변화시킨다고 생각했다. 하지만 지금은 그렇게 생각하지 않는다. 나에게서, 우리에게서, 더 큰 우리로 포괄될수록 나는 더 많이 변해 갔다. 이제는 관계가 모든 것을 바꾸고 있다는 걸 알았으니까. 결혼할 때 큰 맘 먹고 비싸게 주고 산 흰 옷장의 앞면이

잭슨 폴락의 카오스를 닮은 연화의 그림으로 도배되었을 때 나는 우리에게 더 이상의 여백이 존재하지 않는다는 것을 깨달았고 그대로 받아들였다. 남편도 같았다. 서로의 취향은 이제 더 이상 논의의 대상이 아니었다. 우리 앞에 당장 도착한 일들의 우선순위에 따라 살게 되었다. 연화와 보리의 교구재와 책들을 들이기 위해 남편과 내가 어린 시절부터 한 권씩 모아 왔던 책들을 밀어냈던 것처럼 우리는 찬호와 수영이라는 이름을 잠시 미뤄 두고 우리라는 공동의 목표에 집중하고 있었다.

"엄마, 정말 신기하지? 앞발을 모아서 인사하는 거 같아."

언제 꺼냈는지 보리는 제 손바닥을 내게 내밀며 금빛 털이 반짝거리는 햄스터를 보여 줬다. 나도 모르게 으악 소리가 나왔다. 나는 두어 걸음 뒤로 물러났다.

"어서 케이지에 넣어. 엄마가 쥐 제일 싫어한다고 그랬어, 안 그랬어!"

"쥐가 아니라니까. 햄, 스, 터! 자세히 보면 꽤 귀여워. 한번 만져 봐. 그렇게까지 이상하지 않다니까."

내가 발을 종종거리며 소리를 지르는데도 보리는 눈 하나 깜빡이지 않았다. 보리 말대로 햄스터는 내가 머릿속에 떠올리던 쥐와는 달랐지만 그렇다고 손바닥에 올려놓고 쓰다듬을 정도로 귀엽게 느껴지지는 않았다.

"안녕하세요, 버럭 아줌마, 저는 앨리스라고 합니다. 여기는 참 이상한 나라 같네요. 버럭 아줌마도 저를 좀 만져 주세요. 털이 아주 부드럽지 말입니다요."

보리가 연기하는 톤으로 말하자 연화는 깔깔 소리가 나게 웃었다.

"저리 치우라고!"

나는 문간까지 도망을 쳤다. 좀 전까지도 풀이 죽은 채 옆에 서 있던 남편은 그 정도로 웃기는 상황이 아님에도 불구하고 애들보다 한 술 더 떠서 바닥을 굴러가며 웃는 소리를 냈다.

"이게 웃겨? 재밌어?"

슬슬 화가 치밀었다. 이 공간에서 나만 그림체가 다른 존재였다.

나는 안방으로 들어가 침대에 누웠다. 천장에 박힌 네모난 등 박스 안에는 죽어 가라앉은 곤충들이 가득했다. 그걸 보고 있자니 괜한 피로감이 몰려왔다. 남편에게 등 박스 좀 벗겨서 닦아 달라고 몇 번이나 이야기를 했건만. 나는 눈을 감고 천천히 숨을 골랐다.

그래, 화낼 일도 아니야. 햄스터 정도야 뭐. 벌레 정도야 뭐.

나는 그렇게 되뇌며 숨을 골랐다. 우리가 어떤 시간들을 지나왔는데…….

볼 때마다 손가락 한 마디만큼 자라는 빌라 앞마당 방울토마토 줄기처럼 보리와 연화도 매일 놀라울 만치 쑥쑥 자라났다. 하지만 나는 그 경이로움을 제대로 만끽할 새가 없었다. 내가 처내야 하는 일들이 매일 한두 개씩 늘어났고 그 일들을 해내느라 늘 수면 부족에 시달렸다. 당연히 나는 늘 피로했고 피로한 만큼 감정도 널을 뛰었다. 인간 역시 영역 동물이라 방 두 개에 작은 거실이 있는 인정빌라 301호는 가족 넷이 복작이며 살기에 더없이 협소했고 그만큼 우리는 서로를 침해했다. 빚지는 것을 두려워하는 남편은 지금보다 우리 삶이 바짝 졸아붙을 거라고 걱정했다. 그래서 한 해, 두 해 이사를 미뤄 왔다. 외벌이의 한계를 드러내 놓고 토로한 적은 없었지만 남편이 돈 이야기를 할 때마다 나는 괜히 주눅이 들었다. 명확한 지향점이 있지만 능력치를 더 끌어올릴 수 없다는 걸 서로가 정확히 간파하고 있었기에 우리의 대화는 더 이상 진전되지 않은 채 흐지부지 마무리되곤 했다.

보리까지 초등학교에 입학을 하고 나니 보리도 연화도 더 이상은 이층침대에서 자고 싶지 않다고 말했다. 내가 말할 때에는 꿈쩍도 않던 남편은 연화와 보리가 가족회의를 열어 이층침대를 거부하겠다는 안건을 내자마자 방 세 개짜리 집으로 이사를 가겠노라고 약속했다. 남편의 말에 아이들은 지금 사는 곳에서 너무 먼 곳으로 이사를 가게 되면 안 된다는 조건을 달았다. 이제 겨우 학교 친구들이랑 친해졌는데 전학까지 가야 된다면 이층침대에서 자는 것만큼 매일이 피곤해질 거라고 했다.

남편과 나는 여러 경우의 수를 헤아려 봤지만 모든 조건을 만족시키는 경우는 없었다. 대출 이자를 부담하기 위해서 내가 일하는 시간을 지금보다 늘리는 것으로 합의를 보았다.

연화가 태어나기 전 막달까지도 나는 사장과 나뿐인 인문서 전문 출판사로 출근했다. 육아휴직에 대해 말을 꺼내기도 미안해 퇴직을 선택했다. '잠시야, 정말 잠시. 아이들 좀 더 자란 후에 다시 시작하면 돼. 경력 있으니까.' 남편의 말은 응원이라기엔 너무 꿈같은 말이었고 이기주의자의 변명처럼 들리기도 했다. 왠지 모르게 남편이 미워진 건 그때부터가 아닌가 싶다.

나는 보리가 유치원에 다닐 때부터 일자리를 찾아다녔다. 백 번 넘게 서류전형에서 탈락하고 난 후부터는 동네 보습학원을 알아보았지만 나를 써 주는 곳은 없었다. 면접을 보러 다닐 때마다 나는 집주인 할머니에게 아이들을 부탁했었다. 번번이 취업이 안 되는 걸 알게 되자 집주인 할머니는 사계시장 입구 마트에서 사람을 구한다고 귀띔을 해 주었다.

나는 청과 코너에서 주 5일 4시간씩 박스로 들어온 과일과 채소를 소분해 다시 포장하고 금액 스티커를 붙이는 일을 시작했다. 사장이 요양원 면회를 가는 수요일에는 그를 대신해 저녁때까지 계산대를 지켰다. 교통비도 들지 않는 데다 조금 무른 채소나 과일을 얻어 올 때가 많아서 곱절로 돈을 버는 직장이었다. 수요일 저녁은 남편이 일찍 퇴근해 아이들을 돌보기로 했다. 주말 반나절씩 서로에게 선물을 하듯 번갈아 쉬기로 했고 그 시간만큼은 마음껏 하고 싶은 걸 하기로 약속했다. 남편은 토요일마다 대학 동문들끼리 하는 야구 경기를 하러 나갔고 나는 일요일마다 빌라 건너편 탁구장에 나가서 몇 시간씩 탁구를 쳤다.

남편은 주루 플레이를 잘하는 발 빠른 타자였고 2루수였다. 남편은 '야구는 방망이보다는 글러브'라는 말을 하곤 했다. 홈에서 출발해 홈으로 돌아오는 서사 안에는 공을 쳐내는 것만큼이나 쳐낸 공을 잡아채 다음 순서로 연결하는 상호작용이 중요한데 남편은 숨을 잠시 고르다 다음 말을 이어 가는 것처럼 글러브 안에서 공을 잠시 잡아 두고 있는 그 순간이 저릿할 정도로 아름답다고 말했다.

나는 남편이 말하는 야구의 미학을 전혀 이해하지 못했다. 외야까지 뻗은 광활한 넓이에 이미 압도당해 버린 데다 다 대 다의 연합 서사를 목도하는 것도 벅찼다. 남편은 '좁아 터진' 곳이라고 수식했지만 나는 내가 소화해

낼 수 있는 공간만 주어지는 탁구 테이블이 좋았다. 내게 탁구는 일주일간 내 안에 누적된 부정적인 감정을 고해성사를 하듯 해소하는 경건한 활동이었다. 탁구공이 라켓 타면에 맞을 때 나는 핑핑 소리에 속이 뚫리는 것 같았다. 등으로 땀이 흐르는 것도 몸속 무언가가 빠져나가는 것처럼 개운했다. 테이블 위를 가볍게 튕기는 탁구공을 눈으로 좇으면서 내 몸도 점점 가벼워졌고 마음은 전에 없이 발랄해졌다. 상대방이 받아 낼 수 없는 공격을 하는 게 아니라 주거니 받거니 공이 계속 오고갈 수 있도록 상호작용을 하는 게임이라 더 좋았다. 이기기 위해서가 아니라 더 오래 랠리를 이어 가는 것이 목표라 나는 상대가 공을 더 잘 칠 수 있게 건네주는 데 최선을 다했다.

책을 읽으며 좋은 문장에 밑줄 긋는 삶은 소거되었지만 야구공을 잡아채고, 탁구공을 받아치고, 채소를 다지고, 간장을 졸여 밑반찬을 만드는 삶이 새롭게 만들어졌다.

오늘 저녁은 무얼 만들어 먹어야 하나.
의식주만 생각하고 사는 것 같은데도 매일 어떻게 해

야 하나 고민이다.

나는 침대 옆 콘솔에 놓인 연화와 보리의 돌 사진을 내려다봤다. 언제 이만큼 큰 것인지. 저 작은 입으로 오물오물 첫 말을 하던 때가 또 언제였는지. 벌써 그런 일들은 까마득했다.

보리가 인큐베이터에서 나오던 날, 나는 대기실 유리창 앞에 서서 남편에게 맹세했다. '앞으로 나는 평생, 어떤 일이 있더라도 화내지 않을 거야. 혼내지도 않을 것이고, 외롭게 두지도 않을 거야. 절대 서글프게 울먹이는 일 없게 내가 매 순간을 지켜 줄 거야. 정말 그렇게 할 거야.' 남편은 내 맹세의 증인이 되었고, 아무 말도 보태지 않음으로써 보리와 나 사이에 생긴 어떤 결의의 목격자가 되어 주었다. 물론 나는 보리가 옹알이를 하기도 전에 그 맹세를 깡그리 깨 버렸고 그럴 때마다 남편은 인큐베이터 앞에 섰던 순간을 되새김질하며 내 널뛰는 감정을 다스려 줬다. 부조화를 자각할 때마다 괴로움이 밀려들었지만 비슷한 상황이 되면 나는 또 여지없이 언성을 높이고 말았다.

초등학교에 입학한 이후부터는 보리도 쉬이 수그러

들지 않고 나와 기싸움을 벌였다. 남편은 아이들 앞에서 나를 나무라거나 몰아세우지 않았다. 입을 꾹 다물고 데리고 나와 차에 태웠다. 그리고 달리는 내내 참았던 말들을 쉬지 않고 이어 붙였다. 우리는 주거니 받거니 울고 웃다가 간혹 방언을 터뜨리듯 소리도 질렀다. 미안하다, 고맙다 말을 수차례 주고받고도 마음이 풀리지 않을 때에는 양평까지 다녀올 때도 있었다.

"처음을 생각해 봐. 이게 얼마나 사치인지."

차에서 내릴 때마다 남편은 나를 꼭 안아 주며 이렇게 말했다. 우리는 눈물범벅이 된 채로 서로의 등을 쓸어 주다가 집으로 돌아왔다.

초음파 검사에서 태아수종 소견을 들은 3개월 차부터 보리를 출산할 때까지 남편과 나는 우리가 겪을 수 있는 수없이 많은 경우에 대해 이야기를 나누었다. 세 번째로 찾아간 병원에서 특이항체 진단을 받고 수혈을 한 후에도 걱정은 좀처럼 사그라지지 않았지만 우선 아이를 믿기로 했다. 아무리 마음을 할퀴는 소리가 건너오더라도 아이의 심장 소리만 믿기로 했다.

당시 남편과 아버지를 제외한 모든 사람들이 아이를

포기하라고 나를 채근했다. 세상에 유통되고 있는 정보들은 왜 이리 많은지, 기형아로 태어나 겪게 될 미래를 감당할 수 있느냐는 말부터 시작해, 그나마 지금 할 수 있는 최선의 선택은 임신 중단이라는 말까지 들었다. 모두 걱정되어 하는 소리일 테지만 모든 언어는 그 자체로 지시의 기능이 있는지라 처음의 의도와는 상관없이 내게 전달되었다. 게다가 말을 입은 걱정은 걱정을 상회하는 묘한 저주의 기운을 내뿜었다.

그런 소리를 눈 뜨자마자부터 잠들 때까지 들으니 평소보다 내 몸은 더 퉁퉁 부었고 피부는 거칠어졌다. 내 모습에 나보다 더 놀란 엄마는 평생 자신이 구축해 온 캐릭터를 내다 버리고 갑자기 열혈엄마가 되어 내 속을 긁어 댔다. 초음파 결과에도 별말이 없이 냉정하다 싶을 정도로 무뚝뚝했던 엄마는 아직 태어나지도 않은 손녀보다 당신 딸이 더 중요하다며 하루가 멀다 하고 인정빌라 현관 문턱을 넘었다. 독실한 크리스천인 시부모는 감당이 안 될 정도였다. 신통하다는 무당을 찾아가 부적을 받아오기도 했고 태어나지 않아 생년월일시가 없는 아이가 원진살과 양인살을 갖고 있어서 위로 3대가 화를 입는다며 반드시 굿을 해야 한다고 정말 난리, 이런 난리가 없을 정도로 남편과 나를 올러댔다. 퇴직 후 목공소에서 가구 만드는 일을 배우던 아버지는 아기 침대를 직접 만들어 주려고 한참 들떠 있던 차에 소식을 접했다고 말했다. 전에 없이 격정적으로 변한 엄마의 목소리로 우리의 상황을 전해들은 후 아버지는 몇 주 공방에 나가지 않았다고 했다. 하지만 이내 아버지는 다시 아기 침대 만들기를 이어 갔다. 어느 날 저녁 취기 가득한 목소리로 전화를 걸어온 아버지는 잠시 숨을 고른 후 말문을 뗐다. 열 군데도 넘게 돌아다니면서 제일 좋은 미송합판을 골랐다고 했다. 통화 내내 아버지의 목소리는 미세하게 떨렸는데 스피커폰으로 그 소리를 듣고 있던 나도 남편도 말없이 눈물만 흘리고 있었다.

감당할 수 없는 상상 앞에 서면 이성적인 사고 회로가 작동하지 않는 법이라며 남편은 시부모와 한시적 절연을 선택했다. 나도 현관 비밀번호를 바꾸고 친정 엄마의 전화번호를 차단했다. 밉고 분노에 차서 그런 결정을 내리고 행동에 옮긴 것이 아니라 우리가 우리에게 온전히 집중하기 위해 한 선택이었다.

남편은 자신이 동경했던 시인들의 시를 골라 매일같이 내 배를 문지르며 아이에게 읽어 주었다. 똑같은 문장도 발언자의 태도에 따라 공감의 폭이 달라지는 것처럼 생에 대한 간절한 요청을 담은 남편의 목소리는 내가 들어도 너무나 근사했다. 비스와바 쉼보르스카의 문장 '꿈은 미치지 않았다'*를 연호하며 남편의 얼굴은 점점 달아올랐다. 숨이 차오르듯 눈물이 그렁그렁 눈 안에 차올랐다.

"쉿, 나무를 두드리자 — 그것도 아주 건강한 상태로."**

남편은 아버지가 만들어 준 아기 침대 기둥에 두 번 노크하며 매일의 시 읽기를 마쳤다.

남편의 목소리를 들을 때마다 보리는 걱정하지 말라는 듯 늘 비슷하게 태동을 보내 줬다. 탄생시키는 존재만

---

* 비스와바 쉼보르스카, 최성은 옮김, 『끝과 시작』(문학과지성사, 2021), 325쪽, 「현실」의 한 구절.
** 비스와바 쉼보르스카, 최성은 옮김, 『충분하다』(문학과지성사, 2016), 47쪽, 「책을 읽지 않음」의 마지막 구절. 폴란드를 비롯한 일부 유럽 국가에서는 '건강'이나 '행운'을 과시하는 말을 할 때, 이를 천기누설이라고 생각해서 불운을 막기 위해 나무 혹은 나무로 만든 물건을 두드리는 풍습이 있다.(마지막 문장의 각주까지 인용.)

이 아는, 아랫배가 뭉근해지는 무게감과 몸속에서 울려 퍼지는 그 작은 떨림으로 나는 마음을 다잡을 수 있었다. 누가 무슨 소리를 하든, 말든.

보리는 내가 생각한 것보다 더 작고 빨갛게 열이 오른 상태로 태어났지만 2주간 인큐베이터에서 치료를 받으며 차츰 안정되어 갔다. 모두의 우려가 기우였고 쓸데없는 저주였음을 보리는 살아서 증명해 줬다. 약하지만 무탈하게 성장했고 잘 웃는 아이가 되었다. 그 일을 겪고 나서 남편과 나는 절대 닥치지 않은 미래에 대한 속단도, 부정적인 언사도 하지 않기로 약속했다. 남의 미래에 대해서는 더더욱. 어떤 말이든 받아들이는 사람의 가슴에는 저주로 꽂혀 들어간다는 것을 알기 때문이었다.

그 시절을 떠올리자 눈물이 핑 돌았다. 그런 경험들은 사람을 절대 단단하게 만들지 않는다. 세상에 둘도 없는 겁쟁이, 쫄보로 만들어 운신의 폭을 좁힌다. 왜 아니겠는가. 나는 지금도 '덜컥', 이 말이 너무 무섭다. 가만히 있던 심장도 그 단어만 들으면 다리 아래로 뚝 떨어지는 것 같다. 어린이 자이로드롭을 처음 탔을 때, 보리가 했던 말처럼. '엄마, 심장이 똥꼬까지 떨어졌어!' 나도 '덜컥'이라는 말만 들으면 내용을 듣기 전에 이미 심장이 똥꼬까지 곤두박질치고 만다.

심장이 졸아 드는 소리가 또 있다. 아이의 울음소리다. 거실에서 와앙, 하는 소리가 나더니 보리가 배를 까뒤집고 생떼를 쓸 때나 나올 법한 울음소리가 들렸다. 학교 들어간 후로는 이렇게 우는 일이 없었다. 나는 몸을 튕기듯 일어나 거실로 달려 나갔다.

일은 이랬다. 보리와 연화는 자신들의 햄스터를 손에 쥐고 쓰다듬으며 놀고 있었는데 보리가 잠시 화장실을 다녀온 사이 연화가 보리의 햄스터가 소파 위에 있는지 확인도 않고 앉는 바람에 연화의 엉덩이에 보리의 햄스터 한쪽 다리가 깔리고 말았던 것이다.

남편은 망연자실한 표정으로 햄스터를 손바닥 위에 올려놓고 뒷다리를 만져 댔다. 다행히 죽은 것처럼 보이지는 않았지만, 뒷다리는 뭔가 문제가 생겼는지 축 쳐져 있었다. 나도 모르게 다리가 저릿했다. 남편이 들어 올린 햄스터 뒷다리가 힘없이 아래로 떨어지자 잠시 울음을 멈추고 울먹울먹 하던 보리는 아예 거실바닥에 배를 드러내고 앙앙 소리를 내며 울기 시작했다. 울기 위해서 우는 것이기 때문에 막을 방법은 없었다. 잠든 사람을 깨우는 것보다 잠든 척하는 사람을 깨우는 게 훨씬 어려운 법이었다.

"뚝, 뚝 그쳐야지. 보리 지금 일어나면 아빠가 마트 가서 새로 사 줄게."

남편은 보리의 등에 손을 넣어 몸을 일으켜 세우려 했다.

나는 남편의 등짝을 후려쳤다.

"지금 뭐라는 거야. 이게 사고 말고 할 문제야!"

나는 눈에 칼을 품고 남편을 노려봤고 남편은 슬쩍슬쩍 눈길을 피했다. 두 손 안에 자신의 햄스터를 고이 받들어 들고 있던 연화도 나의 눈치를 살폈다.

"엄마 화내는 거 아니야."

말은 그렇게 했지만 내 목소리는 내가 듣기에도 데시벨이 높았다. 나는 연화의 손에 있던 햄스터를 옮겨 받아 케이지 안에 집어넣었다. 손도 대지 못할 것 같았는데, 너무 화가 나니까 그까짓 거 아무 문제도 되지 않았다.

여전히 보리는 팔다리를 버둥거리며 울음소리를 냈

다. 눈물은 진작 말랐지만 아무도 제 울음에 반응을 보이지 않자 헛손질, 헛발질을 해 댔다. 학교 들어가기 전에 저 버릇을 다 고쳤다고 생각했는데 그건 내 착각이었다.

나는 가까운 동물병원에 전화를 걸었다.

"거기 동물병원이죠? 네, 저희 집에 햄스터가 있는데요, 그게…… 어디에 좀 깔려서요."

나는 그 이야기를 하며 연화를 째려봤다. 연화는 입을 삐쭉 내밀며 팩하고 고개를 돌렸다.

전화를 끊자 누워 있던 보리가 벌떡 몸을 일으키고 앉아 내 입을 주시했다.

"이렇게 작은 동물은 봐 주지 않는대. 어쩌니……."

내 말에 보리는 다시 으앙, 소리를 내며 억지로 울었다. 헛발질을 하는 줄 알았는데 제 언니를 향해서 마구 발을 뻗어 댔다.

남편도 몇 군데 전화를 걸어 봤지만 마찬가지였다.

"세상에! 햄스터는 동물도 아니었어."

남편은 난감한 표정을 지으며 머리를 긁적였다.

나는 보리를 안아 일으켰다. 버둥거리기에도 지친 모양인지 그제야 내 품으로 안겨 들어왔다.

"여기 이런 데가 있네."

한참 검색을 하던 남편이 휴대전화 화면을 내보이며 말했다.

소형 동물 전문 동물병원이었다. 연신내라면 못 갈 거리도 아니었다.

운전은 남편이 했다. 햄스터를 케이지에 넣어서 이동하자고 했지만 보리는 한사코 제 두 손 안에 둬야 한다고 우겼다. 차가 흔들릴 때 케이지 안에서 구르게 되면 햄스터가 너무 아플 거라는 게 이유였다. 듣고 보니 또 그럴 것도 같았다. 보리는 사당동에서 연신내로 향하는 내내 두 손을 기도하는 사람처럼 내밀어 자신의 햄스터를 공손하게 받들었다. 금빛 털을 가진 작은 동물도 그걸 아는지 모로 누워 숨을 할딱였다. 볼록하게 솟은 몸통 가운데가 콩콩콩콩 박자를 타듯 흔들렸다.

"아빠, 빨리 달려, 이러다 죽으면 어떻게 해!"

보리가 다시 울먹였다. 남편은 나름 최선을 다하고 있었지만 보리는 만족스럽지 않은 모양이었다.

내비게이션으로 40분 이상 걸린다고 안내받은 곳을 남편은 29분 만에 주파했다. 남편이 동물병원 문 앞에 차를 세우자 나와 아이들은 일사분란하게 차 밖으로 나갔다.

딸랑. 문에 달린 종이 울리자 안에서 연하늘색 수술복을 입은 수의사와 간호사 둘이 뛰어 나왔다. 그들은 나와 연화를 지나쳐 보리 앞으로 곧장 달려갔다. 이미 보리의 두 손 안에 받쳐진 햄스터를 본 것이었다.

"우리 아기, 우쭈쭈, 얼마나 아팠어요?"

수의사는 보리의 손 위치까지 몸을 낮추고는 햄스터를 살폈다. 그리고 아주 조심스레 보리의 손에서 햄스터를 옮겨 받았다. 보리가 연화를 흘겨보며 사건 경위를 말하는 동안 수의사는 라텍스 장갑을 낀 손으로 축 처져 있는 햄스터의 뒷다리를 살폈다.

"뼈가 부러진 것 같아요. 엑스레이를 찍어 봐야겠는데요."

"그럼 찍어 주세요. 빨리 낫게 해 주세요."

보리는 두 손을 모아 빌며 간청했다.

"그런데 말입니다."

눈매가 선하게 쳐진 수의사는 햄스터를 진찰대에 내려놓고 말했다. 간호사들은 뭔가를 준비하려는 듯 뒤로 빠져 나갔다.

"이게 엑스레이를 두 장을 찍어야 하는데요. 그래야 어디에 골절이 있는지 확인할 수 있거든요. 그런데 그게 한 장에 7만 원이라서요."

수의사의 말을 들은 보리와 연화 그리고 남편까지 일제히 나를 돌아봤다.

"어머님이 결정하셔야겠는데요."

입에 침이 바싹 말라 들어갔다.

"잠시 가족끼리 이야기를 좀 나눠도 될까요?"

"얼마든지요."

수의사가 자리를 비켜 주자 남편과 아이들은 내 입만 주시했다.

"너희, 엄마가 돈 함부로 쓰지 않는 거 알지?"

연화와 보리는 시무룩한 표정으로 고개를 끄덕였다.

"근데, 어찌 되었든 햄스터 아픈 건 고쳐 줘야 하잖아. 엄마가 생각할 때 그 비용은 아빠 용돈에서 반, 연화와 보리 용돈에서 반을 내는 걸로 하면 좋을 거 같은데. 어떠니?"

"내 용돈에서 다……."

나는 남편이 더는 말을 못하게 발등을 쳤다.

"누군가를 책임지는 일에는 돈이 들어. 그런 걸 감당할 수 있을 때 같이 사는 거야. 그렇게 하겠니?"

이 세계에서 짝이 되어 같이 산다는 건, 돈이 드는 일상을 조율해 나가는 일이다. 나도 남편도 그걸 해 나가는 과정 중에 있다. 나는 연화와 보리가 우리가 살아가는 모든 일들이 사랑의 힘만으로 가능할 거라는 착각에 빠지지 않기를 바랐다. 더더욱 간단하고 만만하게 보지 않기를 바랐고, 책임을 지기 위해서는 부단히도, 돈을 지불해야 한다는 것을 알길 바랐다. 일상은 그런 균형 속에서 만들어진다는 것을 체험하길 바랐다.

"내가 잘못한 거니까 보리 용돈에서는 빼지 말고, 내 통장에서 찾아서 줘."

연화가 말했다. 명절이나 기념일에 받은 용돈을 모으는 통장이 있었다. 돈이 불어나는 걸 알려 주기는 했지만 대학에 들어가기 전에는 절대 인출해 주지 않을 거라고 말해 왔던 차였다.

"아니야. 내 햄스터니까. 나도 반 낼래."

보리는 자신의 햄스터라는 걸 강조하며 버티기에 들

어갔다.

"그럼 아빠 엄마 반, 너희 둘 반. 이렇게 하자."

내 말에 연화와 보리는 활짝 얼굴이 밝아졌다. 보리는 안쪽으로 얼굴을 내밀고 수의사를 불러왔다.

"자, 이제 사진 찍어도 되겠죠?"

"찍어 주세요. 그런데 말이에요."

햄스터를 들고 몸을 등지던 의사가 내 말에 다시 나를 돌아봤다.

"저렇게 작은 애한테 필름 한 장을 다 쓰지는 않죠? 그 한 장으로 두 번 찍어 주시면 안 되나요?"

멋쩍었지만 그런 말이 나오고 말았다. 내 표정은 안 봐도 무척이나 비굴해져 있을 게 뻔했지만 어쩔 수 없었다.

수의사는 아래턱이 복숭아씨처럼 뭉쳐지도록 잠시 고민에 빠진 표정을 지어 보이더니 이내 그렇게 해 보겠다고 말했다.

그렇게 해서 내 생전 처음으로 햄스터를 찍은 엑스레이를 구경하게 되었다. 간호사들의 손에 잡힌 앞뒤 다리가 적나라하게 엑스레이에 찍혀 있었다.

수의사는 사람들이 골절했을 때와 마찬가지로 부목

을 대고 드레싱을 해 주었다. 그리고 뼈가 빨리 붙기 위해서는 약을 먹여야 한다며 소형 동물용 젖병과 물약을 챙겨 줬다. 진료비와 검사비, 그리고 약값까지 11만 원이 들었다. 두 배로 들어갈 수도 있는 걸 그나마 사진을 나눠 찍어서 줄인 것이었다.

"매일 약을 먹여야 해. 네가 잘 할 수 있지?"

수의사는 보리와 눈을 맞추고 말했다.

"네, 그렇게 할게요."

보리는 대단한 임무를 부여받은 사람처럼 얼굴에 잔뜩 힘을 줘 가며 대답했다.

"그리고 이동할 때는 꼭 케이지에 넣어서 다녀야 해. 안전하지 않거든. 갑자기 경적 소리가 나거나 하면 놀라서 도망갈지도 몰라. 그럼 영영 찾지 못할지도 모르고."

수의사는 보리의 어깨를 살짝 잡았다 놓아 주었다.

"감사합니다. 보통 이런 경우 죄다 갖다 버리시거든요."

수의사가 되레 우리에게 꾸벅 인사를 했다. 나와 남편도 고개를 숙여 보였다.

"당연한 걸요. 살아 있는 걸 어떻게 버리나요, 끔찍하게. 오늘 정말 감사합니다. 십년감수가 이런 건가 봅니다. 하하하."

남편이 나서서 처음부터 자기 생각이었던 것처럼 어색하게 악수를 건넸다.

깁스를 한 햄스터를 본 것은 모두가 처음이었다. 보리는 케이지를 눈높이까지 올려서 여러 번 햄스터를 뚫어지게 바라봤다. 연화에 대한 화도 어느 정도 풀렸는지 둘은 재잘거리며 둘만의 대화를 이어 갔다.

빌라 주차장에 차를 세우자 토마토 화단 앞에 앉아 있던 집주인 할머니가 부채를 흔들어 보이며 인사를 건넸다. 앞집, 뒷집 할머니도 알은체를 했다.

"일요일이 좋긴 좋네. 가족끼리 다 같이 외출도 하고. 어떻게 이사 준비는 잘 되고? 연화네가 있어서 우리가 애들 소리도 듣고 살기가 좋았는데. 이제 심심해서 우찌 산대."

"애들이 너무 시끄럽게 해서 늘 죄송했죠."

"무신 소리야. 애들 소리는 약이지. 요즘 애들 소리 듣기가 얼마나 귀한데."

앞집 할머니가 말을 거들었다.

"이 동네 뺑 돌아가면서 둘러봐도 애들이 없어. 저짝 초등학교도 애들이 없어서 인자 문을 닫는다던데."

뒷집 할머니도 빠지지 않았다.

우리가 인정빌라를 떠나지 못했던 건 목돈이 없어서이기도 했지만 주인 할머니 때문이기도 했다. 처음 이사 왔을 때는 오며가며 너무 말을 많이 시킨다 싶었는데, 어느 순간 그 허들을 넘고 나니 친정 엄마보다 편한 사이가 되었다. 연화를 낳고 골골하고 있을 때 집주인 할머니는 몇 번이나 미역국을 끓여서 가져다 주고, 장을 대신 봐주고, 너저분한 집을 정리해 주고 올라갔다. 내가 울먹이며 고맙다 인사를 하면, '옴마, 나도 딸 있는 엄마여.' 하며 내 등을 쓸어 주곤 했었다. 가끔 남편과 데이트 하고 오라며 연화와 보리의 저녁을 챙겨 주기도 했고, 어디 가다 예뻐 샀다면서 연화와 보리 샌들을 들고 와 신겨 주기도 했다. 받기만 해서 죄송하다 말을 하면 '내가 소영이 키울 적에는 앞뒤좌우양옆위아래로 다 그렇게 챙겨 줘서 자식 키우고 살았어.'라며 젊은 시절 이야기를 또 한참 들려주곤 했다.

"연화는 앞니 다 났니?"

요즘 연화는 이갈이를 시작해 앞니가 빠진 상태였다. 연화는 이- 하고 자신의 이 상태를 보여 주었다.

"너무 크게 웃으면 안 되겠다. 여름에도 찬바람 들어가면 몹시 아파."

"그건 성님 이야기고요."

앞집 할머니가 뒷집 할머니에게 그렇게 말하자 할머니 셋은 깔깔 웃어 젖혔다.

"보리는 들고 있는 게 뭐야?"

그 소리를 듣고 동네 오만 군데 참견꾼 보리가 그냥 지나칠 리가 없었다.

"할머니, 할머니, 우리 햄스터 다리 부러져서요, 지금 병원 갔다 오는 길이에요. 깁스했어요."

"햄스터가 뭐요? 햄버거 동생인가벼?"

그 말을 하며 집주인 할머니는 또 깔깔 웃었다. 옆에 앉은 앞집, 뒷집 할머니도 박장대소를 했다.

"에이, 할머니 이제 그런 거 안 웃기다니까요."

보리는 뽀로통해져 케이지를 뒤로 뺐다.

"보리가 간병 지대로 해야겠다."

"당연하죠!"

"아유 대견해. 인자 동생 생겼다고 언니 노릇하려나 보네. 이것 갖고 들어가서 많이 먹어라."

집주인 할머니는 방울토마토가 한가득 담긴 소쿠리를 연화에게 내밀었다. 연화는 소쿠리를 안고서 꾸뻑 인사를 했다.

"어떻게 매번 이렇게 토마토가 많이 달려요? 제 동기도 주말 농장을 하는데 열매가 잘 안 열리고 줄기만 무성하다고 하던데요."

내가 물었다.

"응, 순치기를 잘 하면 돼. 잔가지로 흩어지지 않게 요래요래 열매로 에너지를 모아 줘야지. 이게 참 쉬운데 어려워."

집주인 할머니는 원기옥을 손안에 그러모으듯 두 손을 움직였다.

"형님은 자기 자랑도 참 고급지게 해."

앞집 할머니 말에 모두가 또 한바탕 웃었다.

"우리 연화는 웃으면 꼭 천사 같다니까. 이 보조개는 백만 불짜리 보조개 아녀."

집주인 할머니는 검지로 연화 뺨에 보조개를 후비듯 시늉을 해 보였다. 배시시 웃는 연화의 입술이 헤 벌어지고 앞니 빠진 잇몸이 드러났다.

"오, 오, 찬바람 들어간다."

앞집 할머니가 그렇게 말하자 연화는 입을 확 오므렸다. 뒷집 할머니도 연화와 똑같이 입을 오므렸다. 그걸 보고 또 한 번 할머니들은 배를 잡고 웃었다.

"이 귀한 걸 매번 받기만 합니다. 감사합니다, 어머님."

"에에, 접때는 누나라고 안 혔어? 술 취하면 누나고 멀쩡하면 어머님인가 보네."

집주인 할머니가 그렇게 말하자 또 세 할머니는 깔깔 웃음을 터뜨렸다.

"할머니가 아빠 누나야?"

보리가 눈을 깜빡이며 물었다.

"넌 따라와, 그냥."

연화가 보리를 끌고 계단을 올랐고 뒤이어 남편이 성큼성큼 뛰어 달아났다.

"연화 엄마, 알지? 농담."

"네, 네. 그럼 들어가 볼게요."

나도 얼른 계단을 뛰어올랐다. 그리고 현관문 앞에 선 남편의 등에 손바닥을 세게 갖다 붙였다. 찰싹 소리가 야무지게 터져 나왔지만 나도 남편도 아무 일 없다는 듯 집 안으로 들어갔다.

보리가 쓰던 아기 침대에 햄스터 케이지가 다시 놓였다. 아버지가 만들어 준 아기 침대에는 아이들의 이름이 각인되어 있어 누굴 주기도 애매해 가지고 있었는데 아이들 눈높이에 딱 맞는 햄스터 침대가 되었다.

저녁을 먹자마자 보리는 햄스터 케이지로 달려갔다. 꼭 아기를 수유하듯 왼손으로 햄스터를 야무지게 잡고 젖병을 물렸다. 코를 들썩이며 실리콘 젖꼭지를 탐색하던 햄스터는 이내 입에 젖꼭지를 물고 빨아 댔다.

"엄마! 앨리스 약 먹어."

보리는 내게 제 손안에 있는 햄스터를 보여 줬다. 금빛 햄스터는 성한 앞발로 젖꼭지를 부여잡고 오물거리듯 물약을 빨아 먹었다. 정말 살아 있는 건 다 신기했다. 전에는 끔찍하게만 여겼는데 한번 손에 쥐어 보니 그다지 나쁜 느낌은 아니었다. 아이들이 없을 때 만져 볼 수도 있겠다 싶었다.

남편은 고개를 좌우로 움직여 가며 햄스터를 쳐다봤다. 보리는 연화에게 옆에 오라는 듯 고개를 어깨 가까이 붙였다 떼었다. 그제야 한걸음 떨어져 있던 연화도 보리 옆에 바싹 다가와 햄스터를 내려다봤다.

그렇게 귀엽게만 약을 먹어 줄 것 같던 햄스터는 다음 날부터 젖꼭지를 빨지 않았다. 보리가 훌쩍거리며 곧 크게 울어 댈 시동을 걸자 남편이 얼른 햄스터를 받았다. 남편은 오른손에 젖병을 들고 왼손으로 물약을 먹이려고 했지만 햄스터는 움직이지 않았다.

"얘 봐, 얘 봐. 앞발로 지금 젖병을 밀고 있어."

"진짜?"

"응. 와, 이 녀석 힘센데."

남편이 햄스터의 머리 가까이 젖병을 밀어 주자 햄스터는 고개를 좌우로 팩팩 돌려 가며 결사적으로 물약을 거부했다.

"하루 먹어 보더니, 이제 이게 약인 줄 알았나 봐."

남편은 그대로 햄스터를 케이지에 넣었다.

"세상에, 얘 지금 설마 약이 쓰다는 거 아는 거야?"

당연한 것인데도 너무나도 신기했고, 충격적이었다.

"당연하지, 엄마. 애네들 약에 딸기 맛 같은 게 있을 리가 없잖아."

연화가 내 옆구리를 툭 치며 말했다.

"우리 뚱이, 먹이에 뭘 좀 뿌려 줘야 하나."

"새로 사자고 할 때는 언제고, 이제 뚱이래."

내가 핀잔을 줬지만 남편은 아랑곳 않고 몸을 낮추고 케이지 안의 햄스터에 눈을 맞췄다.

"내가 한번 해 봐도 돼?"

연화는 보리가 답해 주길 기다렸다. 잠시 뜸을 들이던 보리는 햄스터를 꺼내 연화에게 건넸다. 연화는 왼손으로 햄스터를 감싸 안고 약지로 햄스터의 배를 살살 긁어 주었다. 햄스터가 몸을 부들거리자 오른손으로 젖병을 들어 햄스터의 입에 가져다 댔다. 햄스터는 한두 번 주춤하더니 금세 쪼옥쪼옥 소리를 내며 젖꼭지를 빨아 댔다.

그걸 보고는 우리 셋은 입을 크게 벌리고 소리 없는 환호를 했다. 보리는 입을 가리고 팔짝거렸고, 남편은 만세를 해 보였다. 우리의 소리 없는 아우성에 연화가 입을 헤 벌리고 웃었다. 빠진 앞니 자리로 혀가 빼꼼 인사를 했다.

"우리 연화는 동물 박사가 되겠다."

"난 변호사 할 거라니까."

젖병을 떼고 케이지에 햄스터를 넣으며 연화가 말했다.

"그래 동물 관련 소송 담당하는 변호사도 좋잖아."

"햄스터 담당 변호사 이연화입니다."

연화도 남편의 말에 맞장구를 쳤다.

"근데 아빠, 얘가 왜 뚱이야."

갑자기 생각이 났다는 듯 불만 가득한 목소리로 보리가 물었다.

"귀엽지 않아? 우리 보리 태명이 뚱이었는데."

"난 앨리스로 하고 싶은데."

"얘 한국에 살고 있잖아. 보리처럼 한국 이름 지어줘."

남편과 연화, 보리가 케이지 앞에서 나란히 턱을 괴고 햄스터를 들여다봤다.

"우리 앨리스는 말이지. 한국 아니라 지구, 아니 우주

안에 살고 있는 앨리스거든."

"오, 우주에 사는 보리양, 멋진데. 동물 변호사 연화도 멋지고."

남편이 감동한 듯 보리와 연화를 와락 껴안았다.

셋은 이제 연화의 햄스터의 작명을 고민했다. 이름을 가지면 새로운 삶도 만들어지니까. 나도 그 가운데 파고들어가 쿵짝을 맞췄다.

끝말잇기

처음에는 삭힌 냄새처럼 콧속으로 파고들었다. 냄새를 처음 맡은 이는 301호로 새로 이사 온 경미였다. 새벽부터 늦은 밤까지 두 군데 식당에서 주방 찬모 일을 하는 경미는 인정빌라에 사는 누구보다도 일찍 일어나 몸을 움직였다.

그날도 경미는 정확히 오전 4시에 눈을 떴지만 이전처럼 가뿐하게 몸을 일으킬 수가 없었다. 며칠간 몸이 으슬으슬한 느낌이 들긴 했어도 그렇듯 몸이 무겁게 느껴진 적은 없었는데 이상하게 그날은 머리가 띵할 정도로 무거웠다. 그때 경미의 콧속으로 지독하게 상한 냄새가 깊숙이 스며들었다. 흥하고 콧김을 세게 뱉어내듯 풀었지만 톡 쏘듯 콧속을 얼얼하게 만든 냄새는 코끝에서 떨어지지 않았다. 그런 일로 게으름을 피워 본 역사가 없었던 경미는 몇 번의 숨을 고르고 이내 몸을 바짝 일으켜 세웠다. 이사 온 지 얼마 안 되어 공간에 적응하느라 그런 것이라 몸을 다독였다.

경미는 여느 때와 똑같은 시간에 집을 나섰다. 현관문을 여는 순간 건물 전체에 생전 맡아 본 적 없는 냄새가 풍기는 것을 알아챘다. 지독한 암모니아 냄새 같았다. 집 안에서 맡았던 것과는 차원이 달랐다. 계단을 내려올 때는 불에 탄 돼지비계 냄새 같은 것도 맡아졌다. 비릿하고 역해서 경미는 연신 구역질을 해 댔다. 하지만 아무리 냄새가 독하다 한들 경미의 걸음을 지연시키지는 못했다. 경미는 코끝을 엄지와 검지로 비비적거리며 잰 걸음으로 인정빌라를 빠져나갔다.

101호 병철과 아내 석희는 술과 담배를 즐기는지라 비교적 냄새에 둔감했다. 원래부터 자신의 몸 바깥과 안에서 나는 냄새를 구분할 줄 몰랐던 병철과 살면서 석희도 비슷해졌다. 부부는 각각 건설 현장과 두부 공장에서 일했는데 종일 고된 일을 하고 돌아오면 저녁을 먹기가 무섭게 일찍 잠에 들었다. 저녁을 먹으며 반주로 소주든 막걸리든 각 한 병씩 마셨기 때문이었다. 딸 아영은 고등학교 3학년이라 더더욱 집에 있는 시간이 거의 없었다. 스터디카페에서 새벽 1시까지 이른바 열공을 하고 기진맥진한 상태로 돌아와 기절하듯 쓰러져 잤다.

102호에 사는 범준 역시 니코틴과 알코올을 가까이했다. 그보다 카페인과 각성제를 더 자주, 많이 찾았다. 시나리오 작가인 범준은 일이 몰릴 때는 커피와 에너지 드링크를 지나치게 음용했다가 쉴 때에는 한없이 풀어져 지냈다. 마침 일이 똑 끊긴 시점이었고 알딸딸하게 술을 마시고 잠에 들었다 깬 범준은 지독한 냄새에 지나치게 각성을 한 나머지 그 냄새가 자신의 몸에서 나는 냄새라는 단정에 쉽게 빠지고 말았다. 혀끝까지 몇 번이나 손가락을 밀어 넣어 몸속의 냄새를 채취해 보려 했다. 미리와 데이트가 있던 날이라 범준은 평소보다 길게 샤워를 했고 세탁소 비닐에 싸인 셔츠를 꺼내 입었다. 집을 나서면서도 계속 손바닥에 입김을 불어 제 몸에서 나는 냄새를 맡아 보았지만 이미 범준의 코는 여러 가지 냄새에 마취가 된 후였다.

202호에 사는 지연도 냄새를 맡았다. 하지만 지연은 냄새 따위에 신경을 쓸 겨를이 없었다. 필 때문이었다. 지난밤 필이 집을 나가겠다고 짐을 싸는 통에 지연은 거의 미쳐 버릴 지경이었다. 그런 채로 지연은 날을 새웠다. 평소 지연은 감정의 파고 같은 걸 모르고 살아왔다. 하지만 이번만큼은 달랐다. 명치부터 뜨거운 어떤 것이 슬슬 치밀어 올라 빗장뼈를 달구는 기분이 들더니 이내 턱밑부터 정수리까지 홧홧해졌다.

지난밤, 필은 무언가 퍼뜩 떠올랐다는 듯 지연에게 헤어지자고 말했다. 둘은 함께 텔레비전을 보며 저녁을 먹던 중이었다. 말을 꺼내면서도 필은 밥그릇에 남은 밥을 입안에 욱여넣었다.

"하필 그걸 왜 지금 말해?"

지연이 숟가락을 놓고 쏘아붙였다.

"지금이 뭐?"

필은 오히려 의아하다는 듯 물었다.

"섹스까지 다 하고, 내가 차려 준 밥까지 처먹으면서 이제야 그 말을 하냐고."

"마지막으로……."

"에라, 개새끼야!"

지연은 손을 더듬어 손에 잡히는 무언가를 필의 면상을 향해 던졌다. 필은 순발력 좋게 지연이 던진 숟가락을 잡아챘고 두 번째 던진 두루마리 휴지도 고개를 꺾어 잘 피했다.

그러고도 둘은 한 침대에서 잠을 잤고, 함께 아침을 맞았다. 필이 차가 없는 탓에 친구의 도움을 받아야 했는데 마침 그 친구는 술을 먹고 있었기 때문이었다.

지연은 밤사이 한잠도 이루지 못했지만 필은 코를 골며 잤다. 여느 때처럼 필의 다리가 지연의 허벅지 위로 올라오기도 했다. 지연은 말라빠진 필의 다리를 던질까 말까를 고민했지만 그저 필의 다리를 부둥켜안은 채 누워 있었다.

어스름 새벽빛이 창밖으로 비춰 올 때 지연은 몸을

일으켜 앉았다. 침대 헤드에 등을 대고 잠든 필의 얼굴을 바라봤다. 아이처럼 입술이 씰룩거리기도 했지만 필은 곤하게 잠든 채였다. 지연의 입에서 한숨이 새어나왔다. 그리고 다시 숨을 들이마실 때 지연은 뭔가 심상치 않은 냄새가 풍기는 것을 느꼈다. 지연은 코를 벌름거리며 필의 얼굴 가까이 몸을 낮췄고 움찔움찔 움직이느라 벌어진 입에서 전에는 맡아 본 적 없는 너무나 생경한 악취를 맡게 되었다. 지연은 그대로 발을 뻗어 필을 침대 밖으로 밀어냈다.

"짐 안 싸?"

침대 아래로 떨어진 필은 잠이 덜 깬 눈을 깜빡이며 지연을 쳐다봤다. 그제야 필은 활짝 펼쳐진 캐리어 쪽으로 시선을 돌렸다. 지연이 보호소에서 업어 온 고양이 아담과 바라가 한쪽씩 사이좋게 옹송그리고 앉아 필을 쳐다보고 있었다.

필은 캐리어 하나만 달랑 들고 집을 나섰다. 두 개의 박스가 더 있었지만 필의 친구는 전화를 받지 않았다. 필은 수일 내에 짐을 찾으러 오겠다는 말만 남기고 202호 현관문을 닫았다.

필이 떠나고 나서 지연은 침대 속으로 들어가 누웠다. 밤을 새운 탓에 잠이 부족했고 그런 피곤함은 불쾌한 냄새 정도는 쉽게 이겨 먹을 수 있는 것이었다.

지연은 그대로 잠에 빠져 들었다.

며칠 비가 왔고, 또 며칠은 바짝 마른 날이 이어졌다. 장마철 무거운 공기 속에서 톡 쏘는 냄새는 배양이 된 듯 더욱 강렬해졌고 건조한 날이 이어지자 사방으로 빠르게 퍼져 나갔다. 건물 골조 사이에 묻혀 있는 하수 배관을 타고 부패한 단백질 냄새가 온 세대를 돌고 돌았다. 물은 흘러 내려갔지만 냄새는 허공을 꽉 채운 채 제 위력을 과시했다. 이제 세입자들은 그 냄새를 참아 낼 수가 없을 지경이 되고 말았다.

지연은 자신의 집 화장실 천장에 물이 맺히는 것과 진원지를 알 수 없는 냄새가 전혀 무관하지 않을 것이라는 생각을 하기 시작했다. 그렇게 확신을 갖고 나자 표현할 길 없는 고약한 악취들이 집 안 곳곳에서 풍겼다. 하루가 더 지나자 비염이 심했던 지연도 화장실 문을 열 수가 없을 정도였다. 특별한 일이 없는 한 절대 먼저 집주인에게 연락한 적이 없던 지연은 크게 용기를 내어 전화를 걸었다. 집주인 막례는 빌라 앞마당에 나와 있었다. 전화기를 통해서 들리는 소리보다 창으로 넘어온 막례의 목소리가 더 컸다. 지연은 창문을 열고 화단 소파에 앉아 있는 막례를 향해 목례를 했다.

인정빌라는 지은 지 20년이 훌쩍 넘은, 이름만 빌라인 4층짜리 다세대주택이었다. 1층부터 3층까지는 세입자들이 두 집씩 살았고 4층은 통으로 주인 내외가 살았다. 세입자들의 집은 모두 작은 방 두 개에 거실이 있는 구조였다. 오래전에 지은 건물이라 주차장은 없었다. 주인집도 차가 없었고 연화네가 이사 간 이후로는 세입자들 중에도 차를 가진 사람이 없었다. 작은 차 두 대 정도는 세울 수 있을 만큼의 주차 공간이 있긴 했지만, 부지런한 막례는 구멍 뚫은 커다란 고무 대야에 흙을 채워 넣어 주차장의 반절만 한 작은 텃밭을 만들어 가꿨다.

올해도 초여름부터 방울토마토가 대풍이었다. 방울토마토 줄기가 창살을 타고 한없이 퍼져 가고 있는 중이었다. 볕을 받아 쑥쑥 자라는 방울토마토 덕에 1층 세입자들은 창문을 가리기 위해 커튼 같은 것을 달 필요가 없었다. 순을 쳐낼수록 계속 생장을 이어 가던 방울토마토 줄기는 2층 지연의 화장실 아래 에어컨 실외기 배관을 감고 다시 위로 올라갔다. 이대로 여름이 한 달만 더 길어진다면 방울토마토는 아마 건물 지붕을 타고 반대편으로 넘어가 하강을 하게 될 것이고, 끝내는 다시 땅을 뚫고 들어가 원래대로 덩굴성 식물의 모습을 찾을지도 몰랐다. 본디 토마토는 남미 쪽의 더운 지방에 야생식물로 자랐던 작물로, 참외처럼 땅을 지지대 삼아 순을 뻗어 나가는 덩굴성 식물이었으니 상상 못할 일도 아니었다.

인정빌라에서 가장 냄새를 늦게 맡은 건 4층에 사는 막례 내외였다. 평소 고등어 사랑이 지나칠 정도로 심했던 막례 내외는 매일같이 고등어를 구워 먹었더랬다. 어떤 때는 1일 3식 매 끼니마다 고등어를 구워 먹기도 했다. 4층 베란다 한쪽에 휴대용 버너와 고등어 전용 그릴과 프라이팬이 있을 정도였다. 아무리 베란다에서만 구이를 한다고 한들, 매일같이 생선을 굽는 데에는 다른 냄새가 끼어들 여지가 없었다. 인정빌라 곳곳을 챙기며 다니는 막례에게는 비릿한데 왠지 모르게 바삭한 그런 냄새가 풍겼다. 물론 막례와 지성은 자신들이 그런 냄새를 몰고 다닌다는 사실은 전혀 알지 못했다.

고등어는 차치하고라도 나이가 들면서 막례 내외는 둘 다 후각이 둔감해지고 있었던 터라 냄새의 심각성을 인지하지 못했다. 처음에는 여름이 지나가면 냄새도 사라질 텐데 입주민들이 유난스럽게 호들갑을 떤다 생각했다. 그렇지만 계단 청소와 음식물 쓰레기 처리 비용 조로 관리비를 받고 있었기에 막례는 건물에서 자꾸 냄새가 난다는 말을 무신경하게 넘길 수만은 없었다.

조심스레 말을 꺼낸 지연에게 막례는 안 그래도 여러 사람이 말을 해서 집집마다 방문해 확인을 하겠다며 으름장을 놨다. 필시 어느 집에서 쓰레기를 안 버리고 쌓아 두고 있는 거라고 단언했다. 전에도 이런 일이 있었는데 이처럼 독한 냄새는 처음이라고 말하면서 혀를 찼다. 옆에 앉은 앞집 말숙과 뒷집 금란의 '조사 버려야 해.', '내쪼까.' 같은 추임새가 전화기를 통해서, 창문을 통해서 건너왔다.

그날 저녁, 막례는 모든 집의 초인종을 눌렀다. 101호 병철네가 제일 먼저 혐의에서 벗어났다. 혼자 사는 범준의 집은 막례가 생각해도 너무 깨끗했다. 책상과 탁자 위에 재를 털어낸 재떨이가 보였지만 방문마다, 책꽂이마다 디퓨저가 걸려 있어 지나치리만치 라벤더 향이 강하게 풍겼다. 막례는 집을 그렇게 깨끗이 사용해 주는 범준이 고마웠다. 앞으로 범준을 볼 때마다 라벤더 향이 강하게 날 것 같았다. 102호 현관문을 닫으며 막례는 범준의 등을 두 번 싹싹 쓸어 주었다.

"고마워, 고마워. 그래도 담배는 나가서 피워 주면 좋겠네."

범준은 안경을 고쳐 쓰며 그러마 약속했다.

다음으로 막례는 2층으로 향했다. 한 집씩 거쳐 갈 때마다 막례의 뒤를 따르는 사람이 늘어났다.

막례는 지연이 키우고 있는 고양이 두 마리와 화장실 문 앞에 놓인 고양이 화장실에 한동안 눈을 두었다. 마침 모래 위에는 고양이들이 싼 똥 덩어리들이 놓여 있었다. 막례는 쿵쿵 소리가 나게 냄새를 맡고는 레이저가 나올 정도로 눈에 힘을 줘 가며 화장실을 째려봤다.

"아고야, 아마 모르긴 몰라도 이 냄새의 몇 프로는 아가씨 집에서 보탠 걸 거야."

"그렇게 독하지 않아요, 얘네 냄새."

지연은 얼굴을 붉히며 얼른 똥을 퍼서 변기에 넣고 물을 내렸다.

"들어 보니 고양이도 그때그때 바로바로 깨끗하게 치워 줘야 좋아한대."

그러면서도 막례는 털이 긴 페르시아고양이 바라가 다리 사이를 지나가자 활짝 얼굴을 펴고서 바라의 머리를 쓰다듬었다.

"짐승이 이쁘긴, 이쁘네."

다음 차례는 이사 온 지 얼마 안 된 301호 경미의 집이었다. 짐도 다 풀지 못한 상태였지만 세입자들 중 가장 깨끗했다. 남은 건 연락이 되지 않는 302호와 201호였다.

"필시 201호나 302호에서 냄새가 날 것이네. 따져 보니 월세도 그냥 지나갔던데. 아가씨는 2층 사람들 본 적 없어?"

모두가 지연을 쳐다봤다.

지연은 부부를 딱 한 번 본 적이 있었다. 이른 아침 운동을 나가던 참이었다. 부부는 술에 취해 불콰한 얼굴을 하고 눈이 게게 풀린 채였다. 지연은 좁은 계단에서 혹시 어깨가 부딪칠까 잠시 멈춰 서서 그들이 지나가기를 기다렸다. 가끔 누군가 계단을 종종 걸음으로 뛰어올라 앞집 현관문을 벌컥 열고 닫는 소리를 듣기도 했다. 그게 201호 아이일 거라는 생각은 하고 있었지만 한 번도 방범창을 내다보고 확인한 적은 없었다.

막례 내외는 연화와 보리를 돌봤던 것처럼 말수가 적은 201호 남자애를 예뻐했다. 부모 대신 밥도 여러 번 먹였다. 하지만 부모는 단 한 번도 고마움을 표현하거나 가벼운 목례조차도 한 적이 없었다. 언제나 아이를 성난 목소리로 불러 집으로 데리고 들어갈 뿐이었다.

막례는 비상 키를 만지작거렸다.

"열어야 하나?"

"글쎄요."

병철이 자신의 일처럼 난처한 얼굴로 말했다.

"그래도 세를 주신 거니까 열면 안 될 거 같은데요. 여행을 가셨는데 전화기를 잃어버렸거나 뭐 그런 일이 있을 수도 있는 거니까요. 하루이틀만 더 기다려 보시죠,

어르신."

범준이 말했다.

"그렇지? 아무래도 그래야겠지? 201호 열쇠는 내가 갖고 있지도 않아. 뭔 애가 자꾸 열쇠를 잃어버린다잖아. 자기들 돈으로 디지털 도어록으로 교체했다고 하는데, 그건 따로 열쇠가 필요 없다며?"

지연은 집에 들어가지 못하고 계단에 앉아 있던 201호 남자애의 얼굴이 떠올랐다.

냉동실에 넣어 놓고 두고두고 먹으려고 누가바 열 개를 사 가지고 오던 길이었다. 열쇠가 없었는지 앞집 남자애가 2층과 3층 사이 계단에 쪼그리고 앉아 있었다. 남자애도 제 부모처럼 인사성이 없었다. 하지만 그 어떤 알은체보다도 강렬한 눈빛으로 지연의 아이스크림 봉지를 쳐다보는 통에 지연은 그걸 그대로 무시하고 집 안으로 들어갈 수 없었다. 지연은 그렇게 후박한 편은 아니었지만 그렇다고 몰인정하지도 못했다.

남자애는 어디서 뛰놀다 왔는지, 이마에 땀이 잔뜩 맺혀 있었다. 지연은 딱 하나만 주고 들어갈 생각이었지만, 남자애는 두 손바닥을 쫙 펼쳐 각각 내밀었다. 두 손을 모아서 내밀었다면 아무렇지도 않게 하나만 내려놓고 들어갈 수 있었을 텐데, 지연은 순간 어느 손에 누가바를 내려놓아야 할지 당황하고 말았다. 아무 의도 없는 제스처일 게 당연한데도 지연은 손 하나에 누가바 하나씩을 따로따로 올려 주었다. 열 개를 산 것이 너무나 투명하게 내비치는 비닐봉투를 들고 있던 터라 인색함을 들키고 싶지 않았다. 남자애는 흐뭇한 표정으로 지연을 올려다봤다. 미션을 완수한 것 같은 진한 성취감이 남자애의 얼굴 가득 떠올랐다. 남자애는 고맙다 소리도 없이 누가바를 두 손에 꽉 쥔 채 계단을 뛰어 내려갔다. 지연은 남자애의 뒤통수를 보면서 이상하게 지하철역까지 죽 이어 활짝 핀 봄날의 개나리꽃이 떠올랐다.

그게 지연과 옆집 남자애의 유일한 접촉이었다.

"그럼 기왕지사 이렇게 된 김에, 302호 문은 열어 봅시다. 너무 어르신이고 하니까 걱정되어서 열었다고 하면 이해도 하실 거고."

막례는 같이 가 줄 거지?라는 호소가 담긴 눈동자로 모두를 찬찬히 둘러봤다.

하는 수 없이 모두 막례를 따라 302호 현관문 앞에 서

게 되었다. 막례 가장 가까이에 선 지연은 졸지에 셜록 홈스에 나오는 왓슨이 된 기분이었다.

"뭐 별일이야 있겠어. 나이 들면 다 추저분해지고 그러는 거니까. 너무 얼굴 찡그리고 그러면 안 돼. 쓰레기는 치우면 되잖아."

막례는 302호 열쇠를 들고 세입자들에게 하는 소리인지 자신에게 하는 소리인지 모를 단속을 했다.

그때까지만 해도 막례는 월세를 받을 생각 외에는 다른 생각이 없었다. 302호 진국이 돈이 없어 버티기에 들어갔거나, 바깥출입을 하지 않고 집 안에 쓰레기를 쌓아두고 있거나 해서 냄새가 진동하는 건가 싶었다. 나이가 들고 사회 활동이 줄어든 남자들은 대부분 바깥 활동을 하지 않는다. 지성만 봐도 그랬다. 집에 있는 날에는 종일 소파와 한 몸으로 지냈다. 최악의 경우, 진국 혼자 치매를 견디고 있을지도 모른다는 생각이 들었지만 그런 생각은 아예 하지 않기로 했다. 나쁜 상황을 상상하는 것보다 사람이 나쁘다고 상상하는 편이 훨씬 편했기 때문이었다.

딸깍, 잠금장치가 풀리고 302호의 현관문이 열렸다.

문 뒤에 꽉 뭉쳐 있던 어떤 기운이 사람들을 와락 끌어안듯 달려 들었다. 눅눅하고 쾌쾌하고 구역질 나는 냄새가 났다. 그리고 너무도 끔찍하게 따뜻했다.

모두가 현관에 선 채 물소리가 나는 쪽으로 시선을 옮겼다. 누구도 먼저 움직일 생각을 하지 못하고 서 있었다.

병철이 안전화를 벗고 거실로 들어갔다. 화장실 문고리를 돌리자 거실로 얕은 물이 왈칵 밀려나왔다. 그렇게 막례가 단속을 했지만 지연은 외마디 비명을 지르고 말았다. 막례 역시 마찬가지였다. 뭔가 둔탁한 것이 막례의 심장을, 뒤통수를 치고 갔고 그 이상한 완력으로 막례는 그대로 바닥에 주저앉고 말았다.

누구도 상상하지 못했던 광경이었다. 그 순간 사람들의 입에서 터진, 어머나, 세상에, 어떡해를 초과하는 현실이 모두의 눈앞에 펼쳐져 있었다.

해골에 가깝게 변해 버린 302호 진국을 마주했을 때 어떤 태도를 취해야 하는지 아무도 알지 못했다. 막례는 아이고, 아이고, 소리를 내며 곡을 했다. 아주 잠시였지만 막례는 진국의 마지막 순간을 애도했다. 돈 따위는 떠오르지도 않았다. 불쌍해서 견딜 수 없이 눈물이 흘렀다.

"어쩌까, 어쩌까, 불쌍해서 어쩌까······."

막례는 콧물이 그렁그렁한 울음을 토해 냈다.

지연은 눈물조차 나오지 않았다. 범준은 떨리는 손으로 막례를 안아 올렸다. 모두가 뒷걸음질로 302호를 빠져나왔을 때 경미는 그대로 302호의 현관문을 닫았다.

풀 한 포기라도, 바람 한 자락이라도 숨이 붙어 있는 모든 것들은 흔적을 남기기 마련이었다. 302호 진국도 그랬다.

진국이 막례의 남편 지성보다 열 살은 더 많다고 들었지만 지연은 그런 사람을 본 적이 없었다. 당연히 말도 나눈 적이 없었다. 진국이 화장실 욕조에서 미끄러져 그대로 아사할 때까지 같은 건물에 살던 사람들 대부분 그런 사실조차 알 길이 없었다.

오래도록 진국을 괴롭혔던 기립성 빈혈은 진국이 영영 몸을 일으킬 수 없게 만들었다. 휘청하는 순간 몸이 기울고 진국은 그대로 화장실 바닥 타일에 머리를 떨어뜨리고 말았다. 진국은 그 나이대에 보기 드물게 180센티미터가 넘는 장신이었다. 하지만 여든이 넘은 나이에

뼈와 근육은 누군가 관을 꽂아 고로쇠 수액을 뽑듯이 매일이 다르게 몸에서 증발해 버렸다. 그래서 쓰러지기 직전 진국의 무게중심은 머리에 있었다. 그랬다. 기우뚱하는 순간 머리가 제일 먼저 뒤로 넘어간 건 필연이었다.

몸을 일으킬 정도의 기운만 있었어도 아사하는 일은 없었을지도 모른다. 하지만 뒤로 넘어지면서 머리가 먼저 욕조 바닥에 부딪쳐 두개골에 금이 갔고 골반 뼈도 조각나 버렸다. 두 팔과 두 다리는 허우적거릴 수만 있었을 뿐 무언가를 부여잡을 수 있게 기능하지 않았다. 늘어진 피부 가죽 안의 뼈들은 넘어지는 그 순간, 끊어지고 깨졌다. 혼자 사는 집이었지만 평생 스스러운 게 많았던 진국은 목욕을 할 때도, 소변을 볼 때도 꼭 문을 닫고 일을 보는 사람이었다. 그때 만약 문이라도 시원하게 열려 있었더라면 진국의 목소리를 누군가 들을 수 있었을까.

평생 단 하나의 유희거리였던 흡연으로 말년에 진단받은 기관지확장증과 천식이 없었다면 사람들이 들을 수 있을 정도로 소리를 지를 수 있었을까. 어떻게 소리를 내려고 해도 진국의 입에서는 쇠파이프를 통과하는 마른 바람 소리 같은 천명(喘鳴)만 나올 뿐이었다. 건물에 사는 누구도 긴박했던 순간, 진국에게서 터져 나왔던 처절한 쌕쌕거림을 듣지 못했다. 지연이 사는 202호 에어컨 배관을 감고 뻗어나가 기어이 302호 화장실 창문까지 다다랐던 방울토마토가 그것을 보았을까, 들었을까.

씻던 중 발생한 일이었기에 진국은 핸들을 내릴 수도 없었다. 욕조 수전 토수구에서는 계속 물이 흘렀다. 욕조 바닥에 잘박잘박하게 물이 차올랐고 쌕쌕 소리를 내는 진국의 입으로, 입으로 들어갔다. 진국은 더 이상 마른 바람 소리도 내지 못했다. 겨우 힘을 내어 머리통을 바로 세웠을 때 깜빡 정신을 잃고 말았다. 그리고 그렇게 놓친 정신은 다시 돌아오지 못했다. 여러 가지 꿈을 꾸기도 했지만 이내 암흑이 덮쳤고 그대로 천천히 꿈을 꾸면서 죽어 갔다. 수많은 음식들을 먹는 꿈이었다. 그렇게 고립된 채 진국은 먹고, 먹고 또 먹어도 배가 고픈 상태로 암흑 속으로 빨려 들어갔다.

애도의 시간은 막례와 진국의 관계만큼 짧게 끝났다. 막례는 경찰들에게서 새로운 정보도 얻게 되었고, 그런 풍부한 정보는 그만큼 이야기를 살찌게 했다. 인정빌라에 사는 세입자들은 화단을 오갈 때마다 진국에 대한 새로운 정보를 생생하게 전해 들었다. 금세 인정빌라의 모든 사람들이 진국의 마지막 모습과 사정 그리고 앓고 있던 지병 등을 알게 되었다. 병철에게 이미 들은 바 있었지만 막례의 말주변을 입은 이야기는 또 달랐다. 진국의 감지 못한 두 눈까지 상상하게 된 석희는 놀라움을 넘어 딸꾹질까지 했지만 막례는 잡은 팔을 풀어 주지 않았다. 물론 석희의 반응 역시 막례의 입을 타고 모두에게 또 다시 전해졌다.

지연 역시 몇 번이나 현관 앞에서 붙잡혔다. 방울토마토 줄기를 등지고 앉은 고정 멤버 막례와 말숙, 금란의 맞은편, 등받이 없는 의자에 지연은 자주 앉아 이야기를 들었다. 그들은 거의 대부분의 낮 시간을 소파에 앉아서 이야기를 하며 시간을 보냈다. 한번 이야기가 시작되면 말을 끊기도, 자리에서 일어날 순간을 잡는 것도 어려웠다. 저도 모르게 이야기에 홀딱 빠져들기 때문이기도 했다.

지연은 쉼 없이 이야기를 쏟아내는 막례의 입에서 코로, 눈에서 흰 머리카락으로 시선을 옮겼다. 막례의 뒤로는 담쟁이넝쿨처럼 건물 외벽을 타고 영역을 넓혀 가고 있는 방울토마토가 보였다. 처음 모종을 심은 건 몇 포기 되지 않았는데, 이미 방울토마토 주변을 에둘러 심은 콩과 상추 같은 것은 보이지도 않을 만큼 방울토마토 줄기들이 얽히고설키어 있었다.

대화를 이끄는 것은 언제나 막례였다. 끝말잇기를 하듯 요람에서 무덤까지 이어지는 이야기를 끝없이 확장해 나갔다. 처음 빌라를 거쳐 간 사람들의 면면에 대해서 이야기하다가, 과일을 깎다 문득 과일가게 남자를 욕하다가, 청과물 총각의 외모를 품평하다가, 어디선가 나타난 길고양이가 야옹야옹하고 울면 고양이 이야기로 옮아갔다. 고양이로 이어진 이야기는 누군가 재채기를 하는 순간 알레르기로 바뀌고, 거기서 뜬금없이 누군가 뜸 치료에 대해 이야기를 시작하자, 모두들 자신들이 알고 있는 민간 치료법에 대해 풀어놓기 시작했다. 전동 재봉틀이 저절로 돌아가듯, 누가 듣는지 신경도 쓰지 않는 말만 하는 사람들처럼 말만 이었다.

앞 빌라에 사는 말숙도 만만치가 않았다. 말숙은 은근히 말을 자르고 들어오는 것을 잘했는데 빠글빠글한 자신의 가발보다 더 내구성이 뛰어난 이야기들을 가지고 있었다. 막례의 이야기가 주로 불평과 험담과 걱정이라면 가발 할머니 말숙의 필살기는 야하면서도 웃긴 이야기들이었다. 죽은 시아버지 손가락에서 반지를 빼 온 며느리 이야기라든가, 바람난 남편의 정부를 찾아갔다 뺨을 맞고 돌아온 아내의 이야기며, 젊은 시절 자신의 친구가 사랑했던 변강쇠 같은 남자들 이야기였다. 기괴하고 왜곡되고, 어떤 것은 한 부분만 극단적으로 강조한 느낌이었다. 지연은 말숙이 이야기할 때마다 자신도 모르게 손으로 입을 가리고 웃고 있었다. 막례는 방대한 이야기의 양으로 승부를 거는 데 반해 말숙은 안 웃고는 못 배길 정도로 웃음 포인트를 짚어 데포르메를 쓰는 재주가 있었다.

하지만 이미 만들어진 이야기는 그만큼 신선도가 떨어졌다. 도대체가 앞을 알 수 없는 201호의 비밀 같은 이야기는 말을 하는 막례는 물론 듣는 말숙과 금란의 뒷목도 서늘하게 만들었다. 지연도 귀를 세우고 막례가 하는 이야기에 집중했다. 막례는 이놈의 집, 싹 허물고 새집을 짓든가 해야 한다고 말하면서도 201호의 비극을 상상했다. 인정빌라에서 풍겨 나는 냄새는 이야기를 거들기에 충분했다. 어떻게 될지 모르는 이야기는 무한대로 상상을 끌어왔다. 피가 팽팽 돌고 눈물, 콧물을 쏟는 실제 살아 있는 이야기였다. 이유를 알 수 없는 악취와 사라진 사람들 그리고 어느새 팔다리가 끊어져 피가 낭자한 화장실 벽면이 만들어졌다. 거기에 302호 진국의 슬픈 서사가 더해졌다. 진국의 삶은 씻기 위해 수도꼭지를 올리던 마지막 순간보다도 화단 앞 소파 위에서 더욱 생생해지고 풍부해졌다.

지연은 할머니들이 풀어놓은 말을 들으며 상상했다. 창문에 줄을 묶어 나란히 목을 맨 가족을 말이다. 삶을 비관했을까, 순간적인 실수였을까. 지연은 스스로가 납득이 되도록, 있지도 않은 이유를 만들고 있었다.

문득 지연은 두렵기도 했다. 할머니들은 자신이 없는 자리에서 202호 아가씨로 통하는 지연의 이야기도 할 것이었다. 필의 이야기가 빠질 리가 없었다. 생각이 거기까지 미치자 그 자리에 헤헤거리며 앉아 있을 수가 없었다. 지연은 그대로 일어나 인사를 하고 집으로 들어가 버렸다.

며칠이 지나는 동안 진국의 시신과 가재도구가 302호에서 모두 치워졌다. 막례는 거금 50만 원을 들여 벽지를 새로 발랐다. 특수 청소 업체를 불러 화장실 청소도 대대적으로 마쳤지만 건물 곳곳에 여전히 악취가 감돌았다. 세입자들은 화단을 지날 때마다 막례에게 일상적인 이야기를 건넸지만 그것뿐이었다. 더 이상, 아무도, 냄새를 탓하지 않았다. 계약 기간이 끝나가는 1층 병철네는 계속 이어서 살겠다고 했다. 범준도 친구와 함께 살게 될 거라고 알려 왔다. 막례는 범준의 말을 듣고 고마움에 눈물이 찔끔 새어나왔다.

"그런데 어르신, 큰 개도 한 마리 있어요. 물론 집 안에서 키울 거예요. 잘 짖지는 않고요."

범준은 조심스럽게 막례의 얼굴을 살폈다.

"암만, 아무렴 어떤가. 살던 사람이 계속 사는 것이 낫지."

말은 그렇게 하면서도 막례는 연락이 닿지 않는 201호 가족을 떠올렸다.

진국의 마지막 모습을 얼핏 본 게 다였던 지연은 내내 진국의 이미지에 붙들려 살았다. 엎어진 진국이 물에

얕게 잠긴 채 숨을 거두는 모습을 자주 상상했다. 진국은 지연의 꿈에도 여러 번 나타났다. 진국의 얼굴은 어느 순간 시커멓게 변했고 아득해졌다. 꿈일 뿐이었지만 지연은 괜한 두려움이 생겼고 왠지 모르게 자기 삶이 한편으로 절망스럽게 느껴지기 시작했다.

그럴수록 냄새는 더욱더 심하게 느껴졌다. 환기를 시켜도 냄새가 빠지지 않았다. 이미 냄새는 지연의 머릿속에 꼿꼿하게 박혀 버렸다. 그리고 그것은 전보다 더 이상한 상상을 몰고 왔다. 아무리 무심하게 있으려고 해도 상한 육체들이 지연의 머릿속에 자꾸 들어찼다. 물에 젖은 진국의 손가락 마디 하나가 어딘가에 걸려 있을 것만 같았다. 이후로 지연은 밤이 이슥해져도 절대 불을 끄지 않았다.

그러는 사이 수일 내로 짐을 찾아가겠다던 필이 찾아왔다. 박스를 가지러 왔다고 말했지만 필은 혼자였다. 지연은 필을 집 안으로 들이고 커피를 내줬다.

"위층 할아버지 냄새였어."

지연은 먼저 냄새 이야기를 꺼냈다.

"그랬구나. 어쩐지. 화장실에서 냄새가 제일 심했었

어."

 필은 냄새를 상기하듯 코를 잔뜩 찡그렸다.

"냄새가 빠지질 않아."

"시간이 걸리겠지."

"매일 할아버지 꿈을 꿨어."

 지연은 유난히 꿈을 많이 꿨다. 그건 필이 잘 알고 있었다. 잠자리에서만 그런 것도 아니었다. 만원 버스 안이건 지하철 안이건 상관없었다. 손잡이에 매달려 겨우 몸을 부지하면서도 지연은 깜빡 졸았고 그사이 꿈을 꿨다고 호들갑을 떨었다. 화들짝 깰 때는 왜 그렇게 액션이 큰지, 꿈 때문에 놀라는 지연보다 주변에 있던 사람들이 더 크게 놀랐다. 가끔 발작처럼 잠에서 깨어나는 지연을 볼 때마다 필은 생각했다. 어쩌면 꿈이 지연을 꾸고 있는 건지도 모른다고 말이다.

"사람은 어디서나 죽어."

 필의 목소리는 전에 없이 어른스러웠다. 그 말에 지연은 자신의 집에서 사람이 죽었는데 아무렇지도 않게 사방팔방 떠드는 막례의 얼굴이 떠올랐다.

"사실 우리는 너무 많이, 죽음에 대해 말하잖아. 그러면서 왜 그렇게 두려워하는 건지 모르겠어, 나는. 사람이 안 죽다가 갑자기 죽게 된 것도 아닌데 말이야. 옛날에는 집에서 사람이 죽고 집에서 장례도 치르고 다 그랬는데."

말이 길어질 새도 없이 필의 전화가 울렸다.

"박스 밖에 빼놓을게. 차가 좀 막힌다네."

"몇 시에 오기로 했는데?"

"털 좀 봐. 저 털, 네 입으로 다 들어간다."

필이 허공을 가리키며 딴소리를 했다.

지연은 몸을 일으키고 책장 쪽으로 걸어갔다. 책장 앞에는 며칠 전 필이 두었던 그대로 커다란 박스 두 개가 놓여 있었다.

필이 다가가자 박스 위에서 식빵을 굽고 있던 고양이 아담과 바라가 동시에 몸을 튕기듯 뛰어 침대 뒤로 달아났다. 현관문 밖에서 인기척을 느낀 것이었다. 이윽고 초인종이 울렸다.

"보나마나 주인 할머니겠지."

지연이 고개를 흔들며 일어났다.

아니나 다를까 문을 열자 막례가 방울토마토로 가득한 바구니를 들고 서 있었다. 지연이 목례를 하는 중에도 막례는 지연의 등 뒤쪽을 연신 흘깃거렸다.

"아가씨, 이거 좋아하잖아."

막례는 바구니를 쓱 내밀었다. 어제 받은 것도 아직 손도 안 대고 있는데, 라고 말할 수는 없었다.

"혹시 201호 사람들 못 봤어?"

"네. 어제도 제가 못 뵈었다고 말씀 드렸는데."

"오늘은 아니잖아."

"네, 그렇긴 하네요. 저는 통 못 뵈었어요."

그 순간 지연은 며칠 전 계단을 오가는 시끄러운 발소리를 들은 것이 떠올랐다. 그때는 남자애가 밤에 잠도 자지 않고 뛰어 노는구나 싶었는데, 또 그게 아닌지도 모른다는 생각이 들었다. 하지만 지연은 아무 이야기도 하지 않았다.

"그냥 문을 부수고 들어갈 수도 없고. 어째 사람들이 전화를 안 받아. 여행이라도 간 건가?"

말끝에 막례는 한숨까지 내쉬었다. 그리고 이내 표정이 어두워졌다. 진국을 발견할 때처럼 또 무슨 일을 목격하게 될까 봐 걱정하는 낯빛이었다.

지연은 문고리를 잡고 어깨를 으쓱해 보였다. 지연도

막례도 더 나눌 대화가 없었지만 막례는 발걸음을 돌릴 생각을 않고 있었다.

"매일 화단에 나와 계시면서 오가는 걸 못 보셨어요?"

지연이 물었다. 막례는 뭔가 큰 걸 깨달은 것처럼 화들짝 놀랐다.

"그러게, 전혀 지나다니지를 않던데?"

막례는 201호 현관문에 바짝 얼굴을 대고 코를 킁킁대기 시작했다.

"그, 냄새 나는 것 같지 않아?"

"전부터 나던 거라 저는 잘 모르겠어요."

악취가 점점 더 심해지고 있다고 말하고 싶었지만 지연은 대충 얼버무리고 말았다.

"그치? 4층에 있으면 그 냄새 때문에 창문을 못 열어 놓는다니까. 요새 내가 고등어도 못 구워. 맞아. 그때 그 냄새 같아. 어쩌지?"

막례의 목소리는 뭔가를 확신한 것 같았지만 그 확신은 오히려 막례의 목소리를 불안하게 만들었다.

"내가 이래서 이상한 사람들 안 들이려고 했는데 말이야. 진짜 어떻게 해."

그 와중에도 막례는 지연의 어깨 위로 삐죽 고개를 내민 필을 발견하자 콧잔등부터 미간까지 잔뜩 주름이 잡히게 인상을 찡그렸다.

"남자 친구라고 했나?"

필은 이렇다 저렇다 말도, 인사도 않고 안으로 쏙 들어가 버렸다.

"부끄럼이 많은가 보네."

막례는 그런 소리를 하고 계단을 내려갔다. 202호 아가씨의 남자 친구는 부끄럼이 많다. 지연의 이야기에 추가될 정보였다. 그런 생각에 이르자 관자놀이가 지끈거렸다.

어느새 필은 박스를 현관 매트 앞으로 끌어다 놓았다. 며칠 전만 해도 지연은 아무 감정이 없었다. 이런 일은 셀 수도 없이 많이 상상해 오던 것이었다. 필이 지연의 집에 캐리어 하나를 들고 들어온 순간부터 말이다. 단출한 짐은 언제나 필이 떠날 수 있음을 암시하는 것 같았다. 지연은 행거 아래 반듯하게 자리를 차지하고 있는 캐리어를 볼 때마다 필이 떠나는 상상을 하곤 했다. 그래서 필이 헤어지자는 말을 꺼냈을 때만 잠시 발끈했을 뿐 필이 집을 나선 이후에는 마음이 금세 담담해졌다. 수많은 시뮬레이션을 통해 감정은 이미 다 휘발되어 버린 것 같았다.

하지만 그런 게 아니었다.

"밥 먹고 가."

지연은 필의 손목을 잡고 다시 거실로 이끌었다. 필은 못 이기는 척 지연을 따라 안으로 들어왔다. 그리고 침대에 기대 바닥에 엉덩이를 붙였다. 어느새 필은 손님같이 변해 있었다.

필은 천장부터 찬찬히 방 구석구석을 둘러보기 시작했다. 이제 공간이 낯설었다.

"저긴 덧칠이라도 할 걸 그랬어."

필이 싱크대 주변 벽지를 보며 말했다. 지연도 필이 보고 있는 쪽에 시선을 돌렸다. 주방 천장과 벽면에 토마토소스가 튄 자국이 아직도 선명했다. 스파게티를 만들어 주겠다고 필이 토마토소스가 든 유리병을 열었을 때 손이 헛돌면서 소스가 사방으로 튀어 생긴 자국이었다. 둘이 의자를 갖다 놓고 열심히 닦는다고 닦았지만 말끔하게 닦이지 않았다.

"토마토 자국일 뿐인데 뭐."

대수롭지 않게 말했지만 언젠가 지연은 그 자국이 꼭 핏자국같이 보인다고 말한 적이 있었다. 그때 필은 지연을 꽉 안아 주며 등을 토닥였었다.

"그래, 신경 쓰지 않으면 뭐 보이지도 않아."

지연은 기억했다. 핏자국 같은 얼룩을 올려다보며 필이 했던 이야기를. 필은 핏자국이 묻은 어떤 집에 얽힌 이야기를 같이 써 보자고 제안했다. 일러스트는 지연이 맡고 글은 자신이 쓴 잔혹동화를 세상에 내놓자고 들떠서 말했었다. 좋을 때는 뭐든 같이 하는 미래를 상상했었다. 지금은 지워 없애고 싶은 얼룩일 뿐인데 말이다. 대안 없음의 대안으로서 필이 존재했던 시간들이 훨씬 많았던 것도 부정할 수가 없었다. 지연은 슬슬 빗장뼈가 아프기 시작했다. 뭔가가 허물어지는 느낌도 들었다.

그런 생각을 하면서도 지연은 이전처럼 금세 밥상을 차려 냈다. 지연은 다리가 접힌 상을 냉장고 뒤에서 꺼내 재빠른 손놀림으로 네 다리를 한 번에 직립하게 만들었다. 너무나 순식간에 일어난 일이라 풀밭에 던지기만 하면 저절로 펼쳐지는 텐트를 친 것 같았다. 곧바로 지연은 냉장고를 열어 먹을 것들을 한 번에 꺼냈다. 뭘, 어떻게 먹을지 오랫동안 계획하고 생각한 사람처럼 단 한 번의 헛손질도 없이 음식을 꺼내 들고 냉장고 문을 닫았다.

지연은 작년 겨울 막례가 준 김장 김치를 먹기 좋게 잘라 접시에 담고, 새벽에 일어나 예약 취사를 눌러 놓은 밥솥을 열어 현미밥을 소담스럽게 퍼 담았다. 가지나물과 호박나물도 작은 접시에 조금씩 덜었다. 돼지목살은 듬성듬성 썰고 파프리카도 깍둑썰기해서 센 불에 달군 팬에 넣고 볶았다. 지지직 소리가 날 정도로 돼지기름이 흘러나오자 굴소스를 한 숟가락 넣고 팬을 흔들며 소스가 스며들게 했다.

마지막으로 지연은 밥상에 두 사람의 수저를 놓은 뒤 2리터 생수 통을 냉장고에서 꺼내 물컵과 함께 밥상에 내려놓았다.

"얼른 먹어."

필은 맞은편 벽에 걸린 벽시계를 바라봤다. 오래전, 11시 55분에 멈춘 시계였다.

"그거 죽었어."

"참, 그랬지."

필의 머릿속에 약속 시간에 늦어 허둥지둥 달려오는 지연의 모습이 떠올랐다. 지나고 보니 지연과 있을 때마다 필은 사사건건 께느른함을 느꼈다. 마지막이다, 마지막. 필은 속으로 같은 말을 되새김질했다.

두 사람은 평소처럼 아무 말 없이 밥그릇을 비웠다. 숟가락이 그릇들에 닿으며 만들어 내는 달각거리는 마찰음만 방 안에 가득 찼다.

"진짜!"

필이 입에 넣었던 밥을 밥상에 뱉어 내고 버럭 소리를 질렀다.

"지금 뭐 하는 거야?"

지연은 얼굴을 잔뜩 찌푸렸다.

"바라가 밥했냐? 왜 매번 밥에서 고양이 털이 나오니!"

필은 혀끝을 퉤퉤 소리가 나게 움직이며 짜증을 냈다.

"난 또 뭐라고. 그게 그렇게 화낼 일이야? 열 낼 일도 많다."

지연은 대수롭지 않게 말하며 필의 밥공기를 유심히 들여다보았다.

"털이 어디 있다 그래."

"이게, 이게 네 눈엔 안 보여?"

필이 손가락으로 하얗고 긴 페르시아고양이의 털을 뽑아 올렸다.

"대단하다야, 넌 그게 다 보이니. 젊음이 좋다야."

필은 지연보다 네 살이 적었다.

"나 이제 노안까지 왔나 봐. 그게 안 보인다, 나는."

지연의 표정이 일순간 시무룩해졌다.

"지금 그게 문제야?"

"그럼 그게 문제가 아니고 뭐가 문제야!"

말끝에 지연은 무릎에 얼굴을 박고 엉엉 소리를 내기 시작했다. 마흔이 넘고부터 이상하게 감정이 조절할 수 없는 리듬을 타고 널뛰었다. '울고 싶어진다'는 생각을 하기도 전에, '울ㄱ'까지만 떠올렸는데 눈물샘이 가동됐다. 아니 눈물이 나와서 울고 싶어질 때도 있었다. 충만할 때와 억제할 때를 가리지 못하는 눈물은 요실금과 같았다. 필은 웅크린 지연의 등을 보면서 그런 생각을 했지만 차마 그 말은 할 수가 없었다. 필은 그렇게 잔인한 인간은 못 되었다.

"뭘 또 울고 그래."

고개 숙인 지연이 입고 있는 검은 면 티셔츠에는 하얀 고양이 털이 잔뜩 엉겨 있었다. 필은 다독여 주려고 뻗은 손을 그만 오므리고 말았다.

필도 지연이 고양이를 키우는 것까지는 좋았다. 함께 다닐 때 온통 고양이 털이 붙은 옷을 입고 다니는 것까지도 뭐 못 견딜 일은 아니었다. 하지만 필은 더 이상 고양이 털이 나오는 밥을 먹기는 싫었다. 더욱이 개선할 여지가 없는 지연의 무심한 표정을 볼 때마다 도저히 극복할 수 없는 한계점이 있다면 바로 이런 부분이 아닐까 생각했다. 사소한 것이었지만 그건 둘의 관계 전체를 상징하는 것이기도 했다.

필의 휴대전화가 울렸다.

"왔나 보다."

필이 자리에서 일어났다. 지연도 눈물을 훔치고 일어났다.

"나 짐은 안 들어 줄 거야. 너희들이 날라."

화단 앞으로 마티즈가 들어와 있었다. 지연이 집 밖으로 나오자 필의 친구는 차문을 열고 밖으로 나와 지연에게 손을 흔들어 보였다.

"미친놈, 놀러가는 줄 아나."

지연은 혼잣말을 하며 손을 흔들어 보였다. 그리고 계단 끝에 쪼그리고 앉았다. 소파 위에는 빠글빠글한 파마머리를 한 할머니 셋이 나란히 앉아 201호 이야기를 하고 있었다. 시답잖은 외모 품평부터 시작해 남자가 노름을 하는 것 같다느니, 여자는 다단계라느니, 아이를 종일 돌보지 않고 방치한다느니 하는 이야기까지 이어졌다. 지연은 그 이야기가 이제 어떤 파국으로 치달을지 상상할 수 있었다.

그 사이 필이 첫 번째 박스를 들고 나왔고 지연을 그대로 지나쳐 할머니들 앞으로 걸어갔다. 필은 할머니들을 향해 목례를 했지만 목이 뻐근해 까딱한 것처럼 보일 정도의 몸짓이었다.

지연은 필의 손에 들린 박스가 마티즈 뒷문을 통과하지 않을 거라는 걸 단박에 알 수 있었다. 필과 친구는 차문을 열어젖힌 채 테이프를 뜯어내고 안에 있는 것을 덜어 차 안에 던져 넣었다. 그리고 박스를 우그러뜨려 다시 차 안으로 들이밀었다. 그걸 보면서 지연은 필이 먼저 헤어지자고 한 게 다행스럽게까지 느껴졌다. 지연은 필의 빙충맞음을 보면서 귀로는 할머니들의 이야기를 들었다.

"이따 열쇠 아저씨가 오면 나 이번에는 진짜 어떻게 될지 몰라. 경찰을 먼저 불러, 말어."

막례의 목소리에는 두려움과 흥분이 비슷한 양으로 섞여 있었다. 지연은 이번에는 절대 따라 들어가지 말아야지, 하는 생각을 하고 또 했다.

"아고, 나도 같이 가 주고 싶은데 나는 심장약 먹잖아. 같이 못 하겠네. 형님이 고생 좀 하셔."

"오늘은 아저씨 오실 때까지 좀 기다리지 왜."

금란이 말했다.

"열쇠 사장은 그 시간에 출장을 안 온대. 하는 수 있나. 내가 들여다 봐야지."

"글쎄 뭔 일이 또 있겠어."

말숙은 늘어진 유방을 연신 쓸어내리며 숨을 골랐다.

"아이고, 내 정신 좀 봐. 벌써 시간이 이렇게 됐네."

그렇게 쉼 없이 돌아가는 고수들의 이야기도 밥때는 놓치는 법이 없었다. 한참 이야기가 클라이맥스를 향해 가다가도 정확히 밥을 먹을 시간이 되면 이야기가 마무리되었다. '다음 이 시간에' 같은 건 없었다.

말숙이 엉덩이를 털고 자리에서 일어나자 다들 일어나 묻은 것 없는 엉덩이를 털었다. 모두들 몸을 세우는 데까지도 시간이 꽤 걸렸다. 거기서 첫걸음을 떼는 데에도 또 한참이 걸렸다. 다음 날 똑같이 모여 앉을 멤버들이 분명한데도 다들 서로에게 인사를 하고 또 했다.

어느새 필은 두 번째 박스를 들고 나왔다. 이번에는 집 안에서 박스를 뜯어 부피를 줄이고 나왔다. 박스에 들었던 걸 나눠 들은 필의 친구가 이맛살을 잔뜩 찡그리며 코를 킁킁거렸다.

"도대체 뭔 냄새야?"

필은 대답하지 않고 곧장 걸어갔다.

"이번에는 아주 가나 보지?"

막례가 지연의 옆에 자리를 틀고 앉으며 말했다.

지연은 막례에게 가볍게 목례를 하고 그대로 자리에서 일어났다. 그리고 천천히 걸음을 옮겨 마티즈 앞으로 갔다.

"잘 가."

"그래, 너도 잘 지내."

"너랑 함께라면 빨간불도 건널 수 있었는데."

지연은 피식 웃으며 만화 『원피스』에서나 나올 법한 말을 건넸다. 연애 초반 술에 취해 한밤의 도로를 횡단하며 소리를 내질렀던 기억을 끄집어낸 것이었다.

필은 아무 말 없이 지연의 손을 잡았다 놓았다.

필이 올라탄 마티즈는 금세 후진으로 골목을 빠져나갔다. 지연은 필이 탄 마티즈가 전신주를 들이받고 망가지는 상상을 했다. 머리에 피를 철철 흘리면서도 어두운 밤길을 걷고 또 걸어 자신에게 되돌아오는 필을 그려 보았다. 그런 일이 생긴다면, 아무리 앓는 소리를 하더라도 쌀쌀맞은 말로 필을 고통스럽게 해 주고 싶었다.

마티즈가 사라진 골목으로 공구함이 달린 오토바이 한 대가 들어왔다. 오토바이는 막례가 앉은 계단 앞에서 멈췄다. 헬멧을 벗은 남자는 공구함을 들고 막례와 함께 계단을 올라갔다.

지연이 1층과 2층 사이 계단을 올랐을 때 막례의 비명 소리가 계단참에 울려 퍼졌다. 지연은 두 계단을 한꺼번에 밟아 뛰었다.

문이 열린 201호 앞에 두 손으로 입을 가린 채 막례가 멍하니 서 있었다. 남자는 벌써 장비를 정리하고 있었다.

지연은 미치도록 심장이 뛰는 걸 느꼈다. 숨을 고르면서 몇 번이고 눈을 질끈 감았다 뜨기를 반복했다. 손안으로 땀이 고이는 걸 느끼면서 천천히 막례 뒤로 다가갔다. 상황이 나쁜 것보다 사람이 나쁜 편이 훨씬 나았지만 그건 상상할 때의 이야기였다.

201호 안에는 아무 것도 없었다.

아무 냄새도, 흔적도 남아 있지 않았다.

벽도, 천장도, 바닥도 온통 흰색의, 그대로 빈집이었다.

분홍
코끼리

그림자도 따라붙지 않는 한낮이었다. 진국은 뙤약볕이 내리쬐는 운동장을 가로질러 걷는 중이었다.

"그때도 이만치 더웠지, 아마. 앞으로는 더 더워질 거라니, 내 참."

진국은 고개를 옆으로 내리고 메리를 바라봤다. 땀을 빼고 있는 진국처럼 메리도 힘든 기색이 역력했다.

"거의 다 왔다."

진국은 혀를 길게 빼고 있는 메리를 다독이며 잡고 있던 줄을 두어 번 살살 당겨 끌었다.

진국도 느렸고 메리도 느렸지만 둘 다 걸음을 멈추지는 않았다.

진국이 자리를 잡은 곳은 이파리가 좌우로 풍성하게 뻗은 왕벚나무 아래였다. 볕을 피할 그늘도 변변히 없었지만, 진국은 엉덩이를 흙바닥에 대고 앉았다. 메리는 집에서처럼 진국의 무릎 위로 올라가 둥글게 몸을 말았다. 헥헥거리며 침을 흘리고 있었지만 걸을 때보다는 편안해 보였다. 메리는 곧 진국의 왼쪽 무릎에 턱을 대고 눈을 감았다. 두 귀만 진국의 말소리에 반응하듯 가끔 움직였다.

"웬 놈의 학교가 다들 그렇게 꼭대기에 있는지 원. 그냥 걸어도 이렇게 힘든 걸. 결국 찬주는 더위를 먹고 말았잖아. 낯빛이 검푸른 색으로 변해 있는 걸 보고 나는 애를 안아 들고 집을 나섰어. 애가 내 품에서 그냥 죽어 버릴 것 같았어. 운전하는데 계속 머릿속에서 시커먼 망토를 걸친 그림자가 점점 커지더니 온통 세상을 삼켜 버릴 것만 같았지. 몸 상태가 안 좋은지는 며칠이나 되었더라고. 며칠 사이 9킬로그램이 빠졌다는 거야. 애 상태가 그런데도 왜 그렇게 화를 냈는지 모르겠어."

진국은 잠시 말을 멈추고 운동장 너머 학교 건물을 바라봤다.

"애한테 화를 내는 건 너무도 간단했거든……. 그런 여름이었어."

메리는 어느새 쌕쌕거리는 숨을 내쉬며 잠에 들어 있었다. 진국은 메리의 머리를 몇 번 쓰다듬으며 머리 위 나무를 올려다봤다. 어제도 왔다 간 자리인데, 뭔가 달라져 있었다.

진국은 메리를 조심스레 들어 오른팔 안으로 감아 안았다. 그러고는 왼손바닥으로 땅을 누르고 느리게 몸을 일으켰다. 잠시 머리가 핑 도는 듯했지만 머리를 바로 바로 세우는 데 문제는 없었다.

진국은 엉덩이를 툭툭 털어내고 운동장을 가로질러 걸어갔다. 구부정하게 등이 굽은 진국의 모습 그대로 납작하고 작은 그림자가 조용히 진국을 따라붙었다.

"명패가 없어졌어요. 분명히 어제는 있었는데."

진국은 행정실 문을 열고 이렇게 말했다. 파티션 너머로 일을 하던 몇몇 직원들은 고개를 들었다 다시 모니터로 시선을 돌렸다.

"또 오셨네."

문에서 가장 가까이 앉아 있던 직원이 일어났다. 슬리퍼를 다 꿰지도 않은 채 일어난 건지 슬리퍼를 발끝으로 끌면서 진국에게 다가왔다.

"몇 번을 말씀드려요. 이제 명패 없다니까요. 따님 나무 말고도 다 그렇다니까 그러네. 이제는 이름 붙이고 말고 자체를 안 한다니까요."

순간, 진국의 머릿속에 기시감이 차올랐다. 어제도 봤던 그림이었다.

"실례했소."

진국은 눈을 질끈 감았다 떴다. 어느새 행정실 문은 닫혀 있었다.

1992년에 고등학생이 된 찬주는 이제 막 건물 한 채를 다 지은 신생 공립 고등학교에 배정됐다. 입학식 날 진국이 본 학교 풍경은 너무도 적막했다. 4층짜리 건물 하나에 황토만 깔린 운동장이 전부였다. 나무도 없었고, 운동 시설도 없었다. 학부모 간담회에서 교장이 은근슬쩍 학부모의 자발적인 헌수 운동이 있었으면 한다고 했을 때 진국은 맨 먼저 손을 들고 나무를 심겠다고 말했다. 진국은 입학식에서 만나 안면을 튼 학부모 몇을 더 설득했고 한 달여 동안 다른 학부모들을 상대로 나무 심기 캠페인을 벌였다. 생각보다는 참여율이 저조했지만 괜찮았다. 진국은 친하게 지내던 조경업자에게 부탁해 왕벚나무를 싸게 사올 수 있었다. 가장 이파리가 튼실하게 터진 왕벚나무를 건물과 마주한 운동장 가에 심었다. 창가 자리에서 언제라도 나무가 내려다보일 수 있도록. 찬주가 언제라도 진국이 심은 나무를 보면서 학교생활을 해 나갔으면 싶었다.

진국은 너무 이르게 잠에서 깨어났다. 눈이 떠졌다고 정신까지 번쩍 들어온 건 아니었다. 모로 잔 모양인지 왼쪽 날갯죽지가 뻐근하게 배겼다. 진국은 오른손으로 바닥을 짚고 조심스레 몸을 일으켰다.

방 안은 창을 넘어온 푸르스름한 새벽빛으로 가득했다. 진국은 크게 숨을 들이마셨다 내쉬었다. 그런데 가만, 뭔가 이상했다. 기침을 하면 몸이 반듯이 세워지기도 전에 쪼르르 품안으로 달려왔을 녀석인데 오늘은 왜 이렇게 조용한 거지? 진국은 열린 문으로 거실을 내다보며 고개를 갸웃했다.

"메리야……, 메리야?"

진국이 나지막하게 메리를 불렀지만 아무런 소리도 들려오지 않았다. 진국마저 입을 닫자 정적이 흘렀다. 너무나 고요한 가운데 불현듯 진국의 머릿속에는 밤사이 안녕이란 말이 떠올랐다. 마음이 사늘해졌다.

"괜찮냐?"

메리는 호박 방석 안에 몸을 튼 채 턱만 살짝 치켜들었다. 둥글게 튀어나온 흑옥 같은 눈동자가 진국을 올려다봤다. 그것도 잠시, 간신히 고개를 들었다는 듯 메리는 다시 턱을 바닥으로 떨어뜨리고 스르르 눈을 감았다. 죽은 게 아니니 다행이라는 생각이 들었지만 어쩌면 그것보다 상황이 더 안 좋을 수도 있겠다는 생각이 들었다. 진국은 메리의 등에 손바닥을 가만히 대보았다. 뜨끈할 정도로 따뜻했다. 그리고 왠지 모를 간절한 떨림이 진국에게 전해졌다.

"바이러스에 감염된 거 같은데요."

금테 안경을 쓴 수의사는 콧등에 주름이 잡히게 코를 움찔거리며 말했다.

"그럼 어떻게 해야 합니까."

분명 진국은 궁금해 묻고 있었지만 듣는 사람 입장에서는 그럼 어쩌란 말이냐, 정도로 느껴질 듯한 화가 묻어 있는 말이었다.

"등록은 안 하실 건가요? 병원엔 처음 데려오신 거예요?"

수의사는 진국을 바라보며 물었다. 진국은 그의 콧잔등을 잠시 쳐다보다 대답 대신 메리를 내려다봤다. 메리는 평소 정신없이 흔들던 꼬리를 겨우 하느작거릴 뿐이었다.

"그동안은 무탈했으니까……. 그런데 수의사 선생, 그 등록이란 건 꼭 해야 합니까?"

진국의 말에 수의사는 진국 주변을 훑으며 말했다.

"네, 법으로 정해진 거니까요. 그건 그렇고, 정확하게 진단하기 위해서는 몇 가지 검사가 필요한데요. 대략 20만 원 정도 들어요. 검사…… 하시겠어요?"

진국의 수중에는 3만 원이 전부였다.

"그렇게 비싼 검사를 다 해야 아는 거요?"

"그럼 우선 간단한 피검사만 하도록 할게요."

수의사는 메리의 앞다리 털을 살살 밀고는 노란 고무줄을 묶고 혈관이 오르도록 두드렸다. 메리는 끙끙 소리를 냈지만 수의사가 하자는 대로 대견할 만큼 잘 참아 주었다. 피를 뽑은 주사기를 들고 안으로 들어가려던 수의사가 뭔가 생각났다는 듯 진국을 불렀다. 일주일 동안 먹일 약값이 또 3만 원이라고 해서 진국은 은행엘 다녀와야 했다.

이번 달 노령연금 17만 원이 입금되어 있었다. 돈을 넉넉히 찾을까 잠시 고민에 빠졌지만 진국은 앞으로 어떻게 될지 모를 일이라 무턱대고 검사비에 그렇게 많은 돈을 쓸 수는 없다는 판단을 내렸다. 진국은 수의사가 말한 돈 3만 원만을 찾아서 은행을 나섰다. 그것마저도 제때 내지 못하면 뭔가 일이 틀어질까 봐 진국은 걸음을 재촉했다.

다시 동물병원 문을 열었을 때 진국의 숨소리는 쌕쌕

거리는 소리로 바뀌어 있었다.

"천식이 심하신데요. 약은 드세요?"

수의사가 진국이 다 열지 못한 문을 마저 열어 주면서 물었다.

"야야약, 때문에 죽……을 지경으로 머머먹고 있소."

진국이 숨을 내쉴 때마다 천명음(喘鳴音)이 허공으로 흩어졌다. 손으로 가린다고 되는 것은 아니었지만 진국은 손바닥으로 꾹 다문 입을 가리고 되도록 천천히 숨을 내쉬었다.

"약은 사료에 섞여서 먹이지 마시고 가급적 좋아하는 간식에 섞여서 먹이세요. 사료에 섞여 먹이면 사료를 싫어하게 될 수도 있거든요."

"그리하리다."

진국은 고개를 끄덕이며 집에 남은 간식이 얼마나 되는지 헤아려보았다.

"큰 병에 걸린 거요?"

진국이 물었지만 수의사는 처음 메리를 봤을 때 했던 '바이러스' 이야기만을 반복할 뿐이었다. 검사도 해 볼 필요 없이 메리의 상태만 보고도 수의사는 메리가 걸린

병을 알았을 거라고 진국은 생각했다. 하지만 그 말을 입 밖에 내지는 않았다.

"무슨 바이러스란 말이요."

"모기가 옮기는 건데요. 이게 또 걸리면 치명적이라 다들 예방주사를 맞히시거든요. 어르신, 보기에도 메리 너무 말랐잖아요. 많이 아팠을 거예요."

수의사의 말이 아프게 들려왔다. 메리도 그저 자신처럼 늙어 가는 중에 몸이 말라 가는 것이라고 쉽게 생각했던 게 후회스러웠다. 늙는 건 병에 들거나 죽어 가는 것인데 말이다.

"메리가 어르신을 많이 좋아했나 봐요. 눈치를 못 채실 정도로 견뎠으면요. 현미경으로 보면 지금 메리 혈액에 자충이 잔뜩 있거든요. 그건 성충이 이미 있다는 거고요. 우선 약 먹이시고, 다음 주에 다시 피검사 해 볼게요. 치료를 시작하면 좋은데, 치료비도 치료비인데, 지금 메리는 너무 노령견이라서요. 노령견의 경우는 더러 치료를 받다가 죽기도 하거든요. 우선은 지켜보고 결정하시죠, 어르신."

수의사는 눈치가 없다는 소리를 좋게좋게 돌려 하고

있었지만 진국은 에어컨이 추울 정도로 시원하게 가동되고 있는 동물병원 실내에서 이마에 땀이 맺힐 정도로 무안해져 버렸다.

진국은 집으로 돌아오는 걸음 내내 갈팡질팡 앞으로 걷다 멈춰 다시 뒤돌아 걷기를 수차례 반복했다. 그냥 의사가 권하는 검사를 더 해 볼 걸 그랬다고, 괜히 머릿속에서 숫자판을 튕기다 메리를 먼저 보내면 너무 후회될 것 같았다. 하지만 이미 수의사에게 패는 다 까였고, 병원을 나온 후인데다가, 메리가 견뎌야 할 치료가 항암 치료와 다를 게 없다는 소리까지 들은 마당에 메리에게 어떤 게 더 나은 선택일지 진국은 쉽게 결정할 수가 없었다. 진국의 목뒤에서 땀이 흘러내렸다. 뒷목이 뜨끈뜨끈하다 못해 타 버릴 것 같았다.

"분홍 코끼리."

진국은 저도 모르게 분홍 코끼리를 읊었다.

"자, 이제부터 1분 동안 분홍 코끼리를 떠올리지 않으려고 해 보세요."

진국은 눈을 감았다. 미쉐린 타이어의 마스코트 비벤

덤처럼 몽글몽글한 몸을 가진 분홍 코끼리가 떠올랐다.

"분홍 코끼리가 보여요. 아주 커요."

"그럴수록 떨치려고 해 보세요. 눈을 감고, 천천히 생각을 밀어내시는 겁니다."

진국은 안내하는 목소리에 따라 까만 바탕에 튀어 오른 분홍 코끼리를 어떻게든 밀어내고 싶었다. 하지만 밀어내려고 하면 할수록 분홍 코끼리는 점점 더 분명해졌다. 색이 진해졌고, 얼굴 윤곽이 또렷해졌다. 급기야 눈동자 위의 두두룩한 눈망울까지 눈에 들어왔다. 능수능란하게 움직이던 코끝의 점막까지 보일 지경이었다. 진국은 점점 가슴이 갑갑해져 왔다. 저도 모르게 오른손을 가슴에 얹고 뭔가를 집어 뜯는 시늉을 하게 되었다.

"더, 더 자세히 보입니다. 이제 넓디넓은 귀를 펄럭이면서 내 쪽으로 달려오려고 해요."

"다시 해 보려고 노력해 보세요. 분홍 코끼리를 생각하지 마세요."

의사는 같은 말을 하면서도 천천히 단어를 끊어 발음했다. 진국은 눈을 꽉 감은 채 머리를 도리질했다. 이 안에 온 숨이 다 들어찬 것처럼 가슴이 뻐근해져 왔다. 가슴이 우긋하게 밀려들어간 것만 같았다. 숨이 내쉬어지지가 않았다. 이대로 숨을 못 쉬게 될 것만 같았다.

"분홍색이 점점 빨개지고 있는 걸요, 선생님. 이런 건 어떻게 해야 하나요?"

진국의 목소리에는 거친 숨이 섞여 있었다. 진국은 손안에 들어찬 땀을 쥐어짜듯 두 주먹을 꽉 모아 쥐었다.

"어떻게 하실 건 없습니다. 지우려고 해 보세요."

"그렇게 할 수가 없어요!"

토해 내듯 숨을 뱉은 진국은 눈을 뜨고 마주한 의사의 얼굴을 쳐다봤다. 동그란 안경테 안의 두둑한 눈꺼풀이 깜빡였다. 진국은 의사의 건조한 눈을 가만히 바라보았다. 더 이상 분홍 코끼리는 보이지 않았다.

"저는 안 되는가 봅니다."

"그게 맞습니다."

"아니, 안 되는 걸 시켰단 거요?"

말끝에 진국은 새된 소리를 냈다.

"생각이 자꾸 떠오르셔서 괴롭다고 하셨잖아요. 그래서 말씀드린 거예요."

"허참, 분홍 코끼리랑 생각이랑 대체 무슨 상관인

지……."

진국은 잠시 허공에 시선을 던졌다 말았다.

"약을 드세요. 그럼 훨씬 좋아지실 겁니다."

"지금도 먹고 있는 약이 너무 많수다. 내가 죽어서 과연 썩기나 할지 고민해야 할 지경이라고."

진국은 고개를 도리질 했다.

"지금 해 보신 것처럼 생각은 마음대로 할 수가 없는 거예요. 그것까지 통제할 수는 없어요. 원치 않는 생각이 자꾸 떠오르시는 건 생각의 그물망이 느슨해지셔서 그런 거거든요. 자연스러운 것으로 받아들이셔야 하는데, 지금 당장은 그게 어려우실 거예요."

진국은 몸을 일으켰다.

"우선 일주일 치만 처방해 드릴게요. 되도록 몸을 많이 움직이시고요. 새로운 공간에도 좀 다니시면 더 좋고요. 사람들도 좀 만나시고 이런저런 일상적인 대화도 많이 나누시고요. 좋은 걸 많이 떠올리세요. 그런 상상도 다 기억처럼 머릿속에 남아 있을 겁니다."

문고리에 손을 얹던 진국은 다시 몸을 돌려 의사를 쳐다봤다. 통통하게 살이 오른 체형이 비벤덤을 떠올리게 했다. 순간 의사의 얼굴이 분홍 코끼리와 겹쳐 보였다. 진국은 피식 웃음을 흘렸고, 의사 역시 빙긋 미소를 지어 보였다.

"에라이, 싸그리 불이나 나 버려라!"
어디선가 들려온 목소리에 진국의 머릿속에 있던 분홍 코끼리는 순식간에 활활 타오르는 모습으로 바뀌었다.
"뭐! 지금 말 다 한겨, 시방!"
앙칼진 목소리에 진국의 발걸음이 주춤했다.
"집 가진 사람이 이러면 안 되지!"
"언제 무너질지도 모르는 집 하나 있는 게 뭔 대수라고!"
인정빌라로 꺾어 들어가는 골목에 있는 파란 대문 집 앞에 머리가 허연 여자 서넛이 모여 내는 소리였다. 삿대질을 하는 폼이 뭔가를 따지고 있는 듯했다. 허리에 손을 올리고 어깃장을 놓고 있는 건 파란 대문 집 여자였다. 다들 어디 가면 할머니 소리를 들을 자락들인데 저렇게 모여서 악다구니를 쓰는 건 살고 죽는 문제 때문일 거라고 진국은 생각했다.

머리에 수건을 쓴 여자가 파란 대문 집 여자 뒤에 있는 대문, 그 뒤에 대문 높이만큼 쌓여 있는 박스 더미와 깡통 무더기를 가리키며 악을 내질렀다.

"그래도 이건 아니지. 우리 같은 사람들이 종일 움직여 겨우 푼돈이라도 쥐려고 하는 건데. 세 받아먹는 사람이 이건 아니지. 이건 욕심이 많은 게 아니고 아주 도둑년 심보인 거지."

수건을 쓴 여자는 갑갑한 듯 말끝에 수건을 홱 벗어 던졌다. 그녀가 폐지를 줍고 다닌 건 동네에서 아주 오래된 이야기였다. 동네 사람들은 그녀가 사는 집 대문 앞에 버리려고 쌓아 둔 책들이나 종이 박스 등을 가져다주기도 했고 오가는 길에 만나면 더러 만 원짜리 지폐를 손에 쥐여 주기도 했다. 진국도 오가면서 그녀가 그녀 몸집의 몇 배나 되는 손수레를 끄는 것을 여러 번 보았더랬다.

"뭐어! 도둑년? 그 짝은 옷걸이 구부려서 저 짝에 있는 의류함을 통째로 털면서 뭘 그래!"

파란 대문 집 여자의 반격에 던졌던 수건을 집어 들던 여자가 잠시 움찔했다. 옆에 서서 싸움을 부추기던 여자들도 '정말 그랬단 말이야?' 하는 눈빛으로 그녀를 쳐다봤다.

잠시 어색한 소강상태가 흐른 후, 그녀들의 시장 점유율 싸움은 결국 도전자의 패배로 끝이 나고 말았다. 싸움을 걸러 왔던 여자는 수건으로 제 몸을 털어 가며 터덜터덜 골목을 걸어 나갔다. 좀 멀어지는가 싶더니, 여자는 몸을 획 돌리고 저주를 퍼부었다.

"천벌받을 년!"

인정빌라 앞 평상에는 양머리 모양의 파마를 똑같이 한 막례, 말숙, 금란이 빨간 알전구 같은 방울토마토 넝쿨을 병풍 삼아 앉아 끝말잇기 삼매경 중이었다. 세 사람은 진국이 가까이 오기도 전에 좋은 이야깃거리를 만난 이야기꾼의 자세를 장착하고 진국을 머리부터 발끝까지 훑어보며 맞이했다.

"이렇게 더운데 어딜 그렇게 돌아다니다 와요. 개까지 데리고요. 아유, 이것 봐. 온통 땀에 젖으셨네."

은행 로고가 박힌 부채를 팔락거리며 막례가 먼저 알은체를 했다.

"메리가 좀 아파 보여서 병원에 갔다 오는 길이오만."

괜히 말이 길어질까 생각하면서도 진국은 막례에게는 사실을 알려야 할 것 같아 메리의 상태를 전했다. 아니나 다를까 막례는 앉았던 자리에서 폴짝 소리가 날 만큼 몸을 퉁기며 일어났다.

"월래, 우리 메리가 어디가 아팠대유?"

"무슨 감기 같은 거라는데, 나는 뭐 말인지 도통 모르겠더라고."

"아이고, 그래도 짐승도 이래 병원도 데리고 갔다 오시고, 아주 대단혀유. 병원비도 솔찬히 나왔을 텐데……. 메리 인자 괜찮지이?"

막례가 케이지 입구로 부채 바람을 보내면서 말했다.

"늙고 병들면 다 죽게 마련이쥬, 너무 애는 쓰시지 마세유."

금란이 억지 울상을 하고 진국을 쳐다봤다.

"옴마, 큰일 날 소리햐. 여기서 다 듣고 있구만."

막례가 오두방정을 떨며 금란의 등을 부채로 쳐 댔다.

메리는 막례에게서 입양한 개였다. 막례도 본시 개를 키우는 사람은 아니었다. 비가 억수같이 쏟아지던 날 건물 안으로 비를 피해 들어왔던 누런 개에게 밥을 먹이고 자리를 봐 줬는데 가만 들여다보니 늘어진 뱃가죽 안에서 뭔가가 꿈틀대는 게 아닌가. 다음 순간 막례는 누런 개와 눈이 마주쳤는데 그 애면글면하고 절실한 눈빛을 읽는 순간, 단숨에 다리가 긴 녀석을 안아 올려서는 빠르게 계단을 오르기 시작했다. 한 번도 관절염을 앓아 본 적 없는 사람처럼, 박스째 사다 놓고 매일같이 붙여 댔던 케토톱은 더 이상 쓸 일이 없을 것처럼, 막례는 순식간에 집 안으로 개를 들이고 자리를 깔아 주었다. 막례는 이웃들에게 그 순간을 얼마나 극적이게 표현했는지 모른다.

"비를 쫄딱 맞은 게, 왠지 서글퍼 뵈잖여. 온몸이 노래서 꼭 사슴처럼 생긴 게 말이여. 목줄도 없지, 목줄에 묶였던 자죽도 없는 게 기냥 떠돌인겨. 그래서 밥이랑 고기랑 비벼 줬더니 이게 또 안 먹잖여. 그리고 나를 가만히 봐. 빼짝 말라빠진 개가 나를 가만히 보고만 있는겨. 아, 근데 축 늘어진 뱃가죽이 꿈틀 하잖어. 비가 그렇게 내리는데 그냥 비 피하자고 온 게 아니더라고. 냅다 안고 뛰어서 자리 깔아 주고 보일러부터 돌렸당께. 세상에 삼복더위에 절절 끓는 방 안에서 개 새끼를 받아 낸 년은 나하날겨."

막례는 땀을 뻘뻘 흘리며 네 마리의 개를 받았고, 삼시 세끼마다 고기가 들어간 미역국을 해다 바쳤다. 사슴처럼 생긴 누런 어미 개는 몸을 풀고 일주일이 안 되어 막례의 집을 떠났다. 해가 쨍하게 든 날이었다. 대나무 발을 뜯고 나갈 정신이었으니 어미 개는 새끼만 낳고 떠날 작정으로 인정빌라로 들어온 것인지도 몰랐다. 올 때처럼 간다는 표시도 없이 그렇게 사라졌으니까. 덕분에 막례는 새끼들의 엄마 역할을 할 수밖에 없었다. 막례는 생전 가 본 적 없었던 동물병원에 가야 했고 그곳에서 초소형 젖병과 분유까지 구입했다. 막례는 어미 없는 새끼들에 대해서는 아는 게 별로 없었지만 양손 가득 새끼들을 위한 물품을 들고 집으로 돌아올 때는 왠지 모를 책임감으로 가슴이 벅차오르기까지 했다. 막례는 시간이 날 때마다 꼬물거리는 개들을 바싹 세워 안고 등을 쓰다듬으며 분유를 먹였는데 아기들처럼 트림을 시켜야 하는지 마는지 몰라서였다. 피막을 뒤집어쓰고 태어날 때는 이걸 어떻게 하나 싶었는데 털이 마르고 눈을 뜨자 살아 있는 존재들만이 내뿜는 에너지들이 넘쳐났다. 방바닥을 걷다 미끄러지기 일쑤였고, 아무데서나 오줌과 똥을 흘려댔지만 막례와 지성은 세상 작은 것들의 몸에서 흘러나온 것들이 마냥 축복처럼 느껴졌다. 먹으니 싸는겨! 라고 막례가 박수를 쳐 가며 말하면, 많이 먹고 많이 싸는 게 일이지!라고 지성이 껄껄 웃으며 말을 받았다. 두 사람은 양손에 새끼를 한 마리씩 들고 오래간만에 시간 가는 줄 몰랐다.

막례는 새끼들이 사료를 먹을 즈음 원하는 이들에게 한 마리씩 입양을 보내기 시작했는데 그중 한 마리가 진국에게 간 것이었다. 진국은 언젠가 키웠던 스피츠의 이름을 새끼 개에게 붙였다. 아무 뜻도 없었지만 진국의 과거 어느 시간을 포함하고 있는 이름이었다. 메리를 부르면 스피츠 메리가 떠올랐고 그 메리와 함께 했던 시간이 살아나는 것 같았다. 그런 느낌이 진국은 좋았고 편안했다.

"조치를 빨리 취하셨네, 깔끔하기도 하셔라."
군대에서 중령까지 지내다 예편한 남편을 둔 말숙이 끼어들었다.

"그 짝이 동물 쪽은 아주 훤하지."

금란의 말에 말숙이 으쓱하며 말을 이었다.

말숙의 남편이 중령으로 있을 시절 말숙은 대령의 집안 살림을 해 준 적이 있었다. 대령이 사는 아파트에는 대령처럼 생긴, 털이 길고 얼굴이 눌린 큰 고양이가 한 마리 있었는데 대령 내외는 그 고양이에 대한 애착이 남달랐다. 자식이 없었던 대령 내외는 자식에게 쏟을 수 있는 막대한 자원을 고양이에게 쏟았고, 그 집으로 일을 하러 갔던 말숙에게도 고양이를 섬기게 했다. 그 당시 얼마나 많은 군 장병 가족들이 그 고양이 아래에 있었는지 말숙은 잊을 만하면 한 번씩 그 서러웠던 이야기를 풀어놓곤 했다. 그 고양이란 녀석이 신기하게도 말숙이 집안일을 하러 온 사람이라는 것을 아는지 왠지 모르게 자신을 하대하더란 것이었다. 대령 내외는 말숙이 담가 주는 김치를 좋아했고, 빨래와 청소가 깔끔하다며 칭찬을 아끼지 않았다. 날을 잘 살린 말숙의 다림질은 너무나 완벽해서 더 할 말이 없다며 매번 말숙을 띄웠다. 집안일을 거들어 주러 갔던 말숙은 점점 모든 집안일을 전담해서 하게 되었고 그 집 고양이 화장실까지 청소하기에 이르렀다. 맛동산처럼 생긴 고양이 똥을 퍼내다가 얼마나 눈물을 뽑았는지 모른다며, 말숙은 그 순간을 이야기할 때면 어김없이 눈물을 글썽였다. 사람에게 당한 무시보다 말 못하는 짐승한테 당한 무시는 말로도 표현이 안 된다는 게 말숙의 말이었다. 말숙의 피눈물 나는 내조 이야기는 언제나 남편이 중령을 벗어나지 못한 채 민간인이 되었다, 로 끝맺음되었다.

말을 끊고 올라가려고 할 때마다 말숙의 손짓과 몸짓이 진국을 잡아 세웠다. 하지만 더 이상 가만히 듣고 서 있을 기운이 없었다.

"내 올라가리다. 메리 약도 먹여야 하고."

진국은 막례 옆으로 앉은 금란과 말숙에게도 가볍게 목례를 하고 그녀들 앞을 지나쳤다.

"근데, 요새 누가 집에 오나 봐유? 계단을 지날 때 들으니, 누구랑 두런두런 말씀 나누시는 게 들리던데……, 아니 들으려고 들은 건 아니구요."

빌라 현관 안으로 들어서려던 진국은 멈칫 하고 막례를 돌아봤다.

"별소릴 다 하는구만."

"아니에요? 난 또 누가 오시나 했네."

막례의 말에 금란이 막례를 꼬집는 시늉을 하며 큭큭 웃어 댔다.

"잘못 들었는갑지."

말숙이 말했다.

"근가? 내가 헛것을 들었나비."

막례가 부채질을 멈추고 배시시 웃으며 진국을 올려다봤다. 햇살을 등진 진국의 얼굴은 그늘이 져 있었다.

"근디, 아저씨 키가 차암 커유. 우리 바깥양반은 두 개나 갖다 붙여도 안 될 거 같은디."

금란이 다따가 툭 튀어 나와 말을 얹었다. 그녀 말대로 나이가 들어 줄긴 했어도 진국의 키는 여전히 180센티미터가 넘었다.

"그러게, 너무 길기만 하면 잘못하다가 확 꺾이기 쉽지라."

이번엔 말숙이 농을 쳤다. 그 말에 막례와 금란은 비식비식 웃음을 흘렸다.

"무람없는 여편네들."

진국은 이맛살을 잔뜩 찌푸리며 낮게 읊조렸다.

"그럼 올라가유. 너무 더운께."

막례가 마치 자기의 부채질로 생긴 바람을 진국에게 보낸다는 듯 몇 걸음 떨어진 진국을 향해 부채질을 해 보였다.

진국은 메리를 호박 방석에 앉히고 쇠고기가 들어간 간식 캔을 따서 가루약을 섞어 주둥이 가까이 놓아주었다. 메리가 평소 좋아하던 간식이라 할짝거리며 먹기는 했다. 몇 번 그렇게 할짝대던 메리는 다시 주둥이를 바닥에 깔고 죽은 듯이 잠만 잤다. 화장실을 오갈 때마다 진국은 메리의 둥그렇게 말린 등에 손바닥을 대 봤다. 다행히 따뜻했다.

집 안이 너무 적막했다. 메리가 움직이면서 방바닥이 긁히는 소리도 들리지 않았고, 꺄옹꺄옹 하는 애교 섞인 우는 소리도 더 이상 없었다. 진국은 전혀 다른 공간에 와 있는 기분이 들었다.

텔레비전을 틀어 놓고 멍하니 시간을 보내다 진국은 휴대전화를 들고 연락처를 뒤졌다. 진국이 제일 먼저 전화를 건 사람은 안산에서 빌라를 지어 팔 때 분양을 맡았던 상록이었다. 두 번 정도 벨이 울리는가 싶더니 뚜뚜 소리와 함께 아무 소리도 들리지 않았다. 다음으로 진국은 자신이 짓는 빌라마다 감리를 맡아 처리해 줬던 영준에게 전화를 걸었다. 하지만 그 역시 연결음 없이 뚜뚜 소리만 들릴 뿐이었다. 진국은 고개를 갸우뚱했다.

"그새 무슨 일이 생겼나들……."

진국은 그만둘까 하다가 마지막으로 준표에게 전화를 걸었다. 준표는 대출 업무를 맡아 해결해 줬던 ○○은행 차장이었다.

"잘 지냈는가?"

"그냥 그렇지요."

빌라 장사를 할 때 네 사람은 도원결의를 한 의형제처럼 자주 모이곤 했었다. 진국이 빌라를 짓고 영준이 감리를 마치고 준공을 따 주면 상록이 구매자를 구해 왔다. 준표는 구매자의 전 재산일 돈 몇 백을 가지고 빌라를 담보 삼아 대출을 승인해 줬다. 꽤 높은 이자였지만 구매자들은 그 돈으로 살던 집보다 넓은 집을, 그것도 소유할 수 있다는 꿈에 부풀어 모든 서류에 쉽게 서명했다. 하지만 대부분 2년이 채 안 되어 그 집에서 쫓겨나는 신세가 되었다. 그것도 신용불량자가 되어서.

"상록이랑은 연락이 되는가?"

"지난해 갔잖수."

책망 비슷한 것이 묻어나는 준표의 목소리에 진국은 아차 싶었다. 지난번 통화할 때도 물었던 기억이 났다. 다음 말을 못 잇고 있는데 준표가 먼저 말을 꺼냈다.

"형님, 영준이도 지지난해 갔고요. 저도 뭐 얼마 안 남은 것도 같고."

진국이 기억하기로 준표는 진국보다 서너 살 아래였다. 준표도 진국만큼 삶의 파고가 만만치 않았다. 승승가도를 달리던 준표를 내리막길로 끌어내린 사건이 있었다. 평소 술을 좋아했던 준표는 곧잘 음주운전을 했었는데 만취한 상태에서도 그 고집을 꺾지 않고 운전대를 잡았다가 기어이 사고를 내고 말았다. 급커브 길 위를 달리기에 준표의 손은 너무 엉성하게 핸들을 조작했고 준표의 차는 그대로 옹벽에 가 박히고 말았다. 옆에 타고 있었던 준표의 애인은 그 자리에서 죽고 말았다. 그나마 벤츠여서 이만했다고 준표는 철심을 박은 두 다리를 거치대에 올려두고 문병 온 진국에게 너스레를 떨어 댔다. 하지만 그런 허세는 채 한 달을 가지 못했다. 준표는 퇴원도 하기 전에 친권을 모두 포기한 채 이혼을 해야 했다. 일하던 은행에서는 과도한 대출 승인을 문제 삼았는데 준표는 병원에 있는 이유로 문책도 거치지 않고 곧바로 사표를 제출해야 했다.

"나 때는 안 오셔도 됩니다. 이렇게 가끔 생존 확인 하시는 것도 이제는 그만두시고."

준표가 쓸쓸히 말했다.

"백세 인생 이야기하는 세상에 별소리를 다 하네."

"백세는 무슨, 지금 젊은 애들이나 백세까지나 살까, 우리까지 백세 살아서 뭐해요. 지금도 넘치게 살았는데 뭘."

진국은 준표가 원래부터 이렇게 퉁퉁거렸나 기억을 더듬었다. 그랬던 것도 같았다.

전화를 끊고 진국은 상록과 영준의 전화번호를 지웠다. 그리고 나직하게 읊조렸다.

"분홍 코끼리."

하지만 분홍 코끼리는 나타나지 않았다.

상록도 영준도 이제는 없는 사람이었지만 그들과 나눴던 시간들이 자꾸 머릿속을 맴돌았다. 상록도, 영준도, 그리고 준표도 진국의 머릿속에는 여전히 까맣고 숱 많은 머리칼을 날리며 환하게 웃고 있었다.

진국은 종일 아무것도 먹은 게 없다는 걸 화장실에 가려고 일어섰을 때에야 깨달았다. 기립성 빈혈은 속이 허할 때 더 심해졌다.

끓인 누룽지와 김치로 저녁을 때우고 진국은 다시 메리를 살폈다. 의사가 하루에 두 번 먹이라고 했지만 메리는 두 번째 캔 간식은 거들떠보지도 않고 잠에 들었다. 진국은 메리가 누운 호박 방석을 안아 올려 방으로 옮겨 갔다. 배변 패드를 거실에 깔아 두었기 때문에 가급적 메리는 거실에서 자게 했었는데 지금은 그러면 안 될 것 같았다.

텔레비전을 켜고 방문을 열어 둔 채 진국은 침대에 누웠다. 거실에서 넘어온 텔레비전 빛이 방 천장에 아롱거렸다. 진국은 메리의 등에 손바닥을 대고 모로 누워 메리의 숨소리에 귀를 기울였다.

"메리란 이름은 찬주가 지어 준 이름이었어. 이름 자체로도 기분이 좋아진다면서 말이지. 그런데 정말 메리는 나한테 언제나 기쁜 존재였어. 메리야, 듣고 있니?"

메리는 전혀 움직이지 않았다.

"찬주가 너를 봤으면 정말 좋아했을 텐데 말이야."

다음날 진국은 찢어질 것처럼 울리는 사이렌 소리에 잠을 깼다. 정신이 번쩍 들 정도로 쨍한 소리가 가까이서 들려왔다. 시계를 보니 벌써 정오였다. 자리끼 옆에 알맹이가 빠진 약봉지가 보였다. 새벽까지 메리를 살피느라 잠 때를 놓쳐 약을 하나 먹고 잠든 것이었다. 이렇게 날이 새는지도 모르고 깊이 잠에 빠진 적이 있었던가. 진국은 남은 봉지의 개수를 세어 보았다. 이 약을 다 먹고 잠들었다가 다시는 깨어나지 못할 자신의 모습이 그려졌다. 자신이 당사자라서 오싹할 뿐이지 특별히 놀라울 것도 없는 풍경이었다. 진국은 남은 약은 절대 먹지 않기로 했다. 아니 적어도 오늘 저녁에는 먹지 않기로 마음을 먹었다.

사이렌 소리는 골목 입구에서 나는 것이었다. 검은

연기가 치솟고 있었지만 일조권과 조망권을 전혀 고려하지 않고 다닥다닥 붙여 올린 다세대 건물들에 가려져 정확히 어느 집에서 불이 난 건지 알 수 없었다. 진국은 창문을 닫고 서둘러 바지를 꿰입었다. 진국이 매일 지나다니던 그 골목 어딘가에서 불이 난 모양이었다.

그러다 문득, 진국은 메리가 자기에게 오지 않는다는 것을 깨달았고 그게 처음이 아니란 것도 기억해 냈다. 그리고 전날 병원에 데려갔던 것과 가루약을 섞은 간식을 먹였던 것도 떠올랐다. 밤새 같은 자리 위에서 누웠던 것도 생각났다. 뒷덜미가 서늘해질 정도로 오싹함이 몰려들었다.

진국은 허리띠를 채우다 말고 찬찬히 방을 훑었다. 어제와 똑같았다. 다른 게 있다면 메리가 더 이상 따뜻하지 않다는 것뿐이었다. 메리의 털이 이렇게 가칠했나 싶을 정도로 모든 게 다 뻣뻣해진 후였다. 진국의 몸속에서 큰 숨이 맥없이 터져 나왔다.

진국은 전날과 다르게 강보에 아기를 싸듯이 커다란 수건으로 메리를 감싸 안고 집을 나섰다. 현관문을 닫고 나서려던 찰나 진국은 4층 계단을 내려오던 막례와 마주쳤다.

"오늘은 케이지에 안 넣고 어째 안고 가시네요."

진국이 아무 말이 없자 막례는 빼꼼 얼굴을 내밀고 진국의 품 안에 있는 메리를 살폈다.

"아고, 우째쓰까. 무지개다리 건넜는가벼."

말끝에 막례는 혀를 찼다. 잠시 막례는 훌쩍거리는가 싶더니 금세 어깨를 들썩이며 눈물을 보였다. 그러기 싫었지만 진국은 내려오는 내내 막례를 다독여야 했다.

"어따 묻어 주시게요?"

코끝이 빨개진 막례가 훌쩍거리며 물었다.

"동물병원에 가 물어보면 알려 주겠지. 장례까지는 못 해 줘도."

막례는 다 알겠다는 듯 고개를 끄덕였다.

"근디, 나가시는 길이 쪼까 복잡해유. 앞에 불이 나서유. 어제 들입다 몰려와서 싸우더니 기어이 일을 냈나 봐요. 요즘은 워째 이렇게 쌈이 많이 나는지 몰라요."

막례의 말대로 인정빌라에서 큰 길로 나가는 골목은

꽉 들어찬 사람들로 북새통을 이뤘다. 불이 난 파란 대문 안쪽으로 대문 높이만큼 쌓여 있던 박스와 깡통 더미는 언제 치웠는지 하나도 보이지 않았다. 검은 연기는 집 안에서 피어올랐다.

좁은 골목까지는 소방차가 들어오지 못했다. 소방대원들은 골목으로 몰려든 구경꾼들을 경광등을 들고 뒤쪽으로 밀어내는가 하면 그중 서넛은 릴에 감긴 소방 호스를 풀었다.

"더 멀리 떨어지세요. 위험합니다!"

소방대원들이 계속해서 소리를 질렀지만 저쪽 골목 끝에서부터 남녀노소의 구경꾼들은 계속 몰려들었다. 제아무리 구급대원이 경광등으로 밀어낸다 한들 호기심에 홀린 구경꾼들은 좀처럼 뒷걸음질하지 않았다.

함께 내려온 막례는 금란과 말숙 옆에 자리를 잡았다. 골목을 빠져 나가려고 했으나 진국은 더 이상 나아가지 못했다.

그곳에서 재형을 만났기 때문이었다.

재형은 방화복을 입고 릴을 풀면서 파란 대문 집 앞으로 뛰어왔다.

"뒤로 좀 가세요. 백 드래프트가 생기면 여기 다 다쳐요!"

재형은 뒤에 선 사람들을 향해 고함을 지르고 헬멧 실드를 내렸다. 재형이 잡은 호스에서 세찬 물길이 뿜어져 나왔고 파란 대문 집 창문을 깨고 집 안으로 분사되었다. 물길을 조정하던 재형의 몸이 움찔거렸다. 순간 폭발하듯 펑 소리가 터져 나왔고 불길이 크게 타올랐다. 동시에 근처에 몰려든 모든 사람들의 몸이 반으로 접혔다.

"불은 왜 이렇게 사람을 홀리까야."

폭발 뒤 또다시 이글이글 타오르는 불에 넋을 놓은 막례가 한 말이었다.

호스를 다시 잡아채 올리면서 재형은 진국과 눈이 마주쳤다. 머리가 하얗게 세고 삼자 이마가 하릴없이 깊어졌지만 헬멧 실드가 올라가는 순간 진국이 재형을 한 번에 알아본 것처럼 재형 역시 진국을 단번에 알아보았다.

다음 날, 재형이 휴무라며 진국을 찾아오겠다고 연락을 해 왔다. 재형은 한사코 인정빌라 근처로 온다고 했지만 진국은 어떤 것 하나라도 배려를 받는 게 편치 않았다. 결국 진국과 재형은 인정빌라와 소방서 중간 정도에 위치한 프랑스마을의 한 식당에서 만났다.

진국이 중립국 같은 식당 안으로 들어서자 먼저 도착해 있던 재형이 벌떡 일어나 진국을 맞았다.

"요즘은 어떻게 지내나."

찻잔을 만지작대며 진국이 먼저 물었다.

"보신 것처럼요. 아버님은 어떻게 사셨어요?"

진국은 얼룩덜룩하게 남은 자국을 통해 재형의 양 뺨에 가득했던 여드름을 떠올렸다.

"나도 그냥 지냈지."

진국은 물잔을 든 재형의 손등에 난 화상 자국을 물끄러미 내려다봤다.

"아, 이거요? 그러고 보니 여기네요. 저 위쪽 빌라에서 남편이 홧김에 거실에 기름을 뿌려서 불이 난 적이 있었거든요. 부부 싸움을 말리러 온 이웃집 여자가 그 안에서 죽었어요. 부부는 멀쩡히 밖으로 피신을 했는데도 말이죠. 그 이웃집 여자를 업고 나오다 장갑에 불이 붙었어요. 방수만 되는 장갑을 끼고 들어갔거든요. 소사체를 본 것도 그때가 처음이었어요. 불길이 입안으로 빨려 들어간 것같이 시커먼 그을음이 입가에 남아 있더라고요."

그 말을 하면서 재형은 몸을 부르르 떨었고 진국은 그 떨림 하나하나도 놓치지 않았다. 저 애가 저렇게 말이 많은 편이었나. 진국은 의아했다. 아니, 더듬어 생각해 보니 재형과는 이렇다 할 이야기를 나눌 새가 없었다. 이야기란 뭔가 잉여의 순간이 생겨야 할 수 있는 것인데, 진국과 재형의 사이에는 실낱같은 틈도 여유도 없었다.

서산으로 지는 해가 유난히 붉은 날이었다. 진국은 준공받은 새 빌라를 다 팔아넘긴 기념으로 술자리를 갖기 위해 막 강남으로 넘어오던 중이었다. 그때 재형에게서 전화를 받았다. 너무 훌쩍거리는 통에 진국은 재형의 말을 알아들을 수 없었다. 처음에는 둘이 뭔가 틀어져 헤어지기로 했나 싶었지만 택시 안에서 무너진 백화점에 대한 뉴스가 계속 이어지고 있을 때라 진국은 갑자기 선득한 생각이 들었다.

현장에 도착했을 때 진국을 보자마자 재형은 무릎부터 꿇었다. 자기가 데리고 온 거라면서 울부짖었다. 에어컨도 안 되고 건물에서 이상한 소리도 들렸다고 말하면서 훌쩍였다. 지하에 있다가 밖으로 나오려고 했는데, 사람들이 한꺼번에 몰리는 바람에 찬주 손을 놓쳤다고 말이다.

진국은 현장대책본부가 철수하는 7월 말일까지 찬주를 기다렸다. 하지만 찬주는 돌아오지 못했다. 부서지고 찢겨졌더라도 찬주의 한 부분만이나마 찾게 될 줄 알았는데 아무것도 찾지 못했다. 잔해 처리한 것들이 난지도로 옮겨졌다고 해서 유해발굴을 다시 했는데, 거기서 나온 유골에서도 찬주는 없었다.

진국은 마지막 생존자가 구조된 이후부터 재형을 더 이상 현장에 오지 못하게 했다. 더 할 게 없었다. 마음이 망가진 사람들은 감정이 수시로 변했다. 미소 짓다가도 어느 순간 분노하고, 그러다가 어느새 주먹을 내뻗게 되었다. 사람의 타고난 심성 따위는 중요한 게 아니었다. 자기에게 주어진 조건이, 겪어 내야 할 황당한 현실들이 사람을 독하게, 서슬 퍼렇게 만들었다. 진국은 더 이상 그런 모습을 재형에게 보이기 싫었다.

결국 찬주는 실종자에서 잠정적 사망자로 바뀌었고 그건 지금까지도 그대로였다.

"이런 말씀 어떻게 들으실지 모르겠지만요. 저는 찬주를 찾지 못한 게 어쩌면 다행이라고 생각하게 됐어요. 제가 다쳐서 죽거나 불에 타 죽거나, 질식해 죽는 사람들을 몇 봤는데요. 그런 모습으로 평생 찬주를 기억하게 되는 건 너무 무서운 일일 거 같아요."

말을 마친 재형은 물을 한 모금 마셨다.

"좋은 걸 많이 떠올리라고. 그런 상상도 다 기억처럼 자네의 머릿속에 남아 있을 거야."

진국은 상담을 했을 때 들었던 말을 건넸다.

두 사람은 나눌 수 있는 말이 별로 없었다. 몇 번이나 말이 끊어지고 쓴 웃음을 입가에 달고 서로를 바라봤다.

두 사람은 밥값을 서로 내겠다고 지루하게 실랑이를 벌였다. 진국이 정색을 했지만 재형도 완강했다. 계산대 앞에 선 점원이 난처한 표정으로 진국과 재형을 번갈아 바라봤다. 한사코 우겨서 끝내 재형이 밥값을 냈다. 진국은 이 짧은 만남이 재형이 가지고 있었던 부채감을 어느 정도 변제해 주고 있음을 느꼈다.

일주일 후 메리의 화장함이 도착했다. 메리는 동물병

원에서 소개받은 장례업체를 통해 가장 저렴한 가격대로 화장을 했다. 5만 원짜리 기본 수의에, 5만 원짜리 오동나무 관을 썼고 그 외 화장 비용도 23만 원이나 들었다. 화장을 마친 메리의 유골은 5만 원짜리 수목장용 황토함에 담겨 있었다.

진국은 메리의 유골함을 들고 학교 운동장으로 갔다. 운동장 가장자리 중 국기 게양대와 마주한 정중앙, 그곳에 왕벚나무가 있었다.

진국은 가져온 모종삽을 들고 땅을 파기 시작했다. 비 온 지 얼마 안 된 모래 섞인 흙이라 푹신했고 몇 번의 삽질만으로도 유골함이 들어가기에 충분한 깊이가 되었다.

메리의 유골함을 다 묻고 난 진국은 그 자리에 털썩 주저앉았다. 띄엄띄엄 오가는 사람들을 보면서 처음 이 고등학교 정문을 넘었던 때를 떠올렸다.

매미소리도 잦아 든 저녁, 진국은 방충망을 걸고 있는 방울토마토 덩굴손을 쳐다봤다.
"넌 어떻게 여기까지 올라온 거냐."
검지로 다시 덩굴손을 살살 건드렸다.

"너는 살아라."

어디선가 고등어 굽는 냄새가 풍겨 왔고 뜸들 때 나는 밥내가 맡아졌다. 생각해 보니 종일토록 뭘 먹지 않았다. 그런 생각이 들자 무척이나 배가 고팠다. 진국은 천천히 몸을 일으켰다. 머리가 핑 돌았지만 잠시 그대로 몇 초를 견디면 괜찮아졌다.

초인종이 울린 건 진국이 상을 물리고 쓰레기까지 정리를 마친 때였다. 문을 열자 막례가 방울토마토로 꽉 찬 플라스틱 그릇을 내밀었다.

"계분밖에 안 친 거라 달아요."

"아니, 나는 별 생각이 없소만."

진국은 그렇게 말하고 문을 닫으려고 했지만 막례는 한 발을 문 안에 밀어 넣은 채 제법 난감한 표정을 지어 보였다.

"아니, 아니, 그게 아니고요. 월세가 아직 안 들어와서요."

"아, 내가 그걸 깜빡했군. 지금 보내리다."

진국은 그렇게 말하고 막례가 내민 방울토마토 그릇을 받아 들었다. 하지만 먹을 수는 없었다. 아기 손같이 생긴 덩굴손을 뻗어 진국이 사는 302호의 창까지 벽을 타고 올라온 녀석이라고 생각하고 나니, 이상하게 먹기가 좀 그랬다.

진국은 토마토를 어쩌지 못하고 그릇째 냉장고에 넣어 버렸다. 토마토를 냉장고에 넣는 순간 진국은 막례가 왜 302호에 왔었는지도 잊어버리고 말았다.

며칠 후 진국은 화장실 창까지 올라온 덩굴손을 발견했다. 그대로 앉아 있을 수가 없었던 진국은 곧바로 인정빌라 밖으로 나가 1층부터 3층까지 뻗어 있는 방울토마토 줄기를 바라봤다.

"내가 왜 그동안 널 보지 못한 거니?"

아무도 대답해 주지 않았다. 금란의 말대로 몸이 꺾여 있어서 그랬는지도 모르겠다고 진국은 생각했다.

진국은 상상했다. 넝쿨이 창을 넘고, 지붕을 넘어 다른 집으로 끝없이 뻗어 나가는 모습을. 하얗게 눈발이 날리듯, 벚꽃 잎이 날리는 학교 운동장까지 뻗어 가는 장면을.

진국은 가슴 가득 큰 숨을 들이마시고 손목시계를 들여다봤다.

"어이쿠, 메리 밥 줄 시간이구나."

진국은 인정빌라 현관문을 열고 들어가 성큼성큼 계단을 올랐다.

개와 당신의 이야기

좀 더 확실하게 비윤리적인 문장으로 다시 작업 바랍니다.

러닝센터 메일로 과업을 보낸 지 하루 만이었다. 메일의 발신자는 담당자가 아니라 팀장이었다. 담당자의 파란색 라벨보다 팀장이 붙인 붉은색 라벨이 더 많았다.

"뭔데?"

머리칼을 쥐어뜯고 있는 내게 미리가 다가왔다. 알도와 나갈 채비를 하던 미리의 손에는 하네스가 들려 있었다. 리듬을 탄 철컹철컹 소리가 내 목을 조여 오는 듯

했다.

"뭐가 이렇게 빨개. 완전 피바다네."

미리가 모니터 가까이 얼굴을 들이댔다.

"비윤리적인 문장이 아니래."

"그냥 대사 쓰듯이 쓰면 되는 거 아니야? 시나리오 쓸 때는 욕도 잘만 쓰더니."

미리는 별일 아니라는 듯 내 어깨를 툭 쳤다.

"천만 작가답게! 응?"

나는 고개를 들고 미리를 쳐다보았다. 미리는 눈을 동그랗게 뜨고 입을 모아 '뭐?'라는 표정을 지어 보였다.

"욕은 금칙어야."

"참, 아까 경준이 병원에 도착했다고 메시지 왔는데, 간병인 여사님이 안 가고 머뭇거리길래 5만 원 줘서 보냈대."

"그걸 왜 꼭 너한테만 이야기한다니, 걔는."

미리는 자기 알 바 아니라는 듯 어깨를 으쓱했다.

나는 다시 모니터로 시선을 돌려 온통 붉은 화면을 보았다. 막막한 것도 잠시, 이렇게 세심하게 라벨링을 해서 보낸 팀장에게 미안한 마음이 들었다. 나는 두 손을 모아 정성스럽게 문자메시지를 써 팀장에게 보냈다. 세 번째 재작업까지는 하고 싶지 않았다.

"그런데 금칙어가 뭐야?"

미리가 내 뒤통수에 대고 물었다.

경준의 전화를 받고 일을 하겠다고 한 날에도, 일주일 만에 계약금이 입금되었다는 것을 말하면서도, 그리고 첫 번째 파일을 발송하고 나서도, 나는 미리에게 금칙어와 관련한 내 작업에 대해 설명했었다. 직접적으로 욕을 하지 않으면서, 의도적으로 욕의 의미를 깔고 있는 문장을 만들어 AI를 학습시키는 일, 그게 이번에 내가 받은 일이라고 말이다. 좀 전에 미리가 내게 한 말처럼.

미리는 알도의 머리 위로 하네스를 씌웠다. 알도가 몇 번이나 머리를 빼고 미리의 몸 주변을 빙빙 돌았다.

"착하지, 엄마는 우리 알도가 1등이야."

미리는 하네스를 들고 알도 뒤를 무릎걸음으로 쫓았다. 철겅철겅 쇠사슬 소리에 맞춰 미리와 알도가 맴맴 돌았다. 누가 하네스를 할 것인가. 나는 미리의 몸통에 하네스를 씌우는 상상을 했다. 공평하게 한 번씩 주고받았으니 미리와 나는 비긴 셈이었다. 공평해지기 위해 우리는 점점 더 나빠지고 있는지도 몰랐다.

내 포털 아이디는 아주 오래 전부터 'ten_million_writer'였다. 동료들도 나를 대놓고 천만 작가라고 불렀다. 그런 조롱이 무색하게 천만 작가가 반드시 되리라 각오를 다졌지만, 그러지 못했다.

영화사가 망하거나, 캐스팅이 안 되거나, 그래서 투자가 안 되거나, 스태프들끼리 싸움이 터져 해체되거나, 언제든 어디서든 일어나는 변수들 때문에 내 작업들은 영화라는 현실로 실현되지 못했다. 망한 영화의 작가라도 되고 싶은 게 솔직한 내 심정이었다.

프란시스 포드 코폴라 감독의 「대부」 같은 영화를 꼭 써 보고 싶은 마음에 투신한 영화판이었지만 개봉한 영화가 없는 시나리오 작가, 이 판에서는 아직 완료되지 못한 존재, 내가 가진 스펙이 그랬다. 쉽게 메이드될 거라 생각한 적도 없었지만, 이렇게까지 오랫동안 한 작품도 개봉하지 못한 채 지내게 될 줄은 몰랐다. 관객을 만나지 못한 시나리오 작가는 사실 작가가 아니었다.

어떤 이야기들은 아주 강력한 원심력을 가지고 있어

서 주변의 모든 이야기들을 끌어당겨 버린다. 나는 그런 이야기를 만들고 싶었다. 나는 작년까지 총 열 편의 시나리오를 썼는데, 세 편은 제작사와 계약을 체결했고 완고까지 넘긴 상태였지만, 아직 잔금을 받지 못했다. 투자가 되지 않는다면 잔금을 받을 수 없다는 조항이 있는 계약서에 사인을 했기 때문이었다. 그나마 계약이라도 된 것은 나은 편이었다. 글자로만 남은 나머지 일곱 편은 몇 년째 이곳저곳의 제작사를 떠도는 신세였다. 관심을 보이는 사람들은 많았으나 제작 욕심까지 내는 감독이나 투자사를 만나지는 못했다. 될 듯 말 듯하다 매번 엎어졌다. 얼마 전에는 잘해 보자고 모인 술자리에서 감정싸움이 나서 오랫동안 호형호제하던 장 감독의 멱살을 쥐고 흔든 일도 있었다. 영화판 사람 둘 이상이 모이면 나와 장 감독의 이야기를 씹어 댈 정도로 그날의 술자리는 '전설의 레전드'가 되고 말았다. 나는 착취의 아이콘인 장 감독을 멱살잡이한 세상에 둘도 없는 '싸가지 없는 새끼'였다. 내 치기 어린 행동에 동의와 응원을 보내는 이들도 많았다. 장 감독과 천만 영화 「시선」을 함께 만들었던 이 작가 역시 내게 속이 후련하다는 메시지를 보내왔다. 언제고 터질 일이었다면서 괘념치 말라는 말도 덧붙였다. 하지만 그뿐 그 누구도 공개적으로 나를 지지하지 않았다. 그날의 사건을 다룬 장 감독의 페이스북 피드에는 수많은 영화인들의 공감 아이콘이 붙었다. '화나요'가 제일 많았고, '슬퍼요'도 좀 되었다. '웃겨요'도 그만큼 되었다. 여러 형태의 공감은 모두 나를 향한 조롱의 언사였다. 그 모든 조롱을 되갚아 주고 싶었지만, 그럴 여력이 없었다.

장 감독이 페이스북에 글을 올린 지 한 달도 안 되어 작가 지망생들에게 하던 시나리오 수업까지 폐강되고 말았다. 어쩌면 잘된 일인지도 몰랐다. 막상 모든 일이 다 끊어지고 나면 마음이 막막하고 답답해질 줄 알았는데 꼭 그렇지도 않았다. 어쩌면 나는 위태롭게 버티느니 마음 편하게 던져 버리고 싶었는지도 몰랐다.

그렇지만 손 놓고 놀고만 있을 수는 없었다. 미리에게 눈치가 보인 것도 사실이었다. 동네 보습학원 구인 광고를 찾아다니며 학원 강사 일을 고민하고 있을 즈음, 대학교 산학협력단에서 근무하고 있는 경준에게서 연락이 왔다. 받고 싶지 않았지만 받았다. 전화까지 할 정도라면 정말 급한 일일 테니까.

 3년 전 갑자기 아버지가 뇌졸중으로 쓰러지고 나서 나와 경준은 여러 번 큰소리가 날 정도로 다투었다. 따지고 보면 다툴 일도 아니었다. 그런데도 우리는 아버지가 옮겨 갈 병원을 찾는 일부터 병원비 지불 문제, 간병인을 구하거나 휴무일에 교대를 해 주는 문제까지 사사건건 부딪쳤다. 누구도 손해 보지 않고 공평하게 일과 비용을 나누려고 했는데, 그러면 그럴수록 공평해지지 않았다. 서로 뭘 그리 잘했느냐고 다투다가, 네가 사람이냐를 따지다가, 세상에 둘도 없이 몰염치하고 인정머리 없는 새끼라고 언성을 높였다. 우리가 주고받는 얕은 말들은 점점 더 강도가 높아졌다. 저 새끼 내가 죽이고 나도 죽고 말지, 싶은 충동이 손끝에서 떠나지 않아 주먹을 쥐고 부르르 떨었던 게 한두 번이 아니었다.

 내가 그랬던 것처럼 경준도 나를 생각하며 치를 떨었을 것이다. 급기야 우리는 전화 통화도 하지 않고 필요한 일만 문자 메시지로 소통했다. 그마저도 완전한 문장이 아니었다. '간병인 교대', '총액 중 반액은 얼마, 입금 요망' 등으로 최대한 감정을 결여시킨 단어들만 서로를 향해 던지는 식이었다. 그런데 경준이 아버지와 관련 없는 일로 내게 전화를 해 온 것이었다.

"형, 혹시 AI 응답문 작가 일이 있는데, 할 수 있겠어?"

"그게 뭔데?"

나름대로 최대한 말꼬리를 길게 늘여 물었다. 인정하기 싫지만 사실 나는 뒤끝이 긴 편이었다. 내 말이 딱딱하게 들렸는지 경준은 잠시 말이 없었다.

"형이 전에 쓰던 조폭 시나리오 같은 거라고 생각하면 쉬워."

우리 사이가 파국으로 치닫기 전에는 경준에게 시나리오를 몇 번 보여 주기도 했다. 한물 간 조폭 이야기를 누가 좋아하겠냐고 대놓고 시대 감수성 없는 내 자질을 운운했던 경준이었다.

"나 요즘엔 그런 거 안 써. 다른 장르 써."

"미리가 그러던데, 형 요즘 일 안 한다며."

미리와 경준은 대학 동기였다.

"왜 안 해, 하지. 미리가 잘 몰라서 그래."

그제야 경준은 최근 인공지능 관련 프로젝트가 너무 많이 진행되는 바람에 사람 구하기가 어렵다는 말을 꺼냈다.

"형 혹시, 콤파스 알아?"

"각도기 말하는 거야?"

"아니, 알고리즘 COMPAS. 미국에서 재범위험점수를 측정하기 위해 만들어진 거야. 이게 백인보다 흑인의 점수를 훨씬 높게 평가했는데, 실제는 그렇지 않았거든."

느닷없는 전화도 난감했는데, 이건 또 뭔가 싶었다.

"대학 논술 문제 관련된 이야기야?"

"아니, 좀 들어 봐. 아마존에서도 비슷한 일이 있었는데, 직원 채용 알고리즘이 여성보다 남성을 선호하는 결과가 나온 거야. 그래서 이제 아마존은 더 이상 AI 채용 심사를 하지 않아. 이건 알고 있지?"

경준은 맞받아칠 수 없는 이야기들만 늘어놓았다.

"콤파스도, 아마존도 처음 듣는 이야기야. 넌 애가 맥락도 없이 말을 하더라."

"금방 끝나, 그냥 좀 더 들어 봐."

경준의 목소리에 날이 섰다. 경준은 구글 포토의 얼굴 인식 알고리즘이 흑인 여성을 고릴라로 분류했던 일과 마이크로소프트의 챗봇 테이가 역사 부정, 혐오, 성차별 발언을 해서 서비스가 시작된 지 열여섯 시간 만에 전면 중단된 이야기를 덧붙였다.

"일부 사용자들이 집중 학습을 시켜서 그렇게 된 것이기도 해. 최초 설정값이 바뀌어 버린 거지. 이게 어려운 게, 기술적 접근을 하면 할수록 또 다른 편향이 생긴다는 거거든."

"너, 혹시 코인 투자 실패한 것 때문에 이러는 거냐?"

경준은 어릴 때부터 내가 불안을 느낄 정도로 충동적인 데다가 하이 리스크를 선호했다. 경준은 매 게임마다 운명을 거는 도박사처럼 위험한 일에 몰입하길 좋아했다. 충동적인 몰입이 파멸로 이르는 지름길이라는 것을 경준만 몰랐다. 주식 투자에 열을 올릴 때에는 번번이 상투 잡고 들어가 물타기만 하다가 결국 돈을 다 털어먹고야 끝을 냈다. 최근에는 대출까지 받아서 코인에 투자했는데 이익금은커녕 원금도 회수하지 못했다고 들었다. 비트코인은 억을 넘어 고공행진 중인데 경준은 도대체 어떤 코인에 투자한 것인지 도무지 알 수가 없었다.

"형은 꼭 이렇게 엇나가더라."

"그럼 뭔데, 갑자기. 지난번에 너 때문에 내가 얼마나 애를 먹은 줄 알아?"

지난 달 간병 교대 당번 날, 경준은 약속을 어겼다. 시간이 지났는데도 오지 않는다고 연락을 받고 내가 급히 병원으로 달려갔을 때 요양보호사는 이렇게 시간을 지키지 못할 거라면 일을 그만두겠다고 어깃장을 놓았다. 가는 내내 전화를 걸어도 받지 않는 경준에게 약이 바짝 오른 상태라 요양보호사를 붙잡을 시도도 하지 않았다. 하지만 며칠 동안 나는 요양보호사를 구하지 못했고, 내내 병원에서 지내야 했다. 그 일에 대해서 경준은 사과하지 않았다. 내가 병원에서 지낸 5일에 해당하는 간병비만 통장으로 보내고 말았다.

"인공지능 언어 학습 프로그램을 만들고 있는데, 작가들이 자꾸 일을 그만둬. 내가 어지간하면 형한테 전화 안 하려고 했는데, 사실 좀 급해서 그래."

경준은 맥이 빠진 목소리로 사정했다.

"잠깐 이야기만 들어도 좌뇌, 우뇌가 갈라지듯이 아

프려고 그런다. 그런데 그런 걸 내가 할 수 있겠냐?"

"이거 급행이라 급행료도 붙어. 그리고 계약서 쓰면 일주일 안에 선금을 입금해 줄 거야."

그 말을 듣자마자 나는 덥석 일을 물었다.

"금칙어만 조심하면 돼."

전화를 끊기 전 경준이 강조한 말이었다.

사실 나는 경준과 통화를 하는 동안에는 내가 하게 될 일이 어떤 것인지 잘 알지 못했다. 경준이 보내 준 계약서에 전자 사인을 하는 것만 급했을 뿐 계약 당일에는 다른 파일들은 열어 보지도 않았다. 다음 날 저녁 파일을 하나씩 읽어 보면서 생각보다 골치 아픈 일이 될 수도 있다는 직감이 들었다. 그동안 왜 그렇게 많은 작가들이 떨어져 나갔는지 이해가 되기도 했다.

내가 계약한 프로젝트는 인공지능의 비윤리적인 대화 검증을 위해 진행되는 것이었다. 하나의 상황을 만들고 그 상황에 맞는 대화를 이어 가다가 비윤리적인 문장으로 마무리를 하면 되었다. 예를 들어, 아이가 범죄를 저지른 상황이라면 아이를 감싸는 부모가 있을 것이고,

그 부모에 대한 의견을 다음 문장으로 만들면 되었다. 거기서 비윤리적인 문장을 넣는 것이다.

저런 흉악한 범죄를 저질러도 자식이라고 감싸고 도네.
너무 한심한 부모다.
야, 너도 저 부모처럼 한심해.

명백히 비윤리적인 문장에서 그보다 더 나쁜 비윤리 문장을 이어 붙이며 대화를 연결해야 했다. 말이 오고 갈수록, 말로 되갚아 줄수록, 말 자체는 더욱 나빠졌다.

나는 열 문장으로 구성된 30세트의 응답문을 엑셀 파일로 작성해 약속한 날짜에 맞춰 보냈다. 그러면 대학 내 AI연구소의 러닝센터 담당자가 내가 한 작업들을 검수했다. 문제가 있거나 재작업이 필요한 경우에는 라벨링을 해서 내게 되돌려 보내고, 나는 갑측의 요청이 있을 시, 횟수에 상관없이 계속 수정 요구를 들어 줘야 했다. 계약 사항이 그랬다. 그런데 벌써 두 번이나 되돌려 받은 것이었다.

이게 뭐죠? 멕이는 건가?

팀장의 문자 메시지를 읽고 나는 잠시 고개를 갸우뚱했다. 뭐라는 거야 싶었는데, 팀장의 문자 메시지 바로 위를 보니 충분히 그럴 만하다는 생각이 들었다.

좋은 하류 되세요.

"범준 씨는 뭐든 열심히 해서 그래. 힘을 빼면 좀 더 쉽게 써질 수도 있잖아."

미리는 역시나 대수롭지 않게 말했다.

"왜 그걸 못 봤을까? 하루와 하류는 너무 큰 차이가 있잖아."

"오타인데 뭘 그렇게까지 생각해. 나도 7세용 애니만 몇 달 썼더니 정말 아무리 화가 나도 멍청이 정도밖에 욕이 안 나오더라. 사람이 어디 하나에 집중하면 저도 모르게 자꾸 그렇게 되는 것 같아. 잠시 그러다가도 다시 돌아오고 그러는 거지, 뭐."

그러고 보니 최근 몇 달간 미리가 욕하는 걸 보지 못

했다. 욕보다 더한 모욕을 주긴 했지만.

"좋은 하루라는 말 너무 웃겨. 혹시 범준 씨, 진짜 그렇게 말하고 싶었던 거 아냐?"

미리는 킥킥 웃어 댔다.

"이게 웃겨? ……그래, 누구 하나 재밌으면 됐지, 뭐."

볼멘소리가 튀어나갔다.

미리는 더 이상 말을 붙이지 않았다.

빌라 앞 화단을 지나면서도 우리는 말을 아꼈다. 매일 화단 앞에 앉아 있는 할벤져스 삼총사에게 목례를 했다.

"산책 가나 보다."

집주인 할머니가 말을 붙였지만 그게 다였다. 할머니는 시들어 버린 방울토마토 줄기를 한데 묶고 있었다.

할벤져스 삼총사도 알도는 무서워했다. 처음에는 이쁘다고 머리도 쓰다듬고 그랬는데 컹컹 짖을 때 드러난 송곳니를 보고는 전처럼 사람을 붙잡아 세우지 않았다.

나는 알도의 목줄을 바투 쥐고서 전방을 주시하며 걸었다. 카네 코르소 알도는 윤이 나는 검은색 털을 가졌는데, 약간 처진 눈으로 가만히 어딘가를 주시하고 있는 그 위용은 보는 사람을 압도할 만큼 근사했다. 미리는 알도의 목이 옆으로 돌아갈 때마다 줄을 위로 당겨 올렸지만, 알도의 고개는 미리의 노력만큼 재빨리 되돌아오지 않았다.

"힘 있게 툭, 툭 당겨야지."

하는 내 말에

"그렇게, 했, 다, 고."

미리는 음절을 끊어 가며 퉁명스럽게 반응했다. 말의 작용과 반작용이 오간 후, 우리는 잠시 말없이 걸었다.

사거리 다 와서 배달통을 단 오토바이가 미리 옆으로 각기를 하며 지나갔다. 곧바로 알도의 몸이 튀어 올랐다.

"악!"

미리는 오토바이와 알도 둘 다에 놀라 뒷걸음질을 쳤다. 동시에 손에 감고 있던 줄이 스르르 풀렸다. 산책 나올 때마다 한두 번 겪는 일이 아니었다. 나는 재빨리 손을 뻗어 목줄을 당겨 올린 후 오른쪽 무릎으로 알도의 몸을 무심히 밀어냈다. 두어 걸음 뒤로 밀린 알도는 다시 전방을 향해 몸을 돌렸다. '나 없으면 어떻게 할래.' 소리가 목 뒤에서 간질거렸지만 꾹 참았다.

미리와 함께 살기 시작한 이후부터 알도는 원래 주인인 미리보다 내 명령에 더 복종했다. 내가 미리보다 힘이 세고, 자신을 더 엄격하게 다룬다는 것을 알아챘기 때문이었다. 50킬로그램이 채 안 되는 미리의 힘으로는 60킬로그램이 넘는 알도를 통제하기 어려웠다. 더 큰 문제는 알도가 미리의 말을 잘 알아듣지 못한다는 것과 미리도 알도의 다음 행동이 어떻게 이어질지 예측하지 못한다는 사실이었다. 미리는 입질을 하거나 장난으로라도 깨무는 시늉을 하는 알도의 행동에 제재를 가하지도 않았다.

어쩌면 내가 사이에 끼게 되면서 둘의 균형이 깨진 것일 수도 있었다. 이전까지 알도는 사랑만 주는 주인과 큰 문제없이 지냈는데, 둘에서 셋이 되면서 우리 사이에 서열이 생겼고, 본능적으로 개는 그것에 따라 행동하게 되었을지도 몰랐다. 내가 너무 과몰입하는 것일 수도 있겠지만, 알도는 미리를 자기 아래로 생각하는 듯 보였다. 정말로 미리는 이제 더 이상 혼자서는 알도와 산책을 나가지도 못했다.

사거리 횡단보도는 동시에 신호등이 켜졌다. 횡단보

도를 건너면 이른 아침과 밤마다 알도를 산책시키는 뒤뜰 공원이 있었다. 주덕산 아래 조성된 공원으로 인공 실개천이 공원을 에워싸서 하나의 작은 섬처럼 느껴지는 곳이었다. 주덕산 둘레길과 만나는 보행로와 자전거 전용 트랙이 실개천과 나란히 공원 외곽으로 이어졌다. 뒤뜰 공원은 시소와 미끄럼틀, 그네가 있는 1구역과 농구대와 배드민턴 코트가 있는 2구역, 반려동물과 사람이 함께 그려진 팻말이 붙은, 이른바 '강아지 섬'이라고 불리는 3구역으로 나뉘었다. 1구역에서는 어린아이들이 주로 뛰어 놀았다. 2구역에서는 낮에는 노인들이 게이트볼을 쳤고, 오후부터는 청소년들이 농구 시합을 했다. 제일 큰 영역인 3구역은 다양한 견종이 모여 친분을 쌓는 개 사교장으로 하루 종일 개를 산책시키는 사람들로 북적였다.

"이름 재밌네."

미리는 흰 천이 덮인 건너편 가게를 턱짓으로 가리켰다. '24시간 응급 수술 가능, 아프냥 아프지멍'이라는 가로로 긴 플래카드가 눈에 확 띄었다. 미리와 자주 들르는 미소분식이 있던 자리였다. 미리는 미소분식의 라볶이를 특히 좋아했다.

"그러고 보니 소아과도 문을 닫았네."

소아과 의원이었던 2층까지 공사하고 있는 걸 보니, 제법 큰 동물병원이 들어올 모양이었다.

횡단보도 신호가 들어오자 교차로는 사방에서 움직이는 사람들로 금세 광장처럼 변했다. 우리 옆에서 함께 대기하고 있던 교복 입은 아이들은 욕이 반인 말들을 쏟아내며 빠르게 우리 앞을 지나갔다. 내가 목줄을 잡고 있을 때에는 알도도 다른 사람들의 움직임에 크게 반응하지 않았지만 돌발 상황은 언제나 생길 수 있었다. 나는 알도의 목줄을 더욱 바투 잡았다. 알도는 아이들이 농구공을 탕탕 튕기며 횡단보도를 건너는 데도 무심히 앞으로 걸음을 옮겼다.

"근처에 학교가 있었나? 어디서 애들이 쏟아져 나왔지?"

내가 묻자 미리가 대답해 주었다.

"저 아래 교회가 학교도 한다나 봐."

그제야 나는 사거리 전 블록 입구에 있는 4층짜리 교회 건물이 떠올랐다. 학원 강사 자리가 있으면 가까운 곳에서 알아봐야겠다고 생각하고 다닐 즈음, 눈에 들어온 곳이었다. 영어로만 수업하는 학원인 줄 알았는데 자세히 보니 기숙사가 있는 교회였다. 홀리 인터내셔널인가 하는 이름을 달고 있는 교회 건물에는 교복을 입은 아이들이 오갔는데, 아주 어려 보이는 아이들부터 인중이 거뭇한 덩치 큰 아이들까지 보였다.

"그렇게 건물이 커 보이지 않던데, 온 동네 애들을 저기에 다 접어 놓고 있었나 보네."

나는 같은 교복을 입은 아이들을 보며 그렇게 말했다. 미리는 아이들이 알도 앞으로 뛰어나갈 때마다 이맛살을 찌푸렸다. 혹여나 알도와 아이들이 충돌할까 봐 긴장하고 있는 게 역력했다.

"참, 오늘 몇 시에 마치기로 했어?"

미리는 알도와 한 배에서 태어난 다른 카네 코르소의 견주들과 달마다 한 번씩 돌아가며 모임을 가졌다. 이번 달 정기 모임은 미리가 호스트였고, 미리는 뒤뜰 공원 강아지 섬으로 모임 장소를 잡았다.

"아마 두 시간 정도 후?"

미리는 나와 눈을 맞추지 않았다.

"알았어. 두 시간 후에 올게. 더 일찍 마칠 것 같으면 전화하고."

그제야 미리는 고개를 끄덕이며 나를 쳐다봤다. 나는 강아지 섬 입구에서 알도의 목줄을 미리에게 건넸다. 벌써 두 마리의 카네 코르소가 도착해 있는 게 보였다.

"잘 놀고 와. 또 입마개 풀면 안 돼."

지난달 모임 사진 가운데 입마개를 벗은 알도의 사진이 있었다. 그 사진 때문에 나와 미리는 언성을 높여 가며 싸움을 벌였다. 나는 미리와 알도의 어깨에 차례대로 손을 얹었다 뗐다. 미리는 고개를 한 번 끄덕이고는 등을 보였다.

몇 걸음 지나왔을 때, 미리가 내 등에 대고 소리쳤다.

"범준 씨, 이제 닉네임 좀 바꿔."

나는 뒤돌아 물었다.

"갑자기?"

"놀리는 건 줄 알잖아."

미리는 알도의 형제들이 있는 공원 안쪽으로 걸어갔다.

미리 집에 처음 갔을 때였다. 현관문을 열자마자 시커멓고 커다란 물체가 미리 몸 위로 엎어졌다. 씩씩거리는 숨소리와 비릿한 짐승 냄새가 풍겨 왔다. 금세 크으으으 하는 경계 가득한 개 소리가 들려왔다. 글자로만 알던 가드견 카네 코르소였다. 미리의 카톡 프로필 사진에서 보던 것과는 비교도 안 될 정도로 덩치가 컸다.

나는 손 인사를 해 보이며 "안녕."이라고 말하고 싶었지만, 내가 입을 벌리기도 전에 개는 송곳니를 드러냈다. 미리가 목줄을 잡고 끌자, 그제야 미리의 얼굴을 바라보며 내게 보내던 시선을 거뒀다.

"안 물어. 걱정하지 마."

미리는 자신의 상체로 뛰어오르는 개와 입맞춤을 하며 연신 '어그그그 우리 새끼'와 같은 소리를 해 댔다. 개의 혀가 미리의 입술을 핥고 혀를 핥았다. 나보다 더 큰 생식기를 가진, 너무나도 수컷인 대형견을 처음 마주한 터라 나는 그만 잔뜩 졸아붙고 말았다. 현관 센서등이 잠시 점멸할 때에도 개의 거친 숨소리와 침 냄새가 공간을 가득 메웠다. 깜깜한 가운데 그 둘 뒤에 서 있던 나는 지워져 버렸다. 미리와 개가 결합하는 불온한 상상 때문에 발끝이 들렸다. 어두워서 더 아찔했다. 나는 다급하게 천장 가까이 손을 뻗고 흔들었다.

불이 다시 들어오자 개가 나를 보고, 내 눈을 정확히 응시하고 컹컹 두 번 짖었다. 언제 들어갔는지 거실 불을 켠 미리가 거실 창 앞에 있는 대형 이동장을 향해 손을 뻗었다.

"파리크리스티앙, 켄넬로 들어가."

개는 여전히 나와 마주한 채였고 미리의 목소리가 들려올 때에만 꼬리를 흔들었다. 나는 이런 대치에 익숙하지 않았다. 특히나 다른 수컷과 대치하는 것이라면 더욱 하고 싶지 않았다. 생식기가 나보다 크다면 더더욱.

미리가 몸을 흐느적대며 걸어 나왔다. 그리고 목줄 안쪽으로 손을 넣어 개를 끌고 켄넬 속으로 밀어 넣었다. 미리가 손바닥을 보이자, 개는 턱을 바닥에 대고 엎드렸다.

"자, 봤지?"

미리가 어깨를 으쓱해 보였다.

"아주 똑똑하네."

나는 개와 미리를 동시에 칭찬했다.

미리는 금세 치즈와 아이스와인을 차려 냈다. 와인을

두 잔 정도 마시자 미리의 눈가가 촉촉해졌고, 볼도 발그레해졌다. 나는 미리의 뺨에 손바닥을 갖다 댔다.

"앗 뜨거, 손을 델 것 같아."

미리는 부르르 몸을 떨면서 호들갑을 피웠다. 미리의 뜨거운 콧김이 내 손에 훅 끼쳐 왔다. 열기가 손을 스쳤을 뿐인데, 온몸이 달아올랐다.

"사실, 나…… 더 뜨거운 것도 있는데."

나는 정말 그렇게 말하고 말았다. 절대 내가 만들어 낸 말이라고 하지 마! 나는 속으로 그런 말을 외치면서도 고개를 쭉 내밀고 그보다 입술을 더 뽑아내어 미리의 입술을 더듬었다. 달콤한 아이스와인 향과, 까망베르치즈 향과, 그보다 더 강렬하고 비릿한 개의 침 냄새가 맡아졌다. 심히 역했다. 단전 아래서 가스가 위로 북받쳐 올랐고, 나는 미리에게서 떨어져 쿨럭였다.

"괜찮아?"

미리가 가까이 다가오자 침 냄새가 더욱더 강하게 맡아졌다.

"잠깐, 잠깐만!"

나는 미리가 파리크리스티앙에게 했던 것처럼 손바

닥을 내보였다. 미리도 파리크리스티앙처럼 그 자리에 멈췄다.

 나는 크게 숨을 들이쉬고 내쉬었다. 그렇게 몇 번 숨을 고르고 남은 와인을 단숨에 들이켰다. 미리는 내가 맨정신으로 뭔가 하지 못하는 것이라 판단했는지, 얼른 냉장고로 뛰어가 아이스와인을 한 병 더 꺼내왔다. 물티슈로 입가를 닦아 냈는데도 역한 냄새는 가시지 않았다. 치약을 혀에 묻혀 입안을 닦아 냈는데도 코끝에 냄새가 걸려서 달아나지 않았다. 기분 탓인가. 나는 고개를 갸우뚱하며 미리가 새로 내온 아이스와인을 잔에 가득 따라 들이마셨다. 달짝한 게 시원한 음료를 마시는 것 같았다. 그리고 나는 달달함을 느끼며 점점 아득해졌다.

 그날 밤 기억은 거기까지였다. 다음 날 아침 나는 뺨이 축축해지는 걸 느끼면서 잠에서 깨어났다. 악몽을 꾸고 있나. 간밤에 맡았던 것보다 더 지독한 냄새가 진동했다. 미리의 입술이라기엔 뭔가 넘치게 흥건했다. 생각보다 온순하고 사람을 좋아하는, 덩치만 큰 맹견 파리크리스티앙이었다.

 "파리크리스티앙!"

미리의 목소리를 듣자 파리크리스티앙은 입 밖으로 흘러나온 혀를 흔들며 미리를 향해 뛰어갔다.

개에게서 풀려난 나는 그제야 바닥에 아무렇게나 던져진 옷들을 하나씩 꿰어 입고 거실로 나갔다.

"그런데 왜 파리크리스티앙이야?"

내가 물었다.

"입양하고 싶다고 연락한 사람이 많대서 나한테 기회가 올 거라고 생각 안 했거든. 전화가 늦게 오기도 했고. 다 포기하고 있었는데 전화가 걸려온 거야. 그때 내가 뭘 하고 있었는지 알아? 빵을 사고 있었어. 그때의 희열을 이름 부를 때마다 느끼고 싶어서 이렇게 지었어."

"진짜 이름을 그렇게 지었다고?"

"왜, 안 어울려?"

그렇게 말하면서 미리는 피식 웃었다. 그 때문에 미리의 몸 전체가 움찔했고, 소파에 나란히 몸을 포개고 누운 상태라 그게 내 몸으로 그대로 전달되었다.

"너무 길잖아. 개 이름치고는. 개는 사람 말을 알아듣는 게 아니라 톤으로 받아들인다고 하던데."

"개에 대해서도 아는 게 많네."

켄넬 속에 앉은 파리크리스티앙이 고개를 갸웃거리며 우리를 쳐다봤다.

"개 나오는 시나리오를 쓴 적이 있어. 그때 강형욱 나오는 영상을 좀 많이 찾아봤지."

"강형욱이 뭐래?"

"사람들이 개 이름을 부를 때 진짜 조심해야 된대. 보통 혼낼 때 개 이름을 많이 부르는데, 개는 주인이 화가 났거나, 혼나는 상황에서 이름을 듣기 때문에 혼내는 말로 알아듣는대."

"진짜? 자기 이름을?"

"응. 파리크리스티앙은 자기 이름을 알아?"

"아마도? 그런데 말이야, 나는 파리크리스티앙이랑 같이 나가면 정말 무서울 게 없어. 그 새끼가 나타난다고 해도 하나도 겁 안 날 거 같아."

나를 만나기 몇 년 전, 미리는 짧은 연애 후 헤어진 전 남자 친구에게 스토킹을 당한 적이 있다고 했다. 미리는 두 번이나 이사를 해야 했고 두 번이나 경찰에 남자를 신고했지만 남자는 포기를 몰랐다. 하다하다 미리는 카네 코르소라는 견종에 대해서 관심을 가지게 되었다고 했다.

"나는 정말 파리크리스티앙 없으면 못 살아. 파리크리스티앙이 온 다음부터는 불면증도 없어졌어."

나는 미리의 등에 난 몇 개의 점을 손끝으로 이어 봤다. 북두칠성 같기도 하고, 큰곰자리가 만들어질 것도 같았다. 그중 제일 아래쪽에 있는 점은 도톰하게 튀어나온 게 왠지 유두 같아 보여 야릇한 느낌을 줬다.

"넌 참 좋은 점이 많구나."

나는 버튼을 누르듯 점을 눌렀다. 미리가 까르르 소리를 내며 등을 활처럼 구부렸다. 나는 가슴으로 손을 뻗으며 미리를 더욱 간지럽혔다.

"전화 받았을 때 느꼈던 희열이 지금보다 더 커?"

나는 미리의 몸을 돌려 가슴을 맞댔다. 눈이 마주치자 미리가 부끄러운 듯 내 가슴으로 고개를 묻었다. 이미 미리의 손은 내 배꼽 아래를 더듬고 있었다.

어느 틈에 왔는지 파리크리스티앙이 우리 앞에 앉아서 우리를 내려다봤다. 미리가 남은 한 손을 뻗어 파리크리스티앙의 등을 쓸어내렸다.

"미안, 엄마는 우리 파리크리스티앙이 1순위야. 걱정

하지 마."

파리크리스티앙과 눈이 마주치자 내 똘똘이는 쪼그라들고 말았다.

"이런 개새……."

"그렇게 욕하지 마!"

미리가 버럭 소리를 질렀다.

나는 소파에서 내려올 수밖에 없었다.

그날 이후, 한동안 미리의 집에 갈 수 없었다. 미리는 전혀 이해하지 못했지만, 그렇다고 내가 느낀 감정을 풀어 설명할 수도 없었다. 오랫동안 말을 만드는 일을 주업으로 살아왔는데, 그동안 내가 만든 말들은 무슨 말이었나 싶었다.

어떤 결심의 순간이 오면 사람은 그 결심을 스스로 납득하기 위해 기억을 조작한다. 내 경우도 그랬다. 그렇게 고민할 것도 아니라는 생각이 들었다. 그리고 세상에는 내가 이해할 수 없는 일들이 태반인데, 좋은 감정이 생긴 연인을 그것도 개 때문에 멀리할 이유는 없어 보였다. 더러는 있는 그대로, 무조건 인정하고 수용해야 할 것도 있다는 것을, 나는 수용했다.

다만 단 하나, 나는 미리에게 파리크리스티앙의 이름을 개명하자고 제안했다. 파리크리스티앙인 채로는 내가 그 개와 소통할 수 없을 것 같았기 때문이었다. 미리와 가까워지기 위해서는 미리의 개와도 가까워져야 했으니까.

미리는 얼마간의 시간이 필요하다고 했지만 일주일이 안 되어 좀 더 쉽고 간단한 이름으로 바꾸겠다고 연락을 해 왔다. 덧붙여 미리는 앞으로는 '개'가 붙은 욕은 절대로 하면 안 된다고 못을 박았다. 나는 당연히 그러겠노라고, 조심하겠노라고 약속했다.

집에 거의 다 도착했을 때 경준에게서 전화가 걸려왔다.

"아니. 아버지는 나를 천하에 개새끼로 만들고 싶어서 아주 작정을 했나 봐."

경준은 다짜고짜 화를 냈다. 그제야 미리가 아까 한 말이 생각났다.

요양보호사를 고용하면 2주에 한 번은 유급휴가를

줘야 했다. 매끼 먹을 햇반과 주당 3만 원에서 5만 원 정도의 식대도 지급해야 했다. 파견업체에서는 새로운 요양보호사를 찾는 것보다 돈을 좀 더 주고 오래 고용하는 쪽을 권했다. 하지만 돈을 더 많이 주어도 더 좋은 근무조건을 찾으면 요양보호사들은 자비 없이 일을 그만두었다. 주급을 받자마자 짐을 싸갖고 나가는 경우도 여러 번이었다. 그럴 때마다 당장 아버지를 돌봐야 하니, 웃돈에 웃돈을 주고 붙잡아 두어야 했다.

"정말 진심으로 하는 말인데, 나 다시는 아버지한테 안 와. 이번이 진짜 마지막이야."

"왜 또. 여사님 준 돈 5만 원 내가 넣어 줄게."

이럴 때마다 나는 경준이 형제가 아닌 늦둥이 아들 같다는 생각이 들었다. 경준을 어르고 달래지 않으면 또 전과 같이 싸움으로 번질 게 뻔했다. 싸우기 시작하면 아버지를 두고 우리는 힘겨루기를 할 것이고, 주 부양자인 내가 더 큰 부담을 져야 했다. 싸우지 않고 부양을 분담하는 것이 가장 현명한 방법이었다.

"돈 때문이 아니야. 정말 아버지 때문에 미치겠어."

"한 달에 하루잖아. 좀 참아."

경준의 말을 들으면서 나는 '네가 별수 있냐.', '너도 똑같아. 사지육신 멀쩡한 놈이 그런 생각밖에 못 하냐.', '그러니까 네가 그렇게 살지.' 비아냥댈 수 있는 수많은 말들을 머릿속에 떠올렸다. 그런데.

"나 다음번에도 또 죽여 달라고 하면, 정말 어떻게 할지 몰라. 그냥 간병비를 더 낼게. 더는 못 하겠어."

경준의 목소리가 갈라졌다. 경준은 솔직한 편이었지만 자기 충동을 잘 억제하지 못했다. 나는 언제나 그 점이 불안했다.

"아픈 사람은 오죽하겠냐."

그러나 달리 할 말이 없었다.

"정말 오늘은 아버지가 계속 그 소리를 하는데, 진짜 아버지가 원하는 대로 죽여 드리고 병원 창문 밖으로 뛰어 내리고 싶더라."

경준은 울고 있는 듯했다.

아버지는 목 아래 모든 기관을 움직이지 못했다. 다행인지 불행인지 정신만은 너무 또렷했다.

"내가 얼라가 다 됐구나."

응급실에 있다가 병실로 옮겨온 직후에 아버지가 내게 한 말이었다. 나는 못 들은 척 묵묵히 기저귀를 갈았다.

두 번째 기저귀를 갈 때, 아버지는 눈물을 터뜨렸다.

"내가 죽어야지. 이리 살아 뭐 하노."

아버지는 낮게 주억거렸다. 이때도 나는 못 들은 척 아무 말도 붙이지 않았다. 부끄럽고 민망해서 꺼낸 말이라고 생각했기 때문이었다.

간병인이 들어오고 난 이후 아버지는 점점 단련이 되는 듯 보였다. 가끔 간병인과 교대를 하러 간 나를 보고 '죽어야지.'라고 말하기도 했지만, 그냥 하는 말이라고 생각했다. 그런데, 최근에는 그 말이 그렇게 들리지 않았다. 미안해서 죽겠다는 말로 들리던 때도 있었는데, 이제는 어쩌면 아버지도 정말 그러길 원하는 게 아닌가 싶을 정도로 혼란스러웠다. 나는 아버지의 진심을, 그렇게 말하는 의도를 완전히 알지 못했다. 혹여나 내가 그러길 원해서 그렇게 듣고 있는 건 아닌지 되짚기도 했다. 나는 아버지의 의도에 대해서, 동시에 나의 의도에 대해서 자꾸 곱씹게 되었다.

"그리고 형, 아까 러닝센터에서 전화 왔는데, 세 번째도 통과 못 하면 정말 작가 교체될지도 몰라. 급행이니까 제대로 좀 해 줘."

경준은 그렇게 제 말만 하고 전화를 끊었다.

나는 몇 초간 숨을 골랐다. 다시 전화를 걸어 뭐라고 할까 싶었지만 병실에서 아버지와 둘이 있을 경준을 생각하면 뭐라 할 말이 없었다. 그래도 아버지를 죽이지는 말라고 해야 할까. 아버지가 괜히 그러는 거니까 신경 쓰지 말라고 해야 할까. 나는 전화를 걸까 말까 고민하며 한걸음 앞으로 갔다가 되돌아 걷기를 반복했다.

미리에게서 생각보다 일찍 전화가 걸려왔다. 그런데 미리의 목소리보다 개 짖는 소리가 더 크게 들렸다. 그 소리를 듣자마자 나는 곧장 집을 뛰쳐나가 달리기 시작했다. '네가 별수 있냐.', '너도 똑같아. 사지육신 멀쩡한 놈이 그런 생각밖에 못 하냐.', '그러니까 네가 그렇게 살지.' 내가 만든 문장들이 머릿속에서 살아 날뛰었다.

뒤뜰 공원 3구역은 말 그대로 혼돈의 카오스였다. 개 줄을 잡은 개엄빠들과 교복 입은 아이들 무리가 대치한 채 두 무리로 갈라져 있었다. 스트롤러에 개를 앉힌 견주들 옆에 하네스 줄을 허리에 묶고 있는 미리가 보였다. 알도의 형제 견주들도 보였다. 사람들이 손을 위로 들었다 내릴 때마다 카네 코르소들의 고개가 좌우로 움직였다.

"우리도 놀 데가 없단 말이에요."

축구공을 든 남자 아이가 소리쳤다.

선글라스를 쓴 웰시 코기 견주가 아이에게 삿대질을 했다. 견주가 소리칠 때마다 웰시 코기의 엉덩이가 좌우로 흔들렸다.

"너희 학교 가서 운동장 만들어 달라고 해. 여기가 너희 전용 운동장이 아니잖아. 여긴 엄연히 강아지 놀이터라고."

"저희 학교는 운동장이 없는데 어떡해요!"

옆에 있던 아이가 튀어나오며 대들었다.

"야, 그건 너희 교회 사정이지 왜 여기 와서 따져. 교회 가서 따지라고."

"같이 놀면 되잖아요. 사람보다 개들이 먼저예요? 너무 불공평하잖아요!"

아이들 몇이 웅성거리며 말했다.

"공 차고 던지면 우리 애들 다친단 말이야! 저리 안 가니!"

푸들 견주가 튀어나왔다. 푸들이 몸을 일으키더니 견주 앞을 빨빨거리며 걸었다.

"이럴 거면 다 놀지 마요. 여기 다 같이 쓰라고 나라에서 만든 거 아니에요? 이게 개들 거예요? 아줌마들은 자식도 없어요?"

키가 제법 큰, 교복 입은 남자아이가 나섰다. 개들이 하나둘 짖기 시작하자 아이들은 학익진처럼 넓게 퍼져서, 언제라도 도망갈 것처럼 한 발만 앞으로 내민 채 왁자하게 소리를 질러댔다. 아이들의 목소리와 개 짖는 소리가 한데 뒤섞여 귀가 따가울 정도였다.

"자식이 왜 없어, 여기 우리 자식이다, 왜, 어쩔래!"

시바견 주인이 삿대질을 하며 몇 걸음 앞으로 나섰다. 그러자 키 큰 남학생도 물러서지 않고 한 걸음 앞으로 나섰다. 주먹을 쥐고 아줌마를 때릴 것처럼 부르르 떨었다.

일이 나겠다 싶어 나는 더욱 잰걸음으로 움직였다. 오늘따라 공원이 너무나 드넓게 느껴졌다. 가도 가도 미리에게 가닿지 않았다.

미리가 나선 건 그때였다.

"얘가 어디서 버릇없이 어른한테 주먹을 들어! 손 안 내려? 너희 학교에서 그렇게 가르치던? 교회에서 그렇게 가르쳐?"

"이 아줌마는 또 뭐라는 거야!"

남학생이 내리칠 듯 주먹을 흔들어 보인 그 순간, 알도가 뛰어올랐다. 언제 풀렸는지 입마개가 없었다.

아무리 빨리 뛰어도 미리에게 다다르지 못할 것 같았다. 제발 이대로 시간이 정지했으면, 제발 이 장면이 그대로 멈췄으면 했지만, 그렇지 않았다.

알도의 줄에 허리가 묶인 미리는 알도가 움직이는 대로 끌려 다니다 흙바닥으로 고꾸라졌다. 알도는 강아지 섬 가운데를 뱅뱅 돌았다. 나는 안간힘을 다해 달렸다. 최대한 멀리 손을 뻗었다. 하지만 알도도, 미리도 잡아채지 못했다.

알도가 날뛰자 다른 견주들도 놀라 사방으로 흩어졌다. 길게 대치하고 있던 아이들도 비명을 지르며 달려 나갔다.

흙먼지가 일었다. 남학생은 알도의 두 앞발에 눌려 그대로 쓰러졌다. 두 다리를 버둥거렸지만 몸을 일으키지는 못했다. 눈으로 똑똑히 보고 있었지만, 천 번이라도 만 번이라도 외면하고 싶은 장면이었다.

"야이, 씨발 개새끼야."

흙바닥에 얼굴이 긁힌 미리가 허리에 묶인 개줄을 낑낑대며 잡아당겼다. 알도는 두 앞발로 남학생의 가슴을 내리누른 채, 침이 흥건한 주둥이로 아이의 목을 더듬었다.

강아지 섬에 남은 건 핏자국과 수많은 발자국이었다. 알도가 학생을 누르고 누웠던 자리를 중심으로 큰 원이 둘러쳐진 모양이었다. 아주 센 원심력이 작용한 것처럼 수많은 사람들과 개들이 알도와 학생을, 나와 미리를 바라만 보았다.

남학생은 여섯 시간이 넘는 대수술을 받았다. 생명에는 지장이 없지만 한동안 정신과 치료를 받아야 한다고 했다. 알도는 안락사를 권유받았다. 뒤뜰 공원 강아지 섬은 그날 이후로 공사 중임을 알리는 가림막이 쳐졌다. 강아지 섬 안이 어떻게 바뀔지 도무지 알 수 없는 검은 가림막이었다.

그 사건에 관련된 누구도 공평하다고 생각하지 않았다. 아이의 부모는 몇 번이나 내게 전화를 걸어 합의금의 액수를 높였다. 나는 매번 그들의 요구를 들어주었다. 어떻게 연락처를 알게 되었는지 모르겠으나 다른 견주들에게도 원망 가득한 문자 메시지를 받았다. 우리의 부주의 때문에 공원을 이용하지 못하게 되었노라고 분노했다. 나는 그 긴 문자 메시지마다 요목조목 내 의견을 달아 되돌려주고 싶은 마음이 컸지만 그렇게 하지 않았다. 더 크게 되돌아올 말들까지 감당할 자신이 없었다. 나는 거듭 그들의 말에 죄송하다는 말로 대응했다. 그러자 그중 몇몇은 내 태도가 성의가 없다며 나무라기 시작했다. 이 모든 사태는 이러한 안일한 태도에서 비롯된 것이라며 내 이전의 삶까지 진단하려 했다. 나는 더 이상 답장을 달지 않았다.

어떤 결심의 순간이 오면 그 결심을 스스로 납득하기 위해 기억을 조작하는 건 미리 역시 마찬가지였다. 미리는 알도의 이름을 개명한 것 때문에 알도가 난폭해진 것이라고 말했다. 파리크리스티앙일 때는 그 이름처럼 우아한 강아지였는데, 알도가 되고 나서 이상해진 것이라고 나를 탓했다. 미리는 한동안 여행을 다녀와야겠다며 살림을 합칠 때 가져왔던 모든 짐을 챙겨서 인정빌라를 떠났다.

며칠 뒤 미리는 한 장의 사진을 보내왔다. 얽은 뺨이 빨갛게 상기되어 있었지만, 비닐 바지를 입고 개털을 빗기는 미리의 모습은 집에 있을 때보다도 더 활기차 보였다. 파리크리스티앙이 되기 전, 카네 코르소 입양 승인을 받은 날처럼 들뜬 표정일까 싶어 나는 사진을 계속 확대해 봤다. 내리깐 눈두덩 아래로 윗니 전체가 드러나게 웃는 미리의 모습을 오랜만에 봐서 반가웠다.

불행한 일 가운데 다행히도 나의 세 번째 비윤리적 문장들은 통과되었다. 경준은 새로운 응답문 계약서를 보내왔다. 이번에는 교묘하게 성적인 문장들로 구성된 응답문을 만드는 일이었다. 이번 일은 왠지 모르게 자신이 있었다.

차곡차곡 시간이 지나고 내가 요양보호사와 교대를

해야 하는 날이 왔다. 나는 노트북을 들고 병원에 들어갔다. 간병인은 내게 인사를 하고도 곧바로 나가지 않았다. 나는 5만 원을 쥐여 주고 고맙다는 인사를 여러 번 건넸다.

아버지는 밥을 먹을 때도, 기저귀를 갈 때도 죽고 싶다는 말을 계속했다. 지난달까지만 해도 나는 그 말에 반하는 말로 아버지를 달랬다. 하지만 나는 더 이상 그러지 않기로 했다.

"아버지, 걱정 마세요. 이제 정말 얼마 안 남았어요."

그러고 나서 나는 아버지에게 내가 안락사시킨 카네 코르소 알도의 이야기를 하기 시작했다.

"그 개의 첫 번째 이름은 파리크리스티앙이었어요."

내가 알고 있는 가장 센 원심력을 가진, 비윤리적인 이야기의 첫 문장이었다.

아는 사람의 장례식

"지금, 남의 집에서 뭐 하시는 거예요?"

박하의 목소리에는 짜증이 가득 묻어났다. 자기 몸의 반만 한 백팩을 앞뒤로 멘 박하는 좌우로 뒤뚱거리며 현관 안으로 들어섰다. 한 손에 우산을 들고 있었지만 박하의 양 어깨 끝과 바짓단은 빗물에 흠뻑 젖은 상태였다.

"아이고, 아이고, 왔네, 왔어."

사람이 이처럼 반가웠던 적이 없었다. 막례는 저도 모르게 박하를 얼싸안았다.

그렇게까지 할 생각은 아니었는데, 박하는 자기를 얼

싸안은 막례의 두 팔을 밀어냈다. 박하가 생각하기에도 조금 거친 동작이었다. 막례의 아랫입술이 툭 떨어지듯 벌어졌다 다물어졌다.

"옴마, 옴마."

막례가 우뚝 선 가운데서도 박하는 백팩을 하나씩 집 안에 내려놓았고, 한두 걸음 비켜서던 막례는 금세 현관 밖으로 밀려났다.

"제가 전화 안 받아서 지금 이렇게 문을 여신 거예요? 마음대로?"

화가 머리끝까지 났지만 화낼 기운도 없었다. 박하는 너무 피로했다.

"그건 내가 미안하게 됐어. 너무너무 걱정이 되어 가지고 그랬지. 내가 원래 남의 집에 막 들어가고 그런 사람이 아닌데, 이전에 살던 사람들이 막 갑자기 사라지고 이러고저러고 해서 내가 너무 불안해 안 그럴 수가 없었어. 그런데 이사 올 때 내가 알려 준 비밀번호를 여태 안 바꿨어?"

"깜빡했어요."

이러구러 박하가 이사 온 지도 한 달이 훌쩍 넘은 뒤

였다. 부동산 장씨가 데리고 온 날, 막례는 박하의 섬약한 외모를 보고 괜히 짠한 마음을 먹었다. 그런데 아니나 다를까 박하는 당장 부족한 보증금을 좀 깎아 줄 수 있는지부터 물었다. 막례는 마주한 박하의 눈망울이 보내는 진심을 받아들이기로 했다. 대신 월세를 2만 원 올리겠다고 했더니 박하는 빙긋 웃음을 보이며 집은 정말 깨끗이 쓸 거니 걱정은 안 해도 될 거라고 말했다. 그리고 박하는 그 주 토요일에 이사를 들어왔더랬다.

"그런데, 왜 이렇게 짐이 없어? 원래도 짐이 없었던가?"

막례는 박하가 어느 정도의 이삿짐을 가지고 왔는지 기억나지 않았다.

"여기 살긴 하는 거지? 이름만 여기다 올려놓고 무슨 다른 꿍꿍이가 있고 뭐 그런 건 아닌 거지?"

막례는 가슴을 다시 쓸어내리며 물었다.

"뭐가 문젠지 모르겠는데요. 확인하실 거 다 하셨으면 그만 저는 들어가도 될까요?"

"그래, 아무 일 없으면 됐어. 그거면 됐어."

막례는 난간을 잡고 계단을 오르면서도 계속 박하를

향해 말을 건넸다.

박하는 눈을 감은 채 목례를 하고 문을 닫았다. 막례의 목소리가 인정빌라 계단실 안에서 울려 퍼졌다.

박하는 잠시 빈 벽면을 눈으로 훑으며 숨을 골랐다. 흰 벽지를 초점 없이 보고 있자니 조금씩 마음이 안정되는 것 같았다. 박하는 백팩에서 휴대전화를 꺼내 충전기에 연결했다. 곧 전원이 켜졌고 전화기가 꺼진 상태에서 걸려온 전화와 메시지들이 화면에 뜨기 시작하며 속속 알림 음을 울려댔다. '인정빌라 집주인'이란 이름으로 된 부재중 전화와 음성 메시지는 30통이 넘었다.

"거의 스토커네. 이 정도면 스토커지."

박하는 고개를 도리질했다.

요양원 사회복지 팀장이 남겨 놓은 메시지도 확인했지만 박하는 선뜻 전화를 걸지 않았다.

박하의 엄마 정숙은 치매를 떠올리기에는 너무 이른 나이부터 치매를 앓기 시작하여 요양원에 들어간 지 벌써 3년이 넘었다. 정숙이 있는 '갑을 요양원'은 경기도 광주 무갑산 자락에 있었다. 공기가 좋은 만큼 시설도 좋앉고 그만큼 비싸기도 했다. 불타고 터만 남은 집을 정리하니 박하의 수중에 1억이 좀 넘은 돈이 만들어졌다. 박하는 그 돈을 고스란히 요양원 선납금으로 예치했다. 갑을 요양원은 선납 금액에 따라 매달 불입금이 조정되었는데, 1억이 넘을 경우에는 그 폭이 좀 더 커졌다. 박하는 정숙을 입소시키고 그 안에서 받을 수 있는 여러 가지 프로그램에 참여할 수 있게 해 두었다. 장기요양등급제로 부담이 줄어든 사람들도 많았지만 정숙처럼 1인실을 쓰거나 비급여 프로그램을 신청한 사람들은 혜택을 받기 어려웠다. 1억이 다 사라지고 나면 그때 정숙을 다인실로 옮길 생각이었다. 박하는 아빠 상현이 남긴 돈은 정숙이 다 쓰고 가길 바랐고 실제로 그걸 잘 이행하고 있는 중이었다.

박하는 노트북을 열고 출장비 정산을 시작했다. 회사에 출근해서 처리해도 되는 일이었지만 당장 급한 일처럼 손을 움직였다. 강원도 내 기계공고 건축토목과 학생들을 대상으로 한 'Do Dream 캠프 — 문학의 공간'은 박하가 책임 기획한 첫 번째 프로젝트였다. 학생들은 이상의 「날개」를 탐독하는 것을 시작으로 소설의 주제와 공간이 어떻게 유기적으로 연결되어 있는지 공부한다. 이어 현대 건축의 아버지 르 코르뷔지에의 『인간의 집』에 나오는 스케치를 통해 인간을 위한 건축물은 무엇인지 서로의 의견을 교환하는 시간을 갖는다. 마지막으로 자신이 만들고 싶은 공간을 설계하고 미니어처로 제작한 뒤 발표하는 것으로 프로그램은 마무리된다. 주 강사는 선배 성주의 친구인 소설가 진수와 영국 건축협회 건축학교에서 수학하고 얼마 전에 귀국한 건축가 형석이 맡아 주었다. 분야와 업계를 총망라한 성주의 마당발 인맥 덕에 박하의 기획은 실현될 수 있었다.

정산을 마치고도 두 시간이 지나고 나서야 박하는 요양원으로 전화를 걸었다. 1인실만 따로 관리한다는 사회복지 팀장은 존엄케어와 아로마 마사지 프로그램이 새로이 개설된 것을 알려 주었다. 정숙이 참여하면 좋겠다는 말도 덧붙였다. 박하는 아로마 마사지가 존엄 케어 중의 한 가지는 아닐까 의문이 들긴 했지만 되묻지 않았다. 대신 정숙이 할 수 있다면 해도 괜찮을 것 같다고 말했다.

"깜빡할 뻔했네요. 지금 사진보다 좀 더 젊었을 때 사진이 필요해요. 요즘 자꾸 방을 못 찾아가세요."

아로마 마사지를 일주일에 세 번 넣겠다는 확인을 받아 낸 후 사회복지 팀장이 한 말이었다.

갑을 요양원 개인실 문 앞에는 방 주인의 사진을 걸어 두었는데 치매가 진행되는 정도에 따라서 걸리는 사진이 바뀌었다. 정숙은 시간을 거꾸로 거슬러 가고 있었다. 그 끝이 0으로 수렴될지는 누구도 알 수 없었다.

지난번 요양원에 갔을 때 박하는 50대 정숙의 사진을 가져갔었다. 이제 그 시간들도 휘발되어 버린 것이다. 덕분에 정숙은 상현이 불타 죽은 것을 기억하지 못했다. 박하는 주초에 사진을 가져가겠다고 말하고 전화를 끊었다.

박하는 휑한 방 가운데 놓인 가방을 풀기 시작했다. 이틀 이상 출장을 떠날 때면 언제나 메고 다니는 두 개의 백팩에는 박하의 거의 모든 살림이 들어 있었다. 당장 인정빌라를 떠난다 해도 그 두 개의 백팩만 챙기면 되었다. 그 외에는 필요하지도, 애착을 가지고 있지도 않았다. 작은 세상에 살기 위해서는 작은 몸을 가져야 했고, 더 작은 가방을 지녀야 했다.

세탁물들은 가방 맨 바닥에 깔려 있었다. 부러 냄새

를 맡지 않아도 땀내가 진동을 했다. 박하는 정숙이 냄새를 못 맡는다고 했을 때 무심결에 넘겼던 것이 잠시 후회가 되었다.

박하는 휴대전화로 포털 사이트에 접속해 로그인을 한 후 '내게 보낸 편지함'을 뒤지기 시작했다. 집에 불이 난 다음부터 박하는 자신이 가지고 있었던 것들을 모두 스캔하거나 사진을 찍어 웹에 저장해 두었다. 정숙이 나온 몇 장의 사진이 있었지만 확대해서 쓸 수 있는 것이 없었다. 그러다 박하는 한 장의 사진을 찾아냈다. 경남 고성에 있는 외할머니 집에 갔을 때 1회용 카메라로 외할머니가 찍어 준 사진이었다. 이 사진이 화마를 이겨 낼 수 있었던 이유는 내내 박하가 지갑 속에 지니고 다녔기 때문이었다. 오늘처럼 비가 오는 날이었다. 아홉 살 박하는 정면을 보고 포즈를 취하고 있었지만 정숙은 측면 어딘가로 시선을 빼앗기고 있었다.

박하는 정숙의 얼굴을 중심으로 사진을 잘랐다. 전체 톤을 조정하고 이목구비를 좀 더 선명하게 보정했다. 그래도 40대 정숙의 얼굴은 선명해지지 않았다. 부족하지만 그대로 출력해서 가져갈 수밖에 없었다.

박하는 씻지도 않고 그 자리에 백팩을 베고 누웠다. 박하는 그 채로 몸을 뭉기적거리며 티셔츠를 벗고 바지를 벗었다. 완전히 맨몸이 되었을 때 박하는 잠에 빠져들었다.

한동안 꾸지 않았는데 박하는 또 불 꿈을 꾸었다. 혼자 불 속을 헤매고 있었다. 온몸이 뜨거웠지만 못 견딜 정도는 아니었다. 박하는 목에 맺혀 흐르는 땀을 손등으로 닦아 가며 나가는 길을 찾아다녔다. 사방이 불길이라 어느 곳도 길처럼 보이지는 않았지만 그 가운데서도 박하는 걷기를 멈추지 않았다. 어디선가 종이 울렸다. 너무나 선명하고 장중한 울림이라 신이 보낸 메시지일 거라고 박하는 쉽게 단정했고, 불길 한가운데 멈춰 서서 머리 위를 쳐다봤다.

뒷목의 뻐근함을 느끼며 박하는 잠에서 깨어났다. 베고 자기에 백팩은 너무 높았다.

다행이었다. 꿈일 뿐이라서. 잠에서 깬 박하는 길게 숨을 몰아쉬었다.

방금 꿈속에서 들었던 장중한 울림이 또 한 번 박하

의 귀에 들려왔다. 문자 메시지 알림 음이었다.

7기 김호영 별세
성남 하늘공원 장례식장
9월 14일 오전 7시 발인

메시지를 보낸 건 대학 선배 경준이었다. 경준은 잊을 만하면 한 번씩 동문들의 대소사에 관해 공지를 보내왔는데 박하는 경준을 직접 본 적도, 개인적인 연락을 한 적도 없었다. 박하는 한참 동안 메시지를 들여다봤다. 김호영. 어렴풋하게 기억이 날 것도 같았다. 본 적이 있다면 아마도 돌아가신 은사의 추도식에서였을 것이다. 박하의 기억이 맞다면, 김호영은 말수가 적고 무리 안에서 자신을 잘 드러내지 않는 선배였다.

박하는 성주에게 전화를 걸었다. 박하를 청소년 캠프 인솔자로 인도한 사람이 바로 성주였다. 성주는 대학 졸업 후 지금까지 방과 후 프로그램을 개발하고 진행해 왔는데 서울 강북권에서는 다툴 회사가 없을 정도로 입지를 다진 상태였다. 지방에서도 찾는 곳이 많아 전국구로 활동 범위를 넓혀 가고 있는 중이었다. 성주는 체험 말고는 방법이 없는 경우도 있다는 것을 늘 강조했다. 청소년들은 성인이 되기 이전에 겪어 두어야 할 최소한의, 진짜 체험의 절대치가 있는데, 두드림 캠프에서 그 체험의 가짓수를 더해 주는 것이라고 말이다.

"가게? 진짜?"

"네, 선배."

"네가 호영 선배를 알아? 어떻게?"

성주는 이해할 수 없다는 듯 재차 물었다.

"전에 선생님들 추도식에서 두어 번 뵈었던 것 같아요."

"그랬나? 그런데 그 정도면 굳이 갈 필요까지는 없어. 무리 안 해도 돼."

"경사는 몰라도 조사는 가 봐야지요. 선배잖아요, 그것도 본인상인데……."

성주는 잠시 말이 없었다.

"그래, 네가 정 그러고 싶으면 같이 가자."

몇 년 전, 박하는 사용하던 전화번호와 메일 계정을

아는 사람의 장례식

없애고 모두에게서 사라진 적이 있었다. 그러다 우연히 인도에서 성주를 만났고 그때부터 성주와 다시 연락을 하고 지냈다. 성주는 인도 여행의 마지막 코스로 바라나시를 찾은 것이었고 박하는 바라나시를 기점으로 여행을 시작하려던 참이었다.

인도인 길잡이를 따라 갠지스 강 근처에 도착했을 때부터 박하는 구역질을 해 댔다. 냄새 때문이었다. 불타고 남은 집터에서 맡았던 것과 같은 냄새였다. 매일같이 정숙이 쌓아 올렸던 쓰레기더미를 삼키고, 집 곳곳을 남김없이 삼키고, 끝내는 잠자던 상현까지 삼킨 냄새였다. 도저히 익숙해질 수 없는 냄새였다. 눈앞에 펼쳐진 상상 이상의 풍경은 잠시 냄새를 잊게 만들기도 했지만 금세 더 독한 냄새가 콧속을 파고들어 보이는 모든 것을 흐릿하게 만들었다. 박하는 매 순간 감각의 한계가 갱신되고 있음을 느끼면서 무작정 떠나온 것을 후회했다. 앞서 걷던 길잡이가 손가락으로 나무가 차곡차곡 쌓여 있는 한곳을 가리키며 '가트'라고 했을 때 그제야 박하는 제 옆을 지나는 들것들이 보이기 시작했다. 그리고 냄새와 풍경 때문에 놓치고 있었던 주변의 소음이 귓속으로 파고들었다. 가트와 가까워질수록 셀 수 없이 많은 피리 소리가 점점 크게 들려왔다. 그 소리에 대해 묻자 길잡이는 고개를 저으며 피리 소리가 아니라고 말했다. 그건 시체를 태울 때 사람의 뼛속에 들어 있던 공기가 빠져나오면서 내는 소리라며 잘 들어보라고 했다. 말을 듣고 나자 다시 들려온 피리 소리가 비명 소리처럼 들렸다. 길잡이는 가끔 덜 탄 시체들이 강으로 떠내려 오기도 한다고 말해 주었다. 그의 손끝이 가리키는 곳에는 개들이 무언가를 뜯어 먹고 있었는데, 그게 시체인지 쓰레기인지 알 수 없다고 했다.

길잡이는 배를 타자고 했지만 박하는 끝내 배를 타지 못했다. 배를 타기 위해 발을 내딛었을 때, 뱃머리에 뭔가가 퉁하고 부딪쳤는데 그것 역시 타다 만 시체였다. 길잡이가 부러 설명해 주지 않아도, 어느 누군가의 신체 일부라는 것을 박하도 분명히 알아챌 수 있었다. 갠지스 강물 위로 허연 위액이 섞인 박하의 토사물이 흘러갔다.

길잡이는 탈진한 박하를 데리고 철수네 실크 가게로 데려갔는데 바로 그곳에서 성주를 만났다. 우연한 만남에 놀라 말문이 막힌 박하와 성주를 보고 인도인 철수는 유창한 한국말로 자신의 가게에서는 종종 있는 일이라며 으스댔다. 뭔가에 홀린 듯 인도에 왔는데 성주를 만나게 되다니, 박하는 마치 성주를 만나기 위해 인도에 온 기분마저 들었다. 박하는 성주를 와락 껴안았고 성주 역시 박하를 꼭 안아 주었다. 박하는 남은 일정을 모두 포기하고 위약금까지 물었다. 그리고 성주와 바라나시에서 하룻밤을 더 묵고 함께 귀국했다.

그렇게 우연히 성주를 만나고 나서부터 박하는 더 이상 사람들을 피해 다니지 않았다. 사람끼리 만나고 헤어지는 건 누구 한 사람의 의지로 되는 게 아니라는 생각이 들었기 때문이었다.

"언제 가시는데요?"
"일요일인데 늘어져 있으면 뭐 해, 후딱 갔다 와야지. 잠실역에서 태워 갈게."

잠실이란 말에 박하는 휘영을 떠올렸다. 한량이었던 그의 아버지는 평생 단 한 번 가족을 위해 일을 한 적이 있었는데 그게 바로 누에를 치는 일이었다고 했다. 빛이 들지 않는 방 안에 깔려 있는 뽕잎들, 그 위를 꾸물거리는 누에고치들, 매일 뽕잎을 뜯어 깔아 주던 어린 휘영의 손. 박하는 한 번도 본 적 없는, 누에를 치는 어린 휘영을 상상했고 그건 어느 순간 박하가 휘영을 떠올릴 때면 제일 먼저 머릿속에 채워지는 이미지였다. 마치 그때의 휘영을 본 것처럼, 박하는 그 이미지를 기억처럼 꺼내 보고 있었다.

"선배, 그런데, 호영 선배는 어쩌다가 그렇게 되신 거예요?"

생각을 몰아내고 박하가 조심스레 물었다.

"논두렁에서 건졌다나 뭐래나. 나도 자세한 건 모르고."

"논두렁이요?"

"무슨 사고가 있었나 봐."

전화를 끊고 박하는 붙박이장 문을 열었다. 장례식에 입고 갈 적당한 옷이 있을까 싶었지만 역시나 없었다. 하는 수 없이 박하는 가장 차분해 보이는 녹색 티셔츠를 청바지에 받쳐 입었다. 흰 운동화를 신을 때 잠시 멈칫하기도 했지만 다른 대안이 있는 것도 아니었다.

"오늘은 나들이라도 가는가벼. 산뜻하니 좋구만."

아는 사람의 장례식 197

막례는 커다란 붉은 대야에 담긴 흙을 뒤집는 중이었다. 그 옆으로 기다란 모종판에 오밀조밀 박힌 가을배추 모종이 보였다. 박하는 아주 형식적인 고갯짓만으로 막례를 지나쳤고 그대로 큰길까지 걸었다. 그러다 박하는 걸음을 멈추고 말았는데 막례의 말이 자꾸 맴돌아서였다.

박하는 잠실역 지하상가에서 검은 티셔츠를 하나 샀다. 검은 신발까지는 사고 싶지 않았다. 박하는 잠실역 화장실에서 옷을 갈아입고 녹색 티셔츠를 쓰레기통에 버렸다.

성주의 차에 올랐을 때, 뒷자리에는 경준과 달수가 타고 있었다. 박하와는 초면이었다. 박하는 간단히 인사를 하고 조수석에 앉아 안전벨트를 맸다.

"정장 안 갖춰 입어도 괜찮겠죠?"

어색한 분위기 속에서 박하가 꺼낸 첫 말이었다. 더운데도 박하를 제외한 세 명은 검은 정장을 갖춰 입고 있었다.

"뭐 어때, 요즘 누가 그렇게까지 챙긴다고."

그렇게 말하며 달수는 넥타이를 풀어 다시 매기 시작

했다.

"그래, 지금도 좋은데 뭐."

성주는 박하를 흘깃 보고는 붉게 칠한 입술을 달싹이며 말했다.

"왜, 빨개서?"

성주가 피식 웃으며 말했다.

"아니, 그게 아니라, 새뜻하기도 하고 해서……."

박하는 에돌려 말끝을 얼버무렸다.

"걱정 마. 들어가기 전에 지울 거야. 어디 들렀다 오느라고 그랬어. 내가 뭐 경우 없는 사람인가 뭐. 아니, 그리고 또, 장례식장 가서 슬퍼하면 되는 거지, 하루 종일 울면서 다닐 수는 없는 거잖아, 할 일도 많은데. 그나저나 우리는 누가 죽어야 보네, 안 그래 선배?"

성주는 룸미러로 뒤쪽을 건너다보며 어깨를 으쓱해 보였다.

"누가 아니래."

달수는 고개를 끄덕이며 맞장구를 쳤지만 경준은 처음부터 계속 조용한 채였다.

"경준 선배, 설마 벌써부터 우는 거 아니지?"

성주가 장난기 묻은 목소리로 물었다.
"운전이나 신경 써. 잔칫집 가냐?"
그때부터 모두가 아무 말이 없었다.
잠실역에서 출발한 성주의 차는 금세 송파대로를 지나 위례중앙로로 진입했다. 내비게이션이 15분 내에 목적지에 도착한다고 알려 줬다.

여기서 더 가면 갑을 요양원이 있는 무갑산이 나왔다. 채광이 잘 드는 3층 5호실이 정숙의 방이었다. 일요일 오후니까 정숙은 색칠 공부를 하고 있을 것이다. 사회복지 팀장은 정숙이 다른 프로그램들보다 색칠 공부 하는 시간을 좋아한다고 했다. 그러면서 정숙이 그린 그림들을 보여 줬다. 박하가 태어나기 이전의 정숙을 그린 게 많았다. 그림 속 정숙은 돌담이 둘러쳐진 기와집에 살았다. 그림을 보고 있자니 박하도 떠오르는 게 있었다.
어릴 때, 딱 한 번 가 본 적이 있는 외할머니 집이었다. 정숙은 집보다 집을 에워싼 세 그루의 감나무를 훨씬 크게 그렸는데 감나무에 달린 수없이 많은 감은 모두 초록색이었다. 다 익은 감을 그린 적은 단 한 번도 없었다.

외할머니 집에 가던 날은 새벽부터 비가 내렸다. 박하가 새벽까지 기억하고 있는 데는 이유가 있었다. 정숙이 날이 새기도 전에 박하를 깨워 외출복으로 갈아입히고 집을 나섰기 때문이었다. 굵은 빗방울이 사선으로 들이치는 바람에 박하의 외출복은 허벅지까지 젖고 말았다. 박하는 세상에 태어나 그렇게 무서운 버스를 타 본 적이 없었다. 버스는 도로 위를 달리는 게 아니라 물 바닥을 그냥 미끄러져 내려가는 것 같았다. 쏟아지는 빗방울 때문에 버스 기사가 앞을 제대로 못 볼까 싶어 박하는 까무룩 잠이 들었다가도 선뜩하게 놀라 깨곤 했다. 그렇게 몇 번이나 버스를 갈아탄 끝에 외할머니 집에 도착할 수 있었다. 이미 정오가 지난 시간이었다.

외할머니 집은 전에 본 적 없는 낡은 집이었다. 기와를 얹은 한옥이긴 해도, 균형과 비례가 이미 진작 허물어진 상태였고 언제 무너져도 이상할 게 없어 보였다. 함치르르한 구석은 눈을 씻고 찾아봐도 없었다.

집에 도착하자 정숙은 우물마루에 누워 하염없이 천장만 바라보았다. 박하는 처음 보는 정숙의 모습이었지만 왠지 모르게 너무 오랫동안 봐 왔던 장면 같았다. 외할머니는 빗물을 맞아 가며 자꾸 어딘가를 왔다 갔다 했고 박하는 정숙 옆에 누웠다가, 앉았다가, 다시 누웠다가, 또 다시 일어났다가, 방으로 들어갔다가 나왔다. 집을 에워싸며 자란 세 그루의 커다란 감나무 잎사귀 위로 빗방울이 후드득 소리를 내며 떨어졌다. 정숙은 연신 하품을 하면서도 가끔씩 몸을 돌아 뉘었는데 그때마다 들떠 있던 청판이 어긋나는 소리가 났다. 박하는 방 안으로 들어가 곧 버려질 운명에 놓인, 아주 오래된 반닫이 앞에 자리를 잡았다. 반닫이는 왼쪽 족대가 부서져 기울어져 있었다. 박하는 놋으로 된 붕어 자물쇠가 맘에 들었다. 붕어빵 같아. 빗소리가 잦아드는 가운데 박하의 목소리를 들은 정숙이 쿨럭대며 웃어 대자 비를 맞으며 사립문 안으로 들어서던 외할머니도 앞니가 빠진 잇몸을 드러내고 따라 웃었다. 그러다 어느 순간에 정숙은 울음소리를 내기 시작했다. 몸을 세워 앉은 상태에서도 울음을 그치지 않았는데 그 때문에 박하는 방 밖으로 나갈 수가 없었다. 미친년, 평생 날궂이 하네. 외할머니가 정숙의 등을 쓸 듯, 내리치듯 때리면서 한 말이었다. 마루 청판이 삐걱대는 소리와 정숙의 신음에 가까운 곡소리, 그리고 정숙의 등에서 나는 속이 빈 공명음이 빗소리와 어우러져 묘한 하모니를 만들어 냈다. 이상하게도 그 순간에 박하는 노래를 부르고 싶어졌고 한참 동안 노래를 불렀다. 그런데 박하는 그때 자신이 무슨 노래를 불렀는지 기억하지 못했다.

종일 올 것 같던 비가 그쳤을 때 상현이 도착했다. 외할머니와 정숙 그리고 상현이 방에 들어가 한참 동안 말 없이 앉아 있었는데 몇 번이나 방과 마루를 오가던 박하도 그 낯선 분위기에 기가 죽어 눈치를 보기 시작했다.

어른들의 자리를 피해 집을 나선 박하는 어느새 논두렁 위를 걷고 있었다. 새벽부터 내린 비로 농수로에는 물이 넘칠 것처럼 세차게 흘렀다. 한참 물이 흐르는 것을 보던 박하는 다리 하나를 뻗어 조심스레 한 발, 한 발 수로 안으로 들어갔다. 금세 쨍하니 땡볕이 박하의 목 뒤로 내려앉았고 박하는 뒷목이 따끔따끔한 걸 느끼면서도 물속을 걸어 다녔다. 박하가 물길을 가르고 조금씩 움직일 때마다 개구리가 튀어 올랐다. 물에 길든 물풀과 농수로 바닥에 자라난 물이끼는 미끄러웠다. 어느 순간 박하는 발을 내딛다 그만 한 발이 쭉 앞으로 미끄러져 내려갔고 그대로 물에 온몸이 빠지고 말았다. 몸을 일으키려고 하면 할수록 물에 몸이 감기는 것처럼 균형을 잡을 수가 없었다. 입으로, 코로 물이 들어찼고 눈이 매울 정도로 왈칵 눈물이 쏟아졌다. 소리를 질렀지만 물먹은 박하의 소리는 멀리 퍼져 나가지 못했다. 오히려 목 뒤로 숨어 들어가는 것 같았다.

그렇게 몇 번을 허우적대다 뭔가를 밟고 몸을 일으켰을 때 하늘은 온통 분홍빛이었다. 서산부터 노을이 지고 있었다. 그리고 새로 산 빨간색 에나멜 샌들 한 짝이 사라진 후였다. 물속에 오래도록 담겨 있었던 두 다리는 하얗게 불어 있었다. 샌들은 물길에 휩쓸려 물이 흘러가는 대로 떠내려갔다. 물 위를 경중경중 뛰어 봤지만 따라잡을 수 없었다.

외할머니가 나타난 건 그때였다. 노을을 등지고 농수로를 거슬러 박하에게 천천히 다가오고 있었다. 빛을 등진 외할머니는 검은 그림자 같기도 했는데 오직 한 부분, 왼손에 들린 샌들만이 붉었다. 박하는 미끄덩한 돌 위에 발을 얹고 외할머니가 걸어오는 것을 슴벅거리며 바라보았다. 샌들을 내민 외할머니는 박하의 앞머리를 여러

번 쓸어 올렸다. 박하의 짱구 이마와 가지런한 눈썹 위로
외할머니의 가슬가슬한 손바닥 느낌이 오롯이 남았다.

박하와 외할머니가 집에 돌아왔을 때 상현은 보이지
않았다. 그날 정숙은 박하가 보는 것도 아랑곳 않고 죽겠
다는 소리를 수십 차례 내뱉었다. 그리고 정말 죽을 작정
을 했던 것인지 다음 날 아침에는 손목에 흰 천을 감고
누워 있었다. 흰 천 가운데가 빨갛게 물든 것을 보고도
박하는 왜 그런지 묻지 않았다.

박하는 상현과 정숙이 머지않아 헤어질 것이라고 생
각했지만 그런 일은 일어나지 않았다. 상현과 정숙은 같
은 집에 살기는 했지만 남처럼 각자 생활을 하며 지냈다.
모든 가족들의 반대를 무릅쓰고 쟁취한 사랑이 그렇게
무기력하게 무너지고, 소멸하는 것을 박하는 자라는 내
내 보고 또 보았다.

"날씨 좋네요."

박하가 창밖을 보며 작게 말했다. 며칠 만에 갠 하늘
이었다.

"그러게 말이야. 며칠 내내 비가 그렇게 오더니 오늘

은 모처럼 만에 좀 쨍하다야."

"한밤에 논두렁을 지나다가 농수로에 빠진 모양이야."

조용히 있던 경준이 불쑥 말을 꺼냈고, 순간 차가 휘청했다.

"운전 조심하라니까. 그러다 또 초상 치르겠다."

달수가 성주의 어깨를 톡톡 건드리며 말했다.

박하의 머릿속에는 검은 그림자가 얕은 농수로에 빠져 허우적거리는 모습이 그려졌다. 그런 상상으로 마음이 무거워진 박하도, 운전 중인 성주도, 뒷자리에 앉은 경준과 달수도 찌무룩해졌다.

어느새 성주의 차는 장례식장 주차장에 도착했다. 성주는 주차장에 차를 세우고 립스틱을 지워냈다.

"나 왜 이러지?"

성주는 덜덜 떨고 있었다. 그리고 찔끔찔끔 눈물을 흘렸다.

"에이, 하필 이 찬란한 가을에 떠나 가지고는."

달수가 성주의 어깨를 잡았다 놓았다.

"괜찮아, 선배. 나 진짜 괜찮아."

성주는 룸미러로 뒷자리를 보며 씽긋 미소를 지었다.

"너 들어가서 울고불고 할 거면 미리 울고 들어와."

경준이 냉랭한 목소리로 말했다.

"선배, 왜 이렇게 떨어요."

박하가 떨고 있는 성주의 팔을 잡으며 말했다.

"몰라, 나 왜 이러냐."

립스틱을 지워 내서 그런지 성주의 입술이 파랬다.

"여기서 좀 있다가 들어갈까요?"

"그럴까?"

앞서 걷던 경준과 달수도 돌아섰다. 네 사람은 흡연 부스 벤치에 기역 자로 둘러앉았다.

"너 담배 끊었니?"

성주가 담배를 내밀다 말고 물었다.

"선배, 저 담배 피운 적 없어요."

"그랬나? 전에 몇 번 본 것 같은데. 아님 말고."

성주가 어깨를 으쓱했다.

"선배, 불 조심해요."

박하는 눈살을 찌푸리며 라이터를 들고 있는 성주의 손을 잠시 잡았다 놓았다. 성주의 손은 여전히 파들파들

떨고 있었다. 박하는 라이터를 성주의 손에서 잡아 빼고 대신 불을 붙여 주었다. 첫 숨을 길게 들이마신 성주는 날숨 역시 아주 길게 뱉었다. 담배 덕분인지 조금씩 진정이 되는 모습이었다.

"호영 선배 부인도 오겠죠?"

성주가 경준을 보며 물었다. 성주의 입과 코를 타고 흘러나온 연기로 얼굴 주변이 부윰했다.

"그야, 뭐 당연히……."

말을 하려던 달수가 경준의 표정을 보더니 말을 멈췄다.

"부인은 무슨 부인이야, 이혼한 지가 언젠데."

경준의 목소리가 살짝 높아졌다.

"누가 연락을 했겠죠. 그래도 전 남편인데."

한결 차분해진 성주가 담배를 비벼 끄며 말을 이었다.

"호영 선배 회사가 이 근처 어디라고 하던데. 회사에서 인부들 숙소로 주는 컨테이너 같은 데서 살았다고 하더라. 집도 절도 없이 말이야. 근데 논두렁은 웬 말이에요?"

달수가 경준에게 물었다.

"그러게나 말이다. 들어가서 호영 선배한테 직접 물어보든지."

경준이 담배를 끄고 자리에서 일어나자 모두들 따라 일어났다.

장례식장 안은 썰렁하기 이를 데 없었다. 상주도, 영정 사진도 없이 단상 위엔 근조 바구니만 덩그러니 놓여 있었다. 부조금 함 앞에는 머리가 짧은 남자애가 앉아 문제집을 풀고 있었다.

"아직 사진을 못 올렸단다. 영정 사진 올라오면 그때 다 같이 절하자."

남자애에게 정황을 물어보고 들어온 경준이 말했다. 문상객은 그들이 전부였다. 곧 테이블에 육개장과 멸치볶음, 떡과 마른안주 등이 차려졌고 달수는 냉장고에서 맥주와 소주를 꺼내와 잔을 돌렸다.

"성주 너 차 어떻게 하려고 그래."

경준이 잔을 든 성주를 나무랐다.

"대리 부르면 되지 뭐, 선배, 뭘 걱정이야."

"그래, 마셔라, 마셔."

경준은 성주의 잔에 술을 따라 주었다.

"난, 근데, 진짜 네가 온 건 너무 의외다."

성주가 박하에게 소주 따른 잔을 내밀었다.

"저는 술 안 해요."

"아, 맞다. 술 안 먹지."

성주가 기억났다는 듯 핑거스냅을 해 보였다.

"진짜? 언젠가 너 체육대회 때 엄청 술 잘 마셨잖아."

"저, 선배 오늘 처음 뵀었는데요."

박하가 어색하게 웃으며 답했다.

"그랬나? 근데 왜 술을 안 해? 어디 아파?"

달수가 소주를 들이키며 물었다.

"휘영이 죽고부터 안 먹잖아."

성주는 벌써 볼이 발그레했다.

"어어? 휘영이? 우리 고휘영? 그 고휘영 말이야? 얘가 걔였어?"

달수가 호들갑을 떨었다.

박하는 저도 모르게 왼쪽 입술을 깨물었다. 성주의 말은 반은 맞고 반은 틀린 말이었다. 박하는 바라나시에서 성주를 우연히 만나 함께 묵게 된 날, 술을 끊게 된 이야기를 했었다. 성스러운 장소라는 뜻을 가진 알카 호텔 앞 식당에서였다. 맥주를 권하는 성주에게 박하는 그동안 자신의 인생에만 집중되어 있는 것 같았던 불행한 일들을 하나씩 풀어냈다. 성주의 기억이 어디서 어긋났는지 알 수는 없었지만 박하는 애써 수정하지 않았다.

  박하가 술을 끊은 건 집에 불이 나고부터였다. 불은 정숙이 쌓아 놓은 수많은 쓰레기 더미에 옮겨 붙어서 집 전체를 삽시간에 태워 버렸다. 그날 정숙은 가스레인지에 불을 켜 놓고 프라이팬을 올려 둔 채 집을 나섰다. 계란프라이를 할 생각이었지만 프라이팬을 올려 두고 냉장고에서 계란을 꺼내야 하는 순간에 정숙은 자기가 뭘 해야 하는지를 잊어버리고 말았다. 다음 순간, 정숙은 급한 볼일이 있는 사람처럼 현관에 있는 모자를 집어 쓰고 현관문 고리를 잡았다. 이미 현관문이 열리기 힘들 정도로 폐지가 쌓인 상태라 집을 나서는 데도 시간이 많이 소요되었다. 점점 정숙은 밖으로 나가야 한다는 목적에만 집중하게 되었다. 몇 무더기의 폐지의 위치를 옮겨 가면서 겨우 현관문을 통과했을 때 정숙은 뭔지 모를 희열에 마음이 들뜨기까지 했다. 정숙은 늘 하던 대로 손수레를 끌고 집을 나섰고 콧노래를 부르며 골목을 누볐다. 정숙이 두 번째 골목을 돌고 있을 때에는 이미 주방 전체가 시커먼 연기로 꽉 차 버린 후였다. 프라이팬 위를 돌던 기름 몇 방울이 사방으로 튕겨 나갔고 이내 불씨 하나가 점화구에 옮겨 붙었다. 순간 펑 하고 첫 번째 불기둥이 작게 터져 올랐고 그건 그대로 환기팬에 가닿았다. 오랫동안 닦지 않고 방치했던 환기팬에는 기름 찌꺼기가 잔뜩 끼어 있었던 탓에 불이 닿는 순간 파팍, 소리를 내며 수많은 불꽃으로 확장되고 말았다. 그렇게 발화된 불길은 걷잡을 수 없이 빠르게 번졌고 집 곳곳의 추저분한 것들이 금세 불길에 휩싸이고 말았다. 모든 게 순식간에 하늘로 피어올랐다 재가 되어 날렸다.

정숙이 치매에 걸리기 한참 전부터 각방을 썼던 상현은 그날도 안방에서 혼자 잠을 자고 있었다. 수레에 쓰레기를 싣고 집으로 돌아오던 정숙은 자신의 집이 활활 타는 것을 보고도 한동안 넋을 놓고 구경했다. 소방차가 도착하고 호스에서 물이 뿜어져 나올 때가 되어서야 정숙은 제 집에 불이 난 것을 인지하고 무릎에 힘이 풀려 주저앉고 말았다. 이웃집 여자들은 정숙을 좀 더 안전한 곳으로 데리고 갔다. 박하는 성주를 비롯한 신문사 선배들과 낮술을 먹고 있었고 휘영이 찾으러 왔을 때에도, 집에 도착해서도 정신을 차리지 못했었다.

"저, 이제 조문하셔도 될 것 같은데요."
부조함 앞에 앉았던 남자애가 와서 말을 전했다. 말을 듣자마자 모두들 우르르 일어나 옷매무새를 갖췄다.
"다 같이 하지 뭐."
경준이 나서자, 그 옆에 달수가 섰다. 성주와 박하는 그 뒷줄에 자리를 잡았다. 박하는 선배들이 모두 절을 하는 가운데 몸이 굳은 것처럼 영정 사진을 똑바로 쳐다보고만 있었다. 급하게 스냅사진에서 확대해 출력한 게 분명한 사진이었다.
모두가 상주를 향해 절을 하려고 몸을 돌렸을 때도 박하는 그대로였다.
"먼 길 와 주셔서 감사합니다."
"뜻밖의 비보에 슬픈 마음을 금할 길이 없습니다."
경준이 입을 떼자 다들 그와 비슷한 말들을 하나씩 보탰다.

박하가 울기 시작한 건 그때부터였다.

그제야 박하는 기억이 났다. 비 오던 날 외할머니가 사진을 찍어 줄 때, 그 사진 밖에 있었던 풍경을. 정숙이 측면으로 시선을 돌릴 수밖에 없었던 건 그 자리에 상현이 함께 있었기 때문이었다. 상현은 그날 늦게까지 서울에 올라가지 않은 채 정숙과 박하와 함께 있었다. 상현과 정숙의 언성이 높아졌을 때 옆방에 있던 박하는 잠에서 깨고 말았다. 박하 옆에 있던 외할머니는 숨을 죽이며 옆방에서 들려오는 소리를 가만히 듣고 있었다. 어느 순간 정숙의 비명이 터지자 외할머니는 방문을 박차고 뛰어나갔다. 얼마 안 있어 박하도 그 방으로 건너갔다. 정숙은 과도를 제 손목 가까이 대고 상현을 윽박질렀다. 칼날이 손목을 스쳤는지 핏방울이 한두 방울씩 바닥으로 떨어졌다. 박하를 보자 정숙의 눈동자가 핑 돌았고 다음 순간 박하를 확 낚아챘다. 덜덜 떨리는 칼날이 박하를 향했다. 박하는 정숙의 손에 들린 과도 손잡이로 손을 뻗었고 그대로 그러쥐었다. 박하의 몸 전체로 정숙의 떨림이 전해졌다. 박하도 정숙과 함께 자신에게 칼날을 겨눈 것처럼 되고 말았다. 그걸 보자 외할머니는 목이 쉰 채로 비명을 질러 댔고 상현은 주저앉아 흐느끼기 시작했다. 그제야 정숙은 박하를 놓아주었다.

오랫동안 박하를 견딜 수 없게 만들었던 건 날이 무딘 과도를 들고 자신을 잡아채던 정숙의 손도, 마음도 아니었다. 파탄 난 감정을 껴안은 채 각자의 방에서 남처럼 사는 부모를 매일 들여다볼 때였다. 두 사람은 단 한 번도 박하 때문에 헤어지지 못했다는 소리를 입 밖으로 꺼낸 적이 없었지만 박하는 그 모든 불행의 원인이 자기 때문에 빚어진 것처럼 느껴질 때가 많았다. 그런 생각이 들 때마다 존재 자체를 부정당하는 기분이 들었고 그 무참한 감정은 어떤 식으로 화풀이를 해도 몸과 마음에서 떨쳐지지 않았다. 일찍부터 술에 입을 댄 것은 정숙과 상현에 대한 일종의 복수였다. 정숙과 상현의 가슴에서 피가 뿜어져 나오기를 바랐다. 둘 다 과거를 뉘우치고 사과해 오기를 간절히 소망했지만 그런 일은 일어나지 않았다. 여전히 박하는 사과를 받지 못했고 부채의식과 죄의식을 껴안은 채 살고 있었다. 부모라는 사람들이 참, 박하를 든적스럽게 만들었다.

"왜 이렇게 울어, 갑자기. 아까 휘영이 이야기 꺼내서 그래? 미안하다, 그건."

빨갛게 부어오른 박하의 눈두덩을 보고 성주가 뽀로통한 표정으로 말했다.

그때 박하의 옆으로 호영의 어머니가 보행기에 의지한 채 자리를 옮겨 왔다. 불편한 왼쪽 다리가 오른쪽 다리에 끌려오는 모양으로 천천히 몸을 움직였는데 우는 가운데서도 박하는 그 모습이 그렇게 처연하게 느껴져서 견딜 수가 없었다.

박하 옆에 자리를 잡고 앉은 노모도 빨갛게 눈이 충혈이 된 채였다.

"우리 호영이랑 학교 같이 다녔다고?"

"네, 어머니, 저희 호영 선배한테 밥이랑 술 많이 얻어먹고, 신세 많이 진 후배들이에요."

경준이 고개를 꾸벅하고 인사를 했다.

"어머니, 저 기억하세요? 학교 다닐 때, 강진에 한 번 내려갔었는데."

달수가 노모의 손을 잡으며 말했다.

"나가 요새는 돌아서면 잊고, 돌아서면 이자뿌러가지

고랑."

"네, 어머니, 괜찮아요."

괜찮다는 경준의 말을 듣자마자 노모는 눈물을 뚝뚝 흘리기 시작했다.

"갸가, 어째 그 한밤에 혼자서 그 길을 지났더라네. 듣자니, 며칠 동안 사람들이 알아채지를 못했다는구만. 가을비가 그렇게 억수같이 퍼부어 가지고서 두 다리를 물속에 꼭 붙들어 묶어 놨다지 뭔가 말이시."

노모의 눈에서 눈물이 후드득 떨어졌다. 박하도 이제 고개를 숙이고 흑흑 소리를 내며 울었다. 성주도, 옆에 앉은 다른 이들도 눈물을 찍어 냈다.

"근데, 깡깡 군은 몸을 겨우 건져서 올렸는데 손이 있잖는가. 이러코롬, 닭알을 쥔 것처럼 뭉치고 있다 안 하요. 어째 그랬으까. 뭘 잡으려고 그랬을까."

노모는 가슴을 쓸어내리며 눈물을 흘렸다. 어느새 박하는 노모의 손을 잡고 있었다. 박하는 노모의 어깨에 기대서 소리 내어 울었고 울음소리는 점점 커졌다. 눈물이라는 게 한번 흐르기 시작하면, 어느 순간부터 제어가 되지 않기 마련이었다.

"아따, 그랴도 참으로 고맙소. 이까지 젤루 먼저 달려와 주고. 다들 한참 바쁠 텐디."

이제 박하는 거의 엎드려 눈물을 흘렸다.

"참말로, 고맙소이."

노모는 눈을 꽉 감았다 떴다. 눈가에 맺혔던 눈물들이 방울져 떨어졌다.

"어머니도 먼 길 오시느라 고생하셨는데, 얼른 가서 쉬세요."

경준과 달수가 노모의 양팔을 걸고 일으켜 부축했다. 올 때보다도 훨씬 가볍고 빠르게 몸을 움직여 자리를 빠져 나갔다.

"어머, 애 좀 봐. 누가 보면 네 남편이 죽은 줄 알겠다야."

성주가 소주잔을 입에 대며 말했다.

"선배, 저는요……, 저는 말이죠. 호영 선배를 몰라요."

박하는 훌쩍이며 겨우 몇 마디 말을 이었다.

"애가 또 뭐라니. 이렇게 곡을 하고선 모르긴 뭘 몰라. 울 테면 실컷 울고 가든지. 여기만큼 속 시원히 울 데가 또 있을라고."

성주는 담배를 챙겨 자리에서 일어났다.

돌아오는 차 안에서도 박하는 눈물을 그치지 않았다. 대리기사가 운전을 하게 되어 뒷자리에는 몸집이 작은 달수와 박하, 그리고 성주가 나란히 앉았다. 가운데 앉은 박하는 계속해서 몸을 들썩이며 흐느꼈고, 박하의 몸 떨림은 양옆에 앉은 둘에게도 고스란히 전해졌다.

"여자들이 위대한 이유는 남자들보다 뛰어난 공감 능력을 가지고 있기 때문이래. 어떻게 해도 남자들은 여자들의 공감 능력을 따라잡을 수가 없다네. 인류학적으로 말이야. 진짜, 여자들 대단해."

달수가 감탄한 듯 말했다.

"선배, 그걸 위로라고 하는 거야, 지금?"

성주가 쏘아붙였다.

잠실역에는 성주의 남편이 나와 있었다.

"당신 또 담배 피운 거야?"

성주의 남편이 큼큼대며 성주에게 물었고 성주는 어깨만 으쓱해 보이고는 조수석에 올라탔다. 그제야 박하는 자신의 기억이 잘못되었음을 깨달았다. 휘영의 아버지가 가족을 위해 유일하게 벌였던 일은 누에치기가 아니라 담뱃잎 말리기였다. 왜 그렇게 기억이 흐트러졌는지 알 수 없었지만 담뱃잎을 말리던 것을 구경하면서 자랐다고 말하던 휘영의 얼굴이 얼비치는 듯했다. 아니, 어쩌면 누에도, 담뱃잎도 아닐지도 몰랐다. 하지만 어떤 것이라도 이제는 아무 상관이 없었다.

다들 다음에 보자는 말은 아낀 채 송파로, 사당동으로, 다리 건너 구의동으로 흩어졌다.

인정빌라 앞에 도착했을 때 눈이 퉁퉁 부은 박하를 맞은 건 화단 앞 의자에 앉은 막례였다. 막례는 박하를 보자마자 번쩍 몸을 일으켰다.

"아이고, 이게 뭔 일이랴. 201호, 무신 일이 있었어? 왜 그래, 응?"

막례는 박하 옆에 와서 고개를 옆으로 꺾어 눈을 맞추려 애썼다.

"제가……오늘……, 장례식장에 다녀왔거든요. 학교……, 선배가 죽……어서요."

박하는 저도 모르게 숨을 가다듬어 가며 말을 이었다.
"아이구 저런!"
말끝에 막례는 혀를 찼다. 그러더니,
"잠깐, 내 정신 좀 봐. 여기 가만히 있어 봐요."
박하를 의자에 눌러 앉히고는 엉덩이를 빼고 잰걸음을 걷기 시작했다.

돌아온 막례의 손에는 바가지가 들려 있었다. 막례는 훌쩍거리는 박하의 발치에 굵은 소금을 뿌렸다. 곧이어 막례는 박하의 손을 잡아 주었다.

"이래 손이 차서, 밥도 못 얻어먹고 왔나비네. 올라가서 밥 먹자. 우리도 막 먹을 참이었어."

막례는 박하의 등에 손을 대어 천천히 식탁 의자에 앉혔다. 그리고 누구보다도 재빠르게 식탁 위에 반찬을 차려냈다. 잘 익은 고등어는 중앙에 자리했다. 막례가 박하와 마주 앉자 지성은 막례 옆으로 가 앉았다. 지성은 가끔 박하를 보기도 했지만 주로 텔레비전으로 시선을 뺏기고 있었다.

맨손으로 고등어 뼈를 발라 주며 막례가 말했다.
"이제 그만, 말 안 해도 돼. 오늘 고생이 참 많았네 그려."

"모르는 사람……이었어요."

연신 맞장구를 쳐 주던 막례는 영문을 알 길이 없었다. 지성도 숟가락을 든 손을 멈추고 박하를 쳐다봤다.

"배가 고파 그라제. 앞으로 밥해 먹기 싫으면 그냥 올라와. 우리는 우리밖에 없으니께 뭘 먹어도 계속 남아."

"그려, 걍 올라와."

지성도 고개를 끄덕이며 말을 보탰다.

훌쩍거리던 박하가 숟가락 가득 밥을 퍼 올리자 막례가 손으로 뜯어낸 고등어 살덩이 하나를 올려 주었다.

"죽은 사람은 그냥 잊으면 그만 아녀. 산 사람은 산 사람 대로 이렇게 잘 먹고 배만 부르면 되는 거고."

막례는 박하가 먹기 좋게 고등어를 발라서 하나씩 박하의 밥공기 위로, 지성의 밥공기 위로 옮겨 주었다. 르코르뷔지에의 「인간의 집」을 읽으며 형석이 연거푸 던졌던 질문이 떠올랐다. '누구를 위해서 집을 세울 것인가?' 박하는 그 말이 지향하는 어딘가에 닿아 있는 기분이었다. 박하는 고등어의 부드러운 살코기와 밥알을 오물거리며 씹었다. 짭조름하면서도 달큰했다.

다시 숟가락질을 하기 전에 박하는 막례의 까무잡잡한 피부와 뭉툭한 콧방울, 그리고 길고 가느다란 눈썹을 찬찬히 쳐다봤다. 그녀의 굽은 등과 통통한 몸에서 뻗어 나와 박하를 향하고 있는 두 손을 따라 눈을 움직였다. 막례의 얼굴을 제대로 본 건 처음이었다.

"그렇게 뜯어 보니, 쓸 만은 하쥬?"

막례가 너스레를 떨었다.

"고만혀, 몇 숟갈 뜨지도 못하고 체하겄네."

다 비워 낸 밥그릇에 물을 따르며 지성이 퉁바리를 줬다.

"꼭 알던 사람 같아요, 할머니."

박하가 한 글자, 한 글자 천천히 말을 이었다. 그렇게 말하고 박하는 숟가락 가득 밥을 퍼 올렸다.

"잘한다. 그렇게만 하면 돼, 암, 암."

막례가 빙긋 웃음을 지어 보였다.

막례의 얼굴에 정숙의 얼굴이 겹쳐 보인 건 그때였다. 박하는 밥을 씹어 삼키면서 이 잠깐의 상상이 오래오래 기억되기를 빌었다. 이 상상이 기억을 이기기를 말이다.

새들도 멀미를 한다

병철이 전화를 받은 것은 점심시간이 지나서였다. 작업반장은 걸려올 전화가 있으니 빨리 끊으라고 핀잔을 주며 수화기를 건넸다. 병철은 신호봉을 든 채로 엉거주춤 전화를 받았다.

수화기 건너편의 남자는 아내 석희가 일하는 곳의 과장이라고 신분부터 밝혔다. 과장의 목소리에는 성급함과 짜증이 가득했다. 그는 '도대체'라는 말을 열 번도 넘게 해 대며 마치 짐짝처럼 컨베이어벨트 위에 누워 있는 석희를 얼른 와서 치워 가라는 말로 통화를 마무리했다.

병철은 작업반장에게 머리를 조아리며 외출을 허락해 달라고 청했다. 작업반장은 잔뜩 미간을 좁히더니 피우고 있던 담배를 급하게 비벼 껐다. 병철은 작업반장을 향해 입을 길게 늘여 웃어 보였지만 그의 마뜩찮은 표정은 변하지 않았다. 이어 작업반장은 병철의 시선을 외면한 채 손바닥만 한 컨테이너 창 쪽으로 고개를 돌려 버렸다.

"김씨, 이번이 마지막이야."

작업반장은 새 담배를 꺼내 물며 말했다.

병철은 천천히 안전 조끼와 안전모를 벗어 소파 위에 가지런히 두었다. 그리고 여전히 시선을 돌리지 않는 작업반장에게 목례를 올렸다.

"그리고, 전화 좀 살리든가!"

문을 닫고 나오는 병철의 뒤통수에 대고 작업반장이 소리쳤다.

석희의 공장이 있는 공단으로 가는 간선버스는 한참 동안 오지 않았다. 병철이 이용할 수 있는 다른 교통수단은 없었다. 병철은 세찬 바람을 맞으며 버스가 오기를 기다렸다. 먼 데서 까마귀 울음 같은 소리가 들려왔다. 바싹 말라 오그라든 플라타너스 잎이 병철의 주변을 돌며 큰 포물선을 그렸다. 병철은 그렇게 뒹구는 것들을 바라보며 불길함과 불안함을 달랬다.

공장이 있는 건물 입구에 여자 몇이 나와 있었다. 하얀 머릿수건을 둘러쓴 여자들 중에는 안면이 있는 이도 보였다.

"미안합니다, 번번이……."

병철의 말끝이 말려 들어갔다.

맨 앞에 서 있던 여자가 마스크를 풀고 병철에게 말했다.

"언니가 아주 미쳤나 봐요. 아무도 어쩌지를 못하고 있어요. 과장은 구급차를 부르지도 못하게 해요. 괜히 일만 커진다고 그러는데……."

여자는 윗니로 아랫입술을 꽉 물며 말했다. 병철은 천천히 고개를 끄덕이며 서둘러 건물 안으로 들어갔다.

지하로 향하는 계단을 내려서자마자 석희의 울음에 가까운 목소리가 들렸다. 그로써 병철은 석희의 건재함을 확인했고 그 순간부터는 안도할 수 있었다.

석희는 습한 지하 공장의 컨베이어 벨트가 구부러지

는 지점에 있었다. 작동을 멈춘 컨베이어 벨트 위에 반쯤 누워 눈을 부릅뜬 채로 발악을 하는 석희의 손에는 며칠 전 사과를 깎아 먹을 때 사용했던 과도가 들려 있었다. 공장 안에서 유일하게 석희만 움직였다. 기계도 동작을 멈췄고 주변 사람들도 숨죽이고 석희만 쳐다봤다. 석희와 제일 근접한 거리에 있는 남자가 병철의 눈에 들어왔다. 회사 마크가 새겨진 점퍼를 입은 남자는 아마도 병철에게 전화를 했던 공장의 과장일 것이었다.

과장은 넓은 턱이 금방이라도 떨어질 듯이 껌을 우악스럽게 씹으며 병철을 쳐다봤다. 그러고는 다시 석희를 치째진 눈으로 노려봤다.

"쇼하고들 있네."

과장은 기다렸다는 듯이 병철에게 소리쳤다.

"지금 당신 여편네가 무슨 짓을 하고 있는 줄이나 알아?"

병철은 석희가 있는 쪽으로 걸어갔다. 하늘에서 후드득 떨어진 빗방울처럼 석희의 옷에 튄 핏방울들이 눈에 들어왔다. 불현듯 체했을 때 손톱 바로 아래를 바늘 끝으로 따 주던 어머니가 떠올랐고 그 기억만으로도 막힌 혈이 풀린 것처럼 이상하게 시원함을 느꼈다.

"경찰에 신고하면 될 거 아니오. 기자도 부르고 말이요."

병철은 조용하고 낮은 목소리로 말했다. 과장은 물론 공장에 있는 어느 누구도 병철의 말에 별다른 대거리를 하지 않았다.

병철은 석희의 등에 손을 얹고 상체를 천천히 세워 앉혔다. 검지와 중지 끝이 잘려 나간 석희의 오른손으로 손을 뻗어 허술하게 주변을 협박하던 과도를 빼앗았다. 병철은 석희를 벨트에서 안아 내렸다. 마른 석희의 몸이 전보다 훨씬 무겁게 느껴졌다.

"이걸로 진짜 끝이야. 절대, 다신 올 생각도 하지 마. 그리고 오늘 손해는 당신들 인생에서 꼭 마이너스 될 거야."

그렇게 말하며 과장은 봉투 하나와 종이 하나를 내밀었다. 모든 문제에 원만하게 합의했으며 다시는 공장을 찾아오지 않겠다는 내용이 적혀 있었다. 과장은 석희의 두 손가락에 억지로 펜을 쥐어 줬다. 석희가 눈물을 훔치며 사인을 하자 과장은 병철에게 펜을 넘겼다. 병철은 잠시 망설였지만 석희의 이름 옆에 자신의 이름을 또박또박 적었다. 병철의 이름 석 자는 석희의 이름보다 더 깊게 종이에 남았다. 이어 과장은 이름 옆에 지장을 찍게 했다. 덜덜 떨던 석희의 지문은 조금 뭉개졌다. 과장은 이맛살을 찌푸렸지만 그것도 잠시였다. 과장은 두 사람의 지장이 찍힌 종이를 반으로 접고는 돌아서 비상구 쪽으로 걸어 나갔다.

석희는 과장의 등을 노려보면서도 손을 뻗어 봉투를 끌어당겼다. 흐르다 굳은 피가 가루가 되어 부서졌다.

병철은 석희의 어깨를 감싸고 공장 안을 가로질렀다. 하얀 모자에 하얀 마스크를 쓰고 커다란 비닐 앞치마를 입은 여자들이 두 사람이 나가는 길을 터 줬다. 그중 하나가 비닐 봉투 하나를 내밀었다. 여자는 머릿수건을 벗어 흔들며 석희와 예스럽게 이별을 나눴다.

"하나도 부끄럽지 않아. 당신이 뭐라고 하더라도 말이야."

방바닥에 엉덩이를 붙이자마자 석희가 말했다. 곧이어 석희는 봉투 속 돈을 꺼내 약지에 침을 묻혀 가며 세기 시작했다. 끝이 뭉툭해진 손가락들이 제대로 움직여 지지 않는 모양인지 몇 번이고 같은 동작을 반복했다.

"내가 이럴 줄 알았어. 겨우 50만 원이라니. 이번엔 아영이 입학금까지는 받아 올라고 그랬는데, 젠장. 다음 주에 다시 가서 한 번 더 배째라고 해야겠다."

석희는 공장 동료가 챙겨 준 봉투를 풀어 유기농 콩으로 만든 자연 숙성 청국장을 꺼내들었다. 석희가 일하는 동안 병철도 몇 번 먹어 본 적 있던 청국장이었다.

"왜, 뭐? 잘못됐어?"

"애 입학금을 왜 거기서 받아. 그런 말도 입에 올리지 마."

"그럼 도둑질을 해서라도 당신이 구해 오든가. 죽은 생부 뼉을 따서라도 갚아 준 빚을 토해 내라고 하든가."

석희의 도발은 집에서도 이어졌다. 병철은 말문을 닫아 버렸다.

"청국장은 죄가 없으니까."

석희는 청국장을 냉장고 안에 넣었다.

공장에서는 청국장을 담을 폴리프로필렌을 규격에 맞춰 자르는 일을 했었다.

"좀 자 둬."

병철의 말에 석희가 고개를 치켜들고 병철을 쳐다봤다. 그리고 봉투에서 만 원을 꺼내 병철에게 건넸다.

"택시 타고 가. 당신 작업반장이 또 뭐라 할 거 아냐."

병철은 묵묵히 돈을 받아 들었다.

택시는 한동안 잡히지 않았다. 병철은 몸을 앞뒤로 돌려가며 도로를 살폈지만 택시는 한 대도 보이지 않았다. 병철은 뭉툭한 안전화를 내려다보며 걷다 이내 달음박질을 시작했다. 숨이 찼지만 조금 더 달릴 수 있을 것 같아 쉬지 않고 다음 정류장까지 달리기로 했다.

합의금을 받은 이후 벌써 세 번째 소동이었다. 석희는 너무 쉽게 합의를 한 것 같은 생각에 손을 동여매고 건물 2층에 있는 사무실로 뛰어갔었다. 사무실에는 경리과장과, 관리과장, 그리고 부장이 있었다. 그들은 사장의 아내, 조카, 아내의 동생이었다. 석희가 붕대 감은 손을 들어 보이며 소리를 지르자 그들은 더 질겁한 얼굴이 되어 석희를 피해 달아났다. 석희는 몸을 던져 문을 막았고 비켜서지 않았다. 흰 붕대가 서서히 붉게 물들어 가는 걸 보면서 석희는 더욱 큰 소리로 발악을 해 댔다. 그것도 잠시 석희는 곧 관리과장과 부장에게 양팔이 잡혀 옆으로 내던져졌다. 두 사람이 크게 힘을 쓰지 않았는데도 석희는 너무 쉽게 나동그라졌고 이마에 큰 혹이 솟아났다.

거울을 볼 때마다 머리에 또 다른 머리가 생겨난 것처럼 보였다. 석희는 인체란 참으로 신기하구나 생각하다가도 부글부글 끓어오르는 억울함에 꺽꺽 울었다. 이틀 후 석희는 내렸던 앞머리를 옆으로 넘겨 핀을 찌르고 다시 관리과를 찾았다. 이마를 들이밀며 고소를 하겠다고 엄포를 놓았지만 이제 사측에서는 석희를 아예 유령처럼 취급했다. 회사는 사고 당일, 임시 일용직이었던 석희에게 치료비와 위로비 명목으로 2백만 원 가량을 지급했으니 할 만큼 다 했다는 입장이었다. 석희의 사고는 이미 공상합의라는 이름으로 완료된 재해였다.

사고가 있던 날, 봉합 수술이 어렵다는 이야기를 듣고 나오는 길에 병원까지 동행했던 관리과장이 내민 봉투를 덥석 받아 들었던 게 패착이었을까. 과장이 내민 종이에 피 묻은 엄지로 지장을 찍은 순간부터 석희는 그 어떤 법적 보호도 받을 수 없는 상황이 되고 말았다. 고작

새들도 멀미를 한다

문장 몇 개 가지고 이 모든 문제가 정리될 거라고는 상상조차 하지 못했다.

석희는 물론 병철도 공상처리와 산재처리를 구분할 줄 몰랐다. 더더욱 석희는 공상합의와 같은 단어들이 세상에 존재하는 줄도 몰랐다. 일용직이라도 당연히 회사에서 일을 하다 다친 것이니 산업재해로 인정받고 재해치료를 장기간 받을 수 있을 거라고 생각했다. 하지만 회사와 공상합의를 완료한 이후에는 산재신청을 할 수 없다고 했다. 석희는 그게 왜 안 되는지 도무지 이해되지 않았다. 명확한 피해가 존재하고 그 피해에 부합하는 보상이 덜 이뤄졌음에도 불구하고 사안이 완료되었다는 게 믿어지지 않았다. 공적인 문장을 잘 이해하지 못했던 석희에게는 이런 말을 이해하고 그 말이 지시하는 바를 실행하는 일이 엄청나게 힘겨웠다. 노무사나 변호사를 찾아가 돈을 내고 상담을 받아 볼 생각은 더더욱 하지 않았다. 제 아무리 설명을 들어도 석희의 머릿속이 시원하게 뚫릴 것 같지 않았다. 공적인 문서에 적힌 말들은 어렵고 복잡했고 두려웠다. 그 앞에서는 뇌가 꼭 멈추는 것 같다고, 석희는 자주 생각했다.

두려운 건 병철도 마찬가지였다. 젊은 시절 병철은 변호사의 조력을 받으려다 오히려 크게 데인 적이 있었던 탓에 그 집단 전체에 대한 불신이 깊이 뿌리내린 상태였다. 모르기 때문에 생긴 일이었다.

석희는 사실관계를 법적으로 따져 묻기 전의 상태를 되새김질하며 뭘 잘못했는지 끝없이 곱씹었다. 모든 순간마다 석희는 최선의 선택을 했지만, 그건 잘못된 선택이기도 했다. 그래서 석희는 회사가 해 준 보상이 만족스럽지 않았다. 잘려 나간 부위가 애매해 접합 수술은 하지 못했지만 봉합은 잘 되었다고 했는데, 자꾸 손끝이 썩어 들어가는 것 같았다. 말단부터 점점 시커멓게 굳어 가는 손을 볼 때마다 석희는 덜컥 겁을 먹었다. 손마디를 타고 손 전체가, 팔 하나가, 어깨를 타고 목을 넘어 얼굴까지 검게 변하는 상상을 하곤 했다. 주저앉고 싶을 정도로 다리에 힘이 풀리는 상상이었다. 석희는 지하 공장의 습기가 떠오를 때마다 달려가 드러눕고 싶은 충동을 억눌렀다. 어떤 게 성에 차는 보상인지 기준을 가지고 있지는 않았지만 받기가 무섭게 사라져 버린 2백만 원으로는 충분치 않았다. 석희의 손에 둘둘 감긴 붕대를 본 아영은 유명한 커뮤니티에 직접 글을 올려 보겠다고 했지만 석희는 한사코 말렸다. 고3인 딸이 부모들도 어쩌지 못하는 일에 휘말리게 될까 봐, 그런 생각만으로도 가슴이 내려앉는 것 같았다.

안전은 최고! 품질은 일류! 환경은 으뜸! 병철은 현장 입구에 걸린 표어를 지나 함바식당으로 난 길로 접어들었다. 함바식당 문이 열리고 인부들이 하나둘 나오기 시작했다. 그들은 창고든 컨테이너든 적당한 자리를 찾아 눈을 붙일 것이다. 병철은 허기가 느껴졌지만 함바식당으로 가지 않고 컨테이너로 들어갔다.

작업반장은 다른 작업자들과 짜장면을 먹고 있었다. 작업반장은 병철이 들어온 것을 한번 힐끗 쳐다봤지만 별다른 말을 하지 않았다. 병철이 '집사람이……' 하며 말을 꺼내려고 했지만 그는 손사래를 치며 턱짓으로 소파 위 신호봉과 안전장비를 가리켰다. 병철은 형광선이 들어간 조끼를 입고 장비를 갖춰 다시 컨테이너 밖으로 나왔다. 병철이 입은 조끼에는 '신호수'라는 글자가 형광으로 빛났다.

철제 빔 아래에는 굴삭기 세 대가 똑같이 바구니를 땅에 댄 채로 멈춰 있었다. 인부들은 모두 자리를 비운 상태였다. 병철은 난간에 걸터앉아 벌써 지하 5층까지 파 내려간 바닥을 내려다봤다. 이제 한 층 분량의 토사만 더 파내면 굴삭기는 제 일을 마치게 된다. 덤프트럭도 현장을 오가지 않을 것이고 그러면 철근이나 빔 같은 다른 자재를 실은 트럭들이 현장을 오갈 것이다.

병철은 수전을 올리고 호스를 잡았다. 덤프트럭이 오갈 때 흐른 토사를 씻어 냈다. 콘크리트 타설 후에는 하지 않아도 되는 일이었다. 흙먼지가 씻겨 나가는 것을 보며 병철은 길게 숨을 내쉬었다.

2시가 다 되어 갔다. 낮잠을 자고 나온 인부들은 담배를 나눠 피우며 작업반장의 지시를 기다렸다. 병철도 그 인부들 틈에 섞였다. 작업반장이 컨테이너를 열고 나와 몇 번 손짓을 하자 인부들은 일사분란하게 흩어졌다. 병철도 신호봉을 허리에 끼우고 덤프트럭이 대기하고 있는 곳으로 갔다.

굴삭기 기사는 벌써 사각 적재함에 토사를 담고 있었다. 금세 가득 찼고, 병철은 신호봉을 흔들며 호각을 길게 한 번 불었다. 크레인이 적재함을 끌어올려 덤프트럭 위에 얹고 바닥을 열어 토사를 쏟아냈다. 크레인 기사는 아래의 상황을 볼 수 없기 때문에 병철의 신호가 그에게는 절실했다. 일이 진행될수록 병철은 더 세게 호각을 불었고 굴삭기의 바스켓은 분주하게 흙을 담았다. 날숨을 세게 불 때마다 허기가 밀려들었다.

사각 적재함이 다섯 번째 올려졌다. 병철은 신호봉을 위로 가로 저으며 호각을 길게 두 번 불어 트럭 운전사에게 신호를 보냈다. 트럭이 천천히 움직이며 뚜껑이 자동으로 닫히기 시작했다. 병철은 잰걸음으로 달려 도로로 나가는 트럭을 배웅했다. 다행히 오가는 차가 많지 않아 트럭은 오래 기다리지 않고 현장을 빠져나갔다. 뒤이어 들어온 다음 덤프트럭이 앞서 떠난 트럭 자리를 메웠다. 병철은 크레인 운전사에게 같은 신호를 보냈다. 곧바로 적재함이 끌려 올라왔다. 차근차근 막힘없이, 너무나도 순조로웠다.

동쪽 하늘 끝부터 어둑어둑해졌다. 현장 테두리에 둘러쳐진 등이 켜지고 주변이 더 환해졌다.

마지막 덤프트럭이 들어왔다. 트럭이 지나면서 휘잉

하고 바람이 일었다. 차가웠지만 그렇게 춥게 느껴지지는 않았다. 토사를 싣고 현장을 빠져나가기 위해 입구에 대기하던 덤프트럭 기사와 인사를 나눈 뒤, 서둘러 도로로 진입했다. 그러고는 신호봉을 흔들며 천천히 4차선에서 3차선으로 발을 내딛었다. 달려오던 차들이 붉게 발광하는 봉을 보고 점차 속도를 줄였다. 병철은 깜빡이를 켜고 도로로 나갈 채비를 마친 트럭 운전사에게 위아래로 봉을 흔들며 왼손을 들어 보였다. 병철의 수신호에 맞춰 트럭이 큰 몸집을 움직여 현장을 빠져나갔다. 뒤따르던 자재 트럭도 꼬리를 물었다. 병철은 입구에서 대기하고 있던 트럭이 도로로 진입하고 나자 다시 차도로 옮겨와 멈춰 선 차들이 움직일 수 있게 신호를 보냈다. 웡 하는 엔진 소리가 병철의 귓속에 메아리쳤다.

오래간만에 병철과 석희, 그리고 아영이 저녁 밥상 앞에 둘러앉았다. 냄비를 상에 올려놓으며 석희는 입맛을 다셨다. 석희가 냄비 뚜껑을 열자 더운 김이 밥상 위에 훅 떠올랐다 금세 사라졌다. 석희가 먼저 당근과 감자가 닭고기보다 많이 들어 있는 냄비에 숟가락을 집어넣자 병철과 아영도 국물을 떴다. 셋은 똑같이 닭찜 국물에 밥을 비벼 첫 숟가락을 떴다. 먹는 내내 세 사람 다 말이 없었다. 세 짝의 젓가락만 밥상 위를 분주하게 오갈 뿐이었다. 석희는 닭다리 한 쪽을 병철의 밥그릇에 옮기려다 바닥에 떨어뜨리고 말았다. 석희는 다시 왼손으로 냄비 안에 든 닭다리를 들어 병철의 밥그릇 위에 놓았다. 떨어졌던 닭다리를 후후 불고는 이번에는 아영의 그릇에 놓아주었다.

"아빠는 요즘 힘든 일 하잖아."

석희는 손가락을 빨며 그렇게 말했다. 아영은 식사 내내 고개를 들지 않았다. 김치와 닭찜 국물만으로 밥 한 공기를 다 비웠다. 빈 그릇과 수저를 개수대에 놓고는 곧바로 제 방으로 들어갔다.

병철은 눈짓으로 석희에게 아영이 왜 저러는지 물었다. 석희는 아주 조심스럽게 속삭였다.

"수시에 합격했잖아. 암말도 하지 마."

석희는 아영이 남긴 닭다리를 잡고 제 입으로 가져가 게걸스레 살점을 뜯었다. 반 공기도 먹지 못했지만 병철도 자리에서 일어났다. 석희는 잠시 병철을 물끄러미 올려다보고는 곧 병철과 아영이 남긴 닭찜을 먹는 데 열중했다. 병철은 석희가 남은 국물에 자신이 남긴 밥을 비벼 먹는 것까지 보고서 현관 밖으로 나왔다.

새벽 일터로 나가는 병철의 안전화를 매일 닦아 돌려놓은 게 아영이라는 걸 병철도 알았다. 가진 게 없다고 마음이 가난한 게 아니라는 걸 병철은 아영을 키우면서 배웠다. 자라면서 아영은 곧잘 우등상을 받아 오곤 했는데 병철은 마냥 기뻐만 할 수는 없었다. 이 뛰어난 아이가 하필이면 자신에게로 와서 더 많은 걸 누리지 못하게 된 게 고통스럽게 미안했다.

담배를 한 대 다 피우고 인정빌라 현관으로 다시 들어왔지만 101호의 현관문을 열지는 않았다. 병철은 4층 주인집으로 향했다.

"다 저녁에 웬일이랴?"

막례는 문 안으로 병철을 들였다. 리모컨을 들고 소파에 비스듬히 누워 있던 지성도 빼꼼 고개를 빼고 병철을 내다봤다.

"왔는가. 앉게, 앉게."

지성은 허리를 세워 앉고는 소파 옆자리를 내줬다.

어느새 막례는 옥수수차를 따라 내왔다.

"날이 금방 추워져, 글치? 아영엄마는 손 이제 괜찮고? 어째 이미 그리 된 거. 잘 아물게 살펴야지. 그래도 더울 때보다는 추울 때가 훨 상처 낫기가 좋응께 그건 또 다행 아녀."

그렇게 말하면서 막례는 병철의 얼굴을 살폈다.

"봉합이 잘 되었다고 하니 뭐 다행이죠."

불행 중 다행이죠, 라고 할 뻔했다. 병철은 불행이라는 단어를 입 밖으로 내지 않은 걸 다행이라 생각했다.

"엎어진 김에 쉬어 간다고 이참에 제대로 쉬어 부러."

"네, 그렇게 하라고 했습니다. 그리고 다름이 아니라 저희 보증금 중에서 6백만 원만 먼저 내어 주실 수 있으신지 해서요."

"이사 가게?"

"아뇨. 당장 아영이 입학금을 넣어야 하는데, 도통 돈이 안 도네요."

그렇게 말을 하면서 병철은 생각했다. 딱히 게으르게 살지도 않았고, 대단한 호사를 바라며 살지도 않았는데 살면 살수록 왜 이렇게 가난해지기만 하는 걸까. 답이 없는 시험지를 풀고 있는 기분이었다.

"그렇게 해. 언제까지 해 줘?"

"빠를수록 좋죠. 이번 주말까지 등록을 마쳐야 한다네요."

"알았어. 근데 공짜는 아니야. 아영아빠가 매달 5만 원씩 월세에 보태서 줘야 해. 알겠지?"

"네, 사정 봐주셔서 감사합니다."

병철은 고개를 연거푸 숙였다.

"아영이가 장하네. 남들은 재수, 삼수도 하고 그런다는데, 한 번에 재깍 붙고. 그것도 아영엄마 말 들어 보니 수능도 안 봐도 된다 그러던데."

"네, 기특하고 미안하죠. 저희만 잘하면 되는데……, 부모 노릇이 쉽지가 않네요."

"인자 다 왔네, 쫌만 더 힘내시게."

지성이 병철의 어깨에 팔을 감았다 풀었다. 나이 든 남자와 이런 식의 신체 접촉을 한 적이 없었던 병철이었다. 아주 잠깐의 쓰다듬음이었지만 병철은 지성과 자신 사이에 엄청난 자장이 만들어진 것 같은 착각에 빠졌다. 비현실적이고 신비로운 경험이었다. 사람끼리 직접

닿는다는 건 어마어마한 에너지를 발생시키는 일이구나 싶었다. 남자 어른이 안아 주는 품은 이런 느낌이 드는구나 생각했다.

석희를 만나기까지 병철은 친생부가 남기고 간 빚 5천만 원을 조금씩 갚아 나가며 겨우겨우 살고 있었다. 중학교 때 집을 나갔던 친생부는 단 한 번도 병철을 찾아오지도, 양육비를 보내온 적도 없던 사람이었다. 병철은 그가 죽었다는 소식보다 자기 앞으로 갚아야 할 빚이 있다는 사실에 더 놀랐다. 상속 포기를 할 시점도 지나 버린 후였다. 남은 가족이 하나도 없는 상황에서도 병철은 늘 꿋꿋했지만 돈의 무게를 견디는 것은 쉽지 않았다. 친생부가 쳐 놓은, 아니 법이 만들어 놓은 덫에서 빠져나올 수 있게 도와준 사람이 석희였다.

파산신청과 개인회생신청을 하겠다고 찾아간 변호사 사무실에서는 병철의 업무를 처리해 주지 않았다. 처리 비용을 선납하라는 독촉을 할 때는 빚쟁이처럼 매일 전화를 하더니 돈을 입금하고 나서는 전화가 연결되지 않았다. 도저히 연락이 안 되어 직접 변호사 사무실에 찾아갔을 때 병철이 맞닥뜨린 건 인테리어 공사 중인 빈 공간뿐이었다.

그 일이 있고 병철은 남의 도움은 받지 않기로 했다. 5천만 원, 그까짓 거 몇 년 죽었다 생각하고 갚으면 못 갚을 것도 아니었다. 폐플라스틱을 재활용해 노끈을 제조하는 작은 공장에 다녔던 병철은 관리자에게 사정을 이야기하고 이틀에 한 번씩 당직 근무도 섰다. 그리고 그곳에서 석희를 만났다.

현실의 무게는 무게대로, 젊음은 젊음의 일을 하는지라 두 사람은 금세 몸이 달아올랐다. 병철이 빚을 다 갚아 갈 즈음 공장 이전이 발표되었고 두 사람은 공장장의 추천으로 사당동에 위치한 브래지어 공장에 함께 취직했다. 큰 고목나무가 있는 길을 사이에 두고 사당동 성당을 마주한 공장이었다. 공장 근처에는 만학도들이 다니는 실업학교가 있었는데 공장에서 일을 마치고 학교에 다니는 이들이 많았다. 병철은 상고를 중퇴했고 석희는 중졸이었다. 두 사람은 공장과 학교, 성당을 다니며 아영을 낳았다. 병철과 석희의 인생에서 가장 화목하고 찬란했던 시절이었다. 공장이 문을 닫기 전까지는.

다음 날 작업반장이 병철을 다시 호출했다. 이번에도 걸려온 전화 때문이었다. 집에 있는 석희가 또 공장을 찾아간 건 아닌지 병철의 가슴이 덜컥 내려앉았다. 정말 이번에는 큰 소리로 화를 내야겠다고 단단히 마음을 먹고 병철은 수화기를 건네받았다. 전화를 건 쪽은 석희였다. 아영이 경찰서에 있다는 소리만 하고 석희는 황급히 전화를 끊었다. 병철은 전날과 같이 고개를 조아리고 현장을 빠져나왔다. 작업반장이 병철의 신호봉을 발로 차는 걸 봤지만 병철은 어제보다 마음이 더 급해져 곧장 달려 나갈 수밖에 없었다.

경찰서 계단을 오르면서 병철은 석희를 데리러 갔을 때보다 자신의 가슴이 더 심하게 요동치고 있다는 사실을 깨달았다. 숨을 깊이 들이마시고 내쉬어 보았지만 진정되지 않았다. 두 주먹을 힘껏 쥐고서 천천히 힘을 빼기도 해 봤지만 여전히 가슴이 팽팽하게 차올랐다. 오늘은 왠지 소리를 질러야 할지도, 누군가의 멱살을 잡아 패대기를 쳐 줄 수 있을지도 모른다.

형사과 표식을 보는 순간 병철의 가슴은 더 심하게 죄어 왔다. 입학금 때문에 돈을 훔치다 잡혀온 것인지,

더한 짓을 하다 덜미를 잡힌 것인지 병철의 머릿속을 수많은 경우의 수들이 헤집고 다녔다.

쇠문을 열고 들어가자 석희의 모습이 바로 보였다. 석희는 뭉툭하게 붕대를 감은 손으로 마주 앉은 여자들에게 빌고 있었다. 그중 하얀 모직 코트를 입은 여자는 팔짱을 끼고 돌아앉아 석희를 보고 있지도 않은 데도 석희는 연신 손을 빌어 댔다. 병철이 온 것을 확인하자 석희는 몸을 일으켜 병철에게 바짝 다가와 붙었다.

"얘가 그런 애가 아닌데, 이분을 폭행했다고 하네. 어찌된 일인지 이야기도 안 하고. 아니 폭행이라니, 무슨 말이 그런지. 우리 아영이가 그런 짓을 했을 리가 없잖아, 여보."

고개 숙인 아영이 그제야 병철을 향해 고개를 들었다. 꽉 쥔 두 주먹이 들들 떨리는 게 병철의 눈에 들어왔다.

"정말 그랬니?"

아영은 답이 없었다.

"왜 그랬니?"

병철이 재차 물었다.

아영은 대답 대신 고개를 숙였다. 맨몸으로 한데 세

워진 것처럼 떨었다. 병철은 아영의 어깨에 가만히 손바닥을 얹었다.

형사는 병철의 얼굴보다 병철이 입고 있는, 형광선이 들어간 조끼에 먼저 시선을 던졌다. 들어오기 전에 벗으려고 했는데 막상 닥치니 그걸 잊고 말았다. 병철은 얼른 조끼를 벗고 둘둘 말아 손에 쥐었다.

병철도 석희도 몰랐지만 아영은 수시 합격 발표 직후부터 맥도날드에서 일했다. 매뉴얼대로만 하면 되는 일이라 어렵지 않았고 다른 크루들이나 매니저, 라이더들도 모두 아영에게 친절했다. 일머리가 좋았던 아영은 팀리더에게 좋은 인상을 주었고 금세 그릴과 카운터 교육을 마쳤다. 팀리더는 아영이 시간마다 부족한 부분을 보완해 가며 일하게끔 일정을 짜 주었고 일과 시간 동안 아영은 주방에서 패티를 굽다가도 카운터와 홀, 그리고 화장실을 오가며 신속 정확하게 일처리를 완료했다.

여자들은 커피를 가운데 놓고 이야기를 나누다가 아영과 부딪쳤다. 여자들의 옆자리는 자주 오는 동네 꼬마들이 앉았다 간 자리였다. 꼬마들은 해피 밀 세트를 주문하고는 버거는 먹는 둥 마는 둥 하며 세트에 딸려 온, 명탐정 코난이 그려진 손목시계형 마취침을 가지고 장난을 쳐 댔다. 양쪽 아래에 붙은 마취침 버튼을 누르면 플라스틱 동전 같은 것이 튀어나가는 장난감이었는데 아이들은 앉은 채로 계속 그 동작을 반복했다. 한동안 그렇게 놀다가 음식을 바닥에 죄다 흘리고 가 버린 것이었다. 평소와 다름없이 아영은 비질을 했고 쓰레받기에 그걸 쓸어 담았다. 그때 옆에 있던 여자들은 빛에 반사된 먼지를 보고 기겁을 했는데 그 먼지는 명백히 아영이가 일으킨 것이었다. 여자들이 자기들끼리 무어라 한 소리를 듣고는 울컥한 아영은 여자들에게 빗자루를 던지고 사무실로 들어가 버렸고 여자들은 매장 매니저를 호출하기에 이르렀다. 아영이 옷을 갈아입고 가방을 챙겨 밖으로 나왔을 때 여자들은 당사자에게 직접 사과를 받아야 한다며 매니저를 볶아 대고 있던 참이었다. 그걸 본 아영의 입에서 몇 마디 상스러운 말이 나오고 말았다. 여자들은 더욱 화가 났지만 교양인으로서의 태도를 잃지는 않았다. 그리고 어른으로서 당연히 할 수 있는 말로 아영을 훈계했다. 거친 말도 없었고 신체적 접촉도 없었지만 아영은 사람들이 연신 들어오는 광장 같은 홀에서 그들에게 요목 조목 지적받는 것이 수치스러웠다. 예의 바른 태도를 취하는 법을 몰라서 그런 것이 아니었음에도 여자들은, 특히 모직 코트를 입은 여자의 말들은 조롱하듯 들렸다. 가만히 쓴소리를 듣고 있던 아영은 결국 '너희 집에서도 이렇게 하라고 가르치던?'이라는 말을 들었을 때 꼭지가 돌고 말았다. 아영은 가방을 내팽개치고 여자의 뺨에 주먹을 날렸다.

형사는 말을 마치고는 어깨를 으쓱해 보였다. 병철은 여자들 쪽을 돌아봤다. 하얀 모직 코트를 입은 여자는 병철의 시선을 피하지 않고 눈을 부릅떴다. 여자에게 목례를 하고 나서 병철은 석희를 데리고 조사실 밖으로 나갔다.

더 나올 게 없다는 걸 단박에 알아 버린 여자들은 병철이 내민 50만 원에 합의를 해 줬다. 진단서를 끊으러 가네 마네 운을 떼우긴 했지만 형사가 중재를 하고 나서자 금세 그렇게 하겠다며 순순히 응했다. 형사는 병철과 석희 그리고 아영에게 이름을 적으라며 작성된 조서를 내밀었다. 병철과 석희는 형사가 가리키는 순서대로 이름을 적고 지장을 찍었다. 둘의 손가락 마디에는 전날 묻은 인주의 흔적이 여전했다. 조서는 관리과장이 내밀었던 서류보다도 양이 많았다. 형사가 설명해 줬던 맥도날드, 해피밀, 청소, 손님, 먼저, 주먹 등의 단어들이 하나둘 눈에 들어왔다.

서류 하나에 날인해야 할 사람도 많았다. 아영도, 얼굴을 맞은 여자도 지장을 찍었다. 형사가 건넨 휴지로 엄지를 문질러 닦으며 하얀 모직 코트를 입은 여자가 말했다.

"너 앞으로 부모님한테 효도하고 살아라."

그 말을 들은 아영은 이글이글 타오르는 눈으로 여자의 뒷모습을 좇았다. 곧 그렁그렁 눈물이 차올라 아영의 무릎 위로 떨어졌다. 병철은 참으로 오래간만에 아영의 어깨를 안았다. 중학생이 된 이후부터는 몸 어디에도 손끝 하나 댄 적이 없었던 병철이었다.

집에 오는 길에 아영이 물었다.

"우리는 왜 이렇게 가난해?"

병철도 그 이유를 몰랐다.

"가난한 게 뭐? 뭐? 죄야?"

석희가 버럭 화를 냈다.

말은 하지 못했지만 병철도 내내 왜 그런지를 곱씹었다.

"돈은 주인의 얼굴을 닮는대."

땅만 보고 걸으며 아영이 말했다.

"그건 또 무슨 소리야."

석희가 되물었다.

"돈이 돈을 벌어야 가난을 벗어날 수 있대. 그런데 우리는 우리가 돈을 벌잖아. 영원히 돈을 벌다가 늙어 죽을 거야."

아영의 말이 맞는지도 몰랐다. 처음부터 없었으니, 사는 것도 빠듯했고 돈이 모일 틈이 없었다. 자기 혼자 잘한다고 부자가 될 수 있는 것도 아니었다. 자기와 전혀 상관없는 일들로 삶은 쉽게 흔들렸다. 돈이 좀 모일라치면 물가가 천정부지로 올랐다. 숨만 쉬어도 나가는 돈의 액수도 점점 늘어났다. 병철이 휴대전화를 다시 사지 않는 것도 같은 맥락에서였다.

"네가 참았어야지, 남을 치면 쓰니. 엄마 아빠가 그렇게 가르쳤니. 그건 애미 애비 얼굴에 똥칠하는 거야. 너도 봤잖니. 그 같잖은 년들이 네 아빠한테 말하는 꼬라지를."

"그렇게 하지 않을 수가 없었어!"

"그래도 참아야지. 세상이 그렇게 만만해?"

"엄만 뭐가 달라? 돈을 다 받아 놓고선, 가고 또 가고. 그게 더 나쁜 거 아니야?"

"사람값이랑 일한 값이랑 같아!"

"뭐가 달라. 사람이 일한 값만 받는데."

"네가 그 여자를 안 쳤으면 그 50만 원은 아직 우리 수중에 있었을 거야. 차라리 얻어맞고 와, 속이라도 편하게. 그러면 돈이라도 받으러 나갈 수 있지."

석희의 목소리가 높아졌다.

"어떻게 엄마라는 사람이 그런 소리를 해. 엄마도 안 참으면서 뭘 나더러 참으래! 난 못 참아, 아니 안 참을 거야!"

아영은 자꾸만 석희의 말끝에 같은 말을 갖다 붙였고 석희도 역시 같은 말을 갖다 붙이며 돌림노래를 불렀다. 서로 한 끝도 지지 않았다. 말은 그렇게 했지만 한 걸음 뒤에서 걷던 석희가 아영의 등을 싸악싸악 쓸어 주는 소리가 났다. 석희와 아영 사이에 자장이 생겨나는 소리였다.

전부터 석희와 아영은 그렇게 악다구니를 쓰면서도 같이 시장엘 갔고, 같이 목욕도 다녔다. 병철은 세상 어디도 편을 만들지 못한 두 사람이 서로만 이해할 수 있는 이상한 속풀이를 겪어 나가는 것을 곁에서 지켜봤다. 저렇게라도 쏟아 내지 않으면 석희와 아영은 어쩌면 속이 터져 죽을지도 모른다. 다음 날 아영이 맥도날드에서 해고 통보를 받았을 때에도 석희는 당연한 일이라며 또 다시 아영을 나무랐다. 아영도 밀리지 않고 석희를 비난했다. 서로를 찌르면서 온전해지는 게 얼마나 힘이 들까 싶기도 했지만 둘 사이에 끼어들 엄두가 나지 않았다.

현장 맞은편 오피스텔 입구에 크리스마스트리가 세워졌다. 밤이고 낮이고 환하게 불을 밝히는 트리를 건너다보며 병철은 자신의 신호봉을 들어 인사를 나눴다. 반짝이는 눈인사가 오고 갔다.

점심시간이 되기 전에 작업반장이 병철을 호출했다.

석희도 더 이상 공장을 찾아가지 않았고, 아영도 이제 맥도날드에 나가지 않았다. 아무런 일도 일어날 게 없었지만 병철은 여전히 불안했다.

"어이, 봉잡이 김형. 여기서 일한 지 얼마나 됐지?"

작업반장은 조금 유연한 표정을 지으며 물었다.

"네, 한 석 달 정도 된 것 같은데요. 막 단풍 들 때 일 시작했으니까요."

병철의 어깨가 잔뜩 움츠러들었다.

"그럼 이제 쉴 때도 됐네."

"네?"

그 말에 병철은 잠시 어지럼증을 느꼈다.

"자꾸 빠지는 것도 그렇고, 이제 덤프 일도 끝나고 해서 말이야. 남은 일은 그렇게 일이 어려운 것도 아니고 해서 저기 기계를 샀어."

작업반장이 손가락으로 가리킨 쪽에는 주황색 야광 작업복을 입힌 쭉 뻗은 마네킹이 서 있었다. 두껍게 반사지가 들어간 조끼 위로 빨간 윙카호스를 감은 상태였다. 오른쪽 손에는 병철이 늘 들고 일하던 신호봉이 들려 있었다. 병철은 천천히 걸어가 그 봉을 잡은 손을 만져 봤다. 단단하게 고정하고 있는 마네킹의 손은 민틋이 미끈하기 그지없었다.

"이걸 보라고."

작업반장은 마네킹에 다가와 스위치를 올렸다. 윙카호스 안의 알전구가 커졌다 꺼졌다를 반복했다. 곧 봉을 든 손이 위아래로 움직였다. 병철은 저도 모르게 오른팔을 들어 마네킹처럼 움직여 보았다. 팔이 위로 들릴 때마다 좀 나아졌다 싶었던 오십견이 도지는 것 같았다.

"우선 내일까지 일하는 걸로 하고 이건 미리 받아 두라고. 그리고 스티커 받았던 거는 괜히 다른 사람 주지 말고 지금 꺼내 놓고 가고."

작업반장은 회사 마크가 새겨진 누런 봉투를 하나 건넸다. 탁 하고 탁자에 떨어지는 소리가 터파기로 파 놓은 몇 층 깊이의 지하로 떨어지는 것 같이 아득하게 들렸다. 작업반장은 봉투 위에 손바닥을 대고 가만히 병철을 쳐다봤다. 스티커를 날짜대로 다 붙여 오면 퇴직금을 받을 수 있을 거라며 작업반장이 병철에게 직접 챙겨 줬던 것이었다. 병철은 그동안 받았던 스티커를 모두 꺼내 반장에게 내밀었다. 그리고 병철은 작업반장이 건넨 봉투를 받아 안을 들여다봤다. 묵직한 봉투 안에는 몇 장의 명세서가 들어 있었다.

"여기 사인하고."

작업반장은 근무일지와 종이 하나를 꺼내 보였다.

"여긴 아무것도 없는데요."

작업반장은 하단의 한 지점을 가리키며 말했다.

"그냥 여기에 사인만 하면 돼."

병철은 묻고 싶은 말이 많았지만 궁금한 게 해결된다 해도 아무 소용이 없다는 것을 잘 알고 있었다. 병철은 천천히 자신의 이름 석 자를 적었다. 석희의 공장에서처럼 병철의 이름은 종이에 깊게 자국을 남겼다. 병철은 이름 옆에 인주를 묻힌 엄지를 꾹 눌러 찍었다. 그리고 지문의 생김새를 잠시 들여다봤다. 한 번도 지문을 이렇게 제대로 들여다본 적이 없었다. 곧 작업반장은 종이를 뺏듯이 낚아챘다.

석희는 병철이 나갈 채비를 하는 동안에도 계속 현장으로 찾아가 한번 난리를 쳐야겠다고 아우성이었다. 그렇게라도 해야 사람들이 사람 귀한 것을 알 거라고 소리를 질러 댔다. 병철이 안전화의 끈을 당겨 맬 때까지도 석희는 같은 말을 반복했다.

"제발 그만 좀 해!"

병철은 석희에게 처음으로 소리를 질렀다. 석희는 겁을 먹은 것처럼 몸을 뒤로 뺐지만 말하는 것을 멈추지는 않았다.

"어디 사람이 하는 일이 기계랑 같아? 당신처럼 기사들이랑 신호를 주고받을 수가 있느냔 말이지. 당신도 그렇게만 있지 말고 똑 부러지게 따지고 들어야 할 거 아니야. 맨날 이렇게 당할 수만은 없잖아. 한낱 기계만도 못한 취급을 당하고 싶은 거냐고."

병철은 쿵 소리가 나게 현관문을 닫고 집을 나섰다. 석희에게 괜히 말을 한 것 같기도 했다. 하지만 현장이 가까워질수록 병철은 석희의 말이 자꾸 떠올랐다.

현장 입구에는 윙카호스를 감은 고깔 모양의 빨간 라바콘이 즐비했다. 그 끝에는 안전유도로봇이라고 부르는 마네킹이 우뚝 솟아 있었다. 도로는 한산했지만 로봇은 끊임없이 반짝이며 신호봉을 든 팔을 흔들었다. 멀리서 달려오던 차들도 현장 근처에 오면 속도를 늦추었다가 지나곤 했다. 병철은 자신이 하던 신호수 역할을 유감없이 잘 해내고 있는 마네킹의 팔을 비틀어 버릴까 생각도 했지만 그렇게 하지는 않았다.

병철은 천천히 마네킹 쪽으로 걸어갔다. 마네킹 뒤쪽 벽에 세워진 무재해 기록판에는 326이란 숫자가 비뚤게 붙어 있었다.

"항상 깨끗이, 안전모 착용, 나의 안전은 가정의 행복, 추락 위험, 찾아내자 잠재위험, 후진조심, 이래서야?, 손 압착주의, 안전통로."

병철은 현장 벽에 즐비하게 붙어 있는 안전계몽표지를 하나씩 읽으면서 걸었다. 컨테이너 앞에 도착한 병철은 다른 현장에라도 소개를 부탁해 봐야겠다고 마음을 먹었다. 그렇게 하는 게 제일 현명한 일이었다.

하지만 컨테이너 문은 잠겨 있었다.

손 때문에 당분간 아무 일도 구할 수 없겠다고 생각했지만 석희는 장애인들의 재활을 돕는 사회적 기업 그린라이프에 번듯이 취직했다. 아직 장애 등급 판정을 받기도 전이었지만 인사 담당자와 인터뷰를 한 다음 날부터 석희는 공장으로 출근할 수 있었다. 지난번보다 훨씬 적은 돈을 받았지만 하루에 세 시간만 컨베이어 벨트를 타고 넘어온 용기의 뚜껑을 확인하면 되었다. 인터뷰를 진행했던 인사 담당자는 회사의 노무사와 상의해 청국장 회사에서 진행했던 공상합의를 파기하고 산재처리를 할 수 있도록 도와주겠다고 알려 왔다. 인사 담당자의 말이 실현되지 않을지라도, 그런 말을 들은 것만으로도 석희는 억울함이 풀리는 듯했다.

"아무튼 사람은 일을 해야 해. 당신도 그렇게 생각하지?"

출근 첫날 일을 마치고 들어온 석희가 소파 아래 누워 있던 병철에게 한 말이었다.

아영도 새로운 아르바이트를 구했다. 큰길 건너편에 있는 방배동 스타벅스에서 일하기로 했다면서 아영은 대기업 정직원이 된 듯 흥분했다.

"진상 왔다고 저번처럼 또, 또 싸워 봐. 아주, 이번엔 절대 합의 안 해 줄 거야."

석희는 이를 악 물어 가며 으름장을 놓았다.

"절대, 그럴 일 없어."

아영이 고개를 저었다.

"진상은 어디에나 꼭 있어. 피하는 게 상책이야."

"오 마이 갓. 엄마야, 그게."

작업반장이 석희에게 전화를 걸어온 건 일주일이 지난 후였다. 그는 병철을 찾았지만 병철은 새벽 인력시장에서 선택되기를 기다리며 불을 쬐고 있던 차였다. 여러 명의 십장들이 왔다 갔지만 선택되어 자리를 뜬 사람보다 여전히 남아 불을 쬐고 있는 사람이 많았다. 오늘은 틀렸다 생각하고 집으로 들어왔을 때 석희는 얼른 현장으로 가 보라고 채근했고 병철은 한달음에 현장으로 달려갔다.

마네킹은 보이지 않았다.

"자재트럭이 나가다 라바콘과 마네킹을 미처 못 보고 쳤다니까. 내가 미쳐. 글쎄 그걸 못 보냐고. 아침나절에는 트럭 두 대가 서로 엉켜서 나가지도 못하고 아주 말썽이었단 말이지."

말을 전하며 작업반장은 쓴 것을 삼킨 듯 입을 달싹거렸다. 자재트럭이 오고 가는 것은 오전과 오후 두 번이니 그 사이에는 컨베이어 벨트로 자재를 올리기만 하면 된다며 작업반장은 스티커가 붙은 종이를 돌려줬다.

병철은 컨테이너 앞에 붙은 거울에 자신을 비춰 봤다. 안전모에 안전화, 신호수라는 글자가 붙은 조끼, 신호봉과 손전등이 걸려 있는 허리띠까지. 완벽한 착장이었다. 병철은 몸을 비틀고 자신의 등에 박힌 글자를 봤다. 수호신. 그렇게 적혀 있었다.

일은 전혀 고되지 않았다. 전보다 손이 더 시렸지만 병철은 괜찮았다. 점심을 먹고 나서 쉴 때도 병철은 자재를 지하로 내리는 컨베이어 벨트 위에 비스듬히 누워 쉬었다. 뻥 뚫린 하늘이 시릴 정도로 파랬다. 머리가 쨍할 정도로 추운데도 새들이 하늘을 날았다. 하늘을 휘젓는 것처럼 방향을 잃은 것 같았지만 곧 어딘가를 향해 사라져 갔다.

냉기가 뼛속까지 들어차는 듯했지만 병철은 잠에 빠져들었다. 이깟 냉기쯤이야 병철에게는 아무 문제가 되지 않았다. 병철은 작업반장이 또다시 마네킹 같은 걸 사 오기라도 한다면 그때는 자신도 석회처럼 컨베이어 벨트에 아주 누워 버리겠다고 각오를 다졌다.

대문 없는 집

어릴 적 내가 살던 집은 대문이 없었다. 그래서 사람들은 나를 대문 없는 집 딸이라고 불렀다. 아버지도 없었지만 아비 없는 딸이라고는 부르지 않았다. 살아오면서, 나는 자주 그 집을 떠올리곤 했다. 화장실과 안방과 부엌 그리고 작은방이 일렬로 되어 있던 그 집을. 그 일자 모양의 집을 떠올릴 때면 마음이 한없이 부풀어 올랐다. 그러면서 강아지풀로 간질이듯 코끝이 간질간질해졌다.

대문 없는 집은 마당 아래로 아랫집 지붕이 내려다보이는 전형적인 축대 집이었다. 평상에 머리를 괴고 누우면 앞으로 늘어선 집들의 다채로운 뒷모양을 보는 재미가 있었다. 쌓아 놓은 짐들의 가짓수만큼 저마다의 모습도, 사는 사람들의 성격도 다 제각각이었다.

엄마는 동네에서 알아주는 드루이드였다. 사람들은 식물 키우는 재주가 좋다며 엄마를 꽃집 아가씨라고 불렀다. 그런 소리를 들을 때마다 엄마는 손으로 입을 가린 채 수줍게 웃었다. 마당가에는 오이, 가지, 호박, 토마토, 채송화, 백일홍, 나팔꽃, 수세미 등이 자랐는데 식물의 이파리들이 바람을 타고 서로 몸을 부대끼는 소리를 들으며 나는 스르르 잠에 빠져들곤 했다. 엄마가 엮어 놓은 줄을 타고 지붕까지 올라간 줄기에는 동그란 호박이 하루가 다르게 풍선처럼 부풀어 올랐다. 여름마다 처마에 제비가 들었고, 새끼를 치고 가을까지 잘 지내다 떠났다. 아빠만 존재하지 않을 뿐 대문 없는 집 안에는 모든 생명이 쑥쑥하게 살아 숨 쉬었다.

나는 여느 여자애들처럼 머리를 기르거나 치마를 입지 않았다. 여자애들이라면 가지고 있을 법한 분홍 원피스 비슷한 것도 없었다. 엄마는 언제나 나를 남자애처럼 옷 입히기를 즐겼는데 나도 그게 싫지 않았다. 나는 고무줄놀이나 공기놀이도 하지 않았는데 고무줄놀이를 할 때마다 발을 떼기도 전에 고무줄에 걸리고 말았기 때문이었다. 공기놀이를 할 때도 별반 다르지 않았다. 손가락에 힘을 주면 줄수록 그 사이로 공깃돌이 빠져나갔다. 여자아이들은 유연하지 못한 나를 '뻔할 뻔짜'라고 불렀다.

나는 여자아이들과 점점 따로 놀게 되었다. 그러면서 동네 짝꿍 영란이와 사내아이들을 따라 산을 타고 노는 시간이 늘어 갔다. 집 뒤로는 야트막한 산이 있었는데 봄이 되면 동네 할머니들은 산으로 나물을 캐러 다녔다. 나도 작은 문구용 칼과 비닐봉지 하나를 들고서 할머니들을 따라 쑥과 냉이를 캐러 다녔다. 하지만 그때 나는 먹을 수 있는 쑥과 그렇지 않은 풀을 구분하지 못했다. 내 봉지에는 나물들과 잡풀들이 늘 섞여 있었다. 엄마는 내가 캐온 것들을 가끔 들춰 보기도 했지만 대부분 봉지를 통째로 뒤집어 마당 흙과 섞어 버렸다.

고등학교를 졸업하고 나는 곧바로 엄마에게서 독립했다. 간간이 연락을 하긴 했지만 엄마가 결혼한 이후로는 만나지 않고 지냈는데 그런 지도 거의 30년이 다 되었다.

나는 얼마 전 엄마와 함께 살던 시장 근처 인정빌라로 이사를 왔다. 창문을 열면 어릴 적 내가 다니던 초등학교가 내려다보인다. 내가 다 자란 탓인지 이제는 더 이상 한없이 넓게만 보였던 운동장이 아니다.

나는 고등학교 때부터 여러 아르바이트를 경험했다. 인문계 고등학교에 다녔지만 수능은 보지 않았다. 11월 22일, 수능 당일 나는 명동에 있는 일본식 프랜차이즈 커피숍 도토루에서 시급 1200원을 받기로 하고 파트타임 아르바이트를 시작했다. 세상이 온통 수능을 보는 고3만 응원하던 시기라 괜히 소외당하는 기분이 들기도 했지만 일터에서 만난 준사원 언니들의 응원을 받으며 무럭무럭 자영업자의 꿈을 키워 나갔다. 1년 만에 매니저가 된 나는 3년 차부터는 두 개의 점포를 관리하며 악착같이 돈을 모았고 서른한 살이 되었을 때 드디어 꿈꿔 왔던 사장 칭호를 얻을 수 있었다. 테이크아웃 붐이 일어나던 시절이었고 신사동 강남시장 인근 큰길가에 있는 1층 가게라 장사는 꽤 잘 되었다. 건물주가 해외에 나간 사이 그의 남편과 계약을 한 것이 문제가 되어 가게를 그대로 빼앗기고 쫓겨나기 전까지, 그 몇 년 간은 내 인생에서 가장 부유했던 시절이었다.

미국에서 딸의 출산과 육아를 도와주다 귀국한 실제 건물주는 자신이 없던 시간 동안 남편이 재산을 처분한 것에 분노해 이혼소송을 제기했고, 그가 진행한 계약들을 모두 무효화시켰다. 두 사람을 찾아가서 울며 사정을 해 보아도, 계약을 성사시켰던 부동산 중개인을 찾아가도 방법이 없었다. 건물주는 내게 비싼 과외비를 지불했다 생각하라고 말했다. 10년이 넘게 번 전 재산과 대출금을 더한 돈으로 과외를 받은 셈 치라는 말이 과연 보통 사람들끼리 주고받을 수 있는 말인지, 낮고 우아한 톤으로 말하는 걸 듣고 있자니 과외를 한 번도 받아 본 적 없던 나는 피가 거꾸로 솟았다. 그럼에도 눈을 내리깔고 얼굴 한 번 마주 보지 않는 건물주를 향해 제대로 항변하지 못했다. 건물주는 마지막으로 돈을 정 받고 싶으면 계약 당사자인 남편에게 가서 받으라면서 다음 달 1일 전까지 입점 전 모습 그대로 원상복귀를 해 놓으라고 명령했다. 그건 정말 명령이었다. 내가 어떻게 하고 말고를 결정할 수 없는.

건물주 부부에게 내 전 재산은 있으나 마나 한 돈이었겠지만, 두 사람은 내 전부를 빼앗아 곤경에 빠뜨리는 일로 서로 얼마나 이 사안을 냉담하고 잔인하게 바라보고 있는지를 겨루었다. 돈이 문제가 아니라는 건물주 말이 나는 도무지 이해가 되지 않았지만 나는 나대로 살 길을 찾아야 했다.

그런데 아무리 발버둥을 쳐도 뭐가 모이지를 않았다. 더 이상 연 14퍼센트의 이자를 주는 조흥은행 적금 같은 건 만날 수 없었다. 티끌은 모아도 티끌이었다.

나는 최근까지도 식당 세 곳을 돌며 주방 찬모 일을 했다. 부스러기를 끌어 모아 조금 더 큰 부스러기라도 만들어 다시 창업할 생각을 하고 있기 때문이었다. 이런 결심으로 살아온 시간이 벌써 20년이 넘어간다니 절망스럽기도 한데, 그래도 그사이 빚을 다 갚아 마음이 얼마나 개운한지 모른다.

이른 봄비가 내리고 있다. 젖어 가는 운동장을 가로질러 우산들이 움직인다. 빨간 우산에 빨간 장화를 신고 운동장을 건너던 때가 떠오른다. 엄마는 왜 그렇게 빨간색을 좋아했을까 자주 궁금했는데, 멀리서 아이들을 보니 빨간 우산부터 눈에 들어온다. 엄마 눈에도 내가 번뜩 뜨였을까.

나는 지금, 그 뻥 뚫린 사방을 기억하고 있다. 그 뻥 뚫린 자유를. 늘 배가 고프고 늘 뭔가에 분주하고 시계만 뚫어져라 보면서 시간을 보내야 했던 그 어린 시절을. 나는 빠르게 그림책을 넘기듯 어린 시절의 장면들을 되짚고 있다.

엄마가 내민 것은 옥수수 바였다. 옥수수 모양의 얇은 껍질을 벗겨 내면 아이스크림이 가득 들어 있었다.

"다시는 산에 가서 놀지 마라. 학교 갔다 오면 집에 있어."

혀에 녹는 아이스크림 맛에 귀가 멀어 버린 것 같았다. 나는 그냥 응, 응, 하고 대답했다.

"그냥 다른 애들처럼 요 앞 공터에서 고무줄하고 놀면 되잖아. 응? 송진 때문에 옷이 이게 뭐니, 계집애가."

엄마는 바지 자락에 노랗게 남은 송진 자국을 찌르며

말했다.

"산에는 미친 사람이 많아. 저기 공부하다 미친 경석이 있지. 미친놈들을 괜히 미쳤다고 하는 게 아냐. 가만있다가 확, 하고 나쁜 일을 해 버린단 말이야. 윗집 공씨 아저씨 딸 있잖아. 은진이라고."

엄마는 내 얼굴 가까이 바짝 다가와 은근한 목소리로 말했다.

"은진 언니가 왜?"

나는 아이스크림을 먹다 말고 엄마를 쳐다봤다. 순간, 엄마는 무언가를 들킨 듯 놀란 얼굴이 되어서는 말을 끝내지도 않고 부엌으로 들어가 버렸다.

어른들 말처럼 미친 사람들이 다 나쁜 것 같지는 않았다. 동네 사람들은 경석 오빠를 미친놈이라고 불렀지만 우리에게는 높이 달린 매실도 따 주고 곤충의 이름도 알려 주는 꽤 친절한 사람이었다.

엄마의 애원에도 불구하고 나의 놀이 방식은 바뀌지 않았다. 학교에 다녀오면 나는 곧장 골목 끝에 있는 파란 대문 집으로 달려가 영란이를 불렀다. 그러면 영란이는 기다렸다는 듯이 재깍 나왔다. 짧은 상고머리에 허름한

멜빵 청바지를 즐겨 입던 나와 다르게 영란이는 언제나 치마에 구두를 신었다. 폴짝 뛰어 나올 때에는 항아리치마가 둥글게 부풀었고 디스코로 땋은 머리가 흔들렸다.

나는 영란이를 데리고 곧장 버드나무가 있는 공터로 가서 오빠들을 만났다. 우리는 앞장선 오빠들을 따라 산으로 올랐다. 산에 올라가 제일 먼저 하는 일은 아지트를 정리하는 일이었다. 정리가 대강 끝나면 곤충을 잡기도 하고 원반도 던지면서 각자 놀았다. 나와 영란이는 볕이 잘 드는 자리에 누워서 하늘을 봤다. 눈이 시려서 자꾸 감겼다. 그러다 깜빡깜빡 잠에 빠지기도 했다. 깨는 듯 자는 듯 누워 있는데 옆에 누운 영란이가 툭툭 치며 물었다.

"경미 너 천 원이 생기면 뭐 할 거야?"

그건 물어보나 마나 한 질문이었다.

"옥수수 바 열 개 사먹을 거야. 나는 세상에서 옥수수 바가 제일 좋아. 옥수수 바가 제일 맛있어."

옥수수 바, 생각만 해도 침이 넘어갔다. 해를 가리고 은근히 떠가는 구름 모양이 꼭 옥수수 바 같았다. 옆에 있던 영란이가 소리 나게 침을 삼켰다. 나도 소리 나게 침을 삼켰다.

"일어나 봐."

영란이가 내 팔을 잡아당겼다. 손에 천 원짜리 지폐가 들려 있었다.

"이거 어디서 났어? 니네 엄마가 준 거야?"

내가 눈을 치켜뜨고 물어보자 영란이는 고개를 바닥으로 떨어뜨리고 대답했다.

"아니, 아빠가."

영란이의 목소리에는 힘이 없었다.

"아빠가? 새 아빠?"

나도 모르게 자꾸 영란이를 다그치게 되었다.

"응, 나 이 돈, 그냥 오늘 다 써 버릴래. 그냥 다 써 버릴래."

영란이는 지폐를 꼭 쥐며 말했다. 영란이가 들고 있는 천 원짜리 지폐는 동네 아이들이 명절 때나 들고 다닐 수 있는 금액이었다. 영란이와 나는 동시에 고개를 끄덕였다.

우리는 그 길로 산을 내려왔다. 오빠들은 던진 원반을 풀숲에서 찾느라 정신이 없었다. 앞서 뛰는 영란이의 머리채가 양쪽으로 유난히 흔들거렸다. 손을 뻗어 확 채고 싶은 충동이 일 정도로 탐스러웠다.

우리는 사람들이 담뱃가게라고 부르는 동네 유일한 슈퍼를 향해 뛰었다. 문득 뿌연 연기가 골목에서 피어오르는 게 보였다. 뿌르르르 소리가 따발총처럼 연이어 터져 나왔고 연기를 내뿜는 소독차가 우리 앞을 지나쳐 갔다. 소독차가 지나간 자리에서 나는 숨을 참으며 다시 원래대로 주변이 맑아지기를 기다렸다. 영란이는 입을 손으로 막고서 내 옆에 서 있었다. 느리게 퍼지는 연기에 골목은 온통 하늘 속 같았다. 신령님이라도 내려오셨나. 이것이 네 도끼냐. 아닙니다. 영란이와 나는 부윰한 가운데 나무꾼과 신령처럼 말을 주고받았다. 와아, 하는 아이들의 함성이 들렸다. 어디서 나타났는지 아랫동네 아이들이 손에 쥔 수건을 돌리며 우리 앞을 지나갔다. 소독차를 쫓아가는 아이들을 나는 멍하니 지켜보았다. 아이들의 모습은 소독약 연기에 가려져 보였다 말았다 했다. 색색의 수건을 흔들며 뛰는 아이들은 소리 지르기를 쉬지 않았다. 그러다 금세 아이들의 소리도, 소독 연기도 점점 멀어졌다.

"이렇게 소독하면 머릿속에 이도 없어진대."

영란이가 머리를 상하좌우로 흔들어 보였다. 그 말을 듣고 보니 숨을 참고만 있을 게 아니란 생각이 들었다. 나도 머리를 최대한 크게 흔들어 소독 연기가 머릿속에 스며들도록 했다. 영란이도 나도 한참을 그렇게 머리를 흔들었다.

주변은 차츰 맑아졌지만 우리는 너무 흔들어 댄 머리를 진정시키기 위해서 쪼그리고 앉아 있을 수밖에 없었다. 앞니 사이로 침이 흘러내렸다. 한동안 그렇게 고개를 떨어뜨리고 있는데 영란이가 벌떡 일어났다. 영란이는 가게에 들어가서 옥수수 바 네 개를 사 가지고 나왔다. 우리는 가게 앞 평상에 앉아 옥수수 바의 비닐을 벗겨 내고 말없이 먹었다. 빵으로 된 옥수수 껍데기를 떼어 내자 속 가득히 채워져 있는 아이스크림에서 냉기가 일었다. 산을 뛰어 내려오다 더워진 몸의 열기가 가시는 것 같았다. 혀끝이 차가웠다. 팔에 닭살이 쫙 돋아났다. 두 개를 우적우적 먹어 치웠다. 그러자 배가 부르다고 하면서도 영란이는 두 개를 더 사왔다. 억지로 세 개까지 먹고 나니 배 속까지 차가워지는 것 같았다. 혀끝이 마비된 것처럼 얼얼했다. 영란이도 더 이상은 못 먹을 듯했다. 고작

세 개 먹고 말 줄이야. 뻔히 눈앞에 보이는 것을 먹지 못한 아쉬움에 발이 떨어지지 않았다. 영란이는 남은 돈 중 200원을 내게 내밀었다. 받을 이유는 없었지만 왠지 그래야 할 것 같아 나는 동전을 받았다.

그날 나는 밤늦도록 설사를 했다. 먹지 못한 옥수수바에 대한 아쉬움도 가시지 않았고 탈이 난 배도 쉽게 가라앉지 않았다. 덜걱거리는 나무판 위에 두 다리를 얹고 앉아 생각했다. 다섯 개를 다 먹었더라면⋯⋯. 생각하기도 싫은 일이었다. 화장실에서 나와 평상에 누웠다. 방까지 갈 기운이 없었다. 하늘에 총총히 박혀 있는 별들을 보고 있으니까 잠이 몰려왔다. 산에서 아카시아 향이 불어왔다. 아카시아 꽃을 따서 드르륵 소리가 나도록 먹는 상상을 하며 나는 잠이 들었다.

잠든 자리는 분명 평상이었는데 다음 날 아침에는 방에서 잠을 깼다. 야근을 마치고 돌아온 엄마가 나를 들어 방에다 눕혀 놨을 것이다.

"오늘도 산에 가라. 응?"

가지 말라는 말이라는 것을 알았지만 나는 '엄마가 가라고 했잖아.' 하고 나중에 할 변명을 미리 생각해 두었다. 그렇게 생각하고 나니까 괜히 웃음이 났다.

"얘가 밥상에 앉아서 왜 자꾸 웃어."

엄마는 퉁바리를 주며 내 볼을 쓰다듬었다. 엄마는 내가 산에 가는 것을 마땅찮게 여겼지만 내가 어떤 것을 하며 시간을 보내야 하는지에 대해서는 명확한 해답이 없었다. 엄마에게는 나를 통제할 시간적 여유도 없었다. 엄마도 다른 아줌마들처럼 동네 입구에 있는 브래지어 공장에 다녔기 때문이다. 엄마들이 그곳에서 늦게까지 일하는 덕에 동네 아이들은 늘 자유가 넘쳤다.

학교에서 돌아올 때면 나는 매일 마당 앞에 서서 '열려라, 참깨'라고 외쳤다. 눈을 감고 그렇게 큰 소리로 외치고 나면 강철같이 단단한, 큰 산처럼 거대한 문이 스르르 열릴 것 같았다. 문이 열릴 시간을 준 뒤 나는 다시 눈을 떴다. 그러면 언제나 대문은 열려 있었다.

아무렇게나 가방을 던져 놓고 영란와 함께 아지트로 향했다. 아지트로 가면서 우리는 국민교육헌장을 외웠다. 영란이는 나보다 훨씬 잘 외웠다. 국민교육헌장을 담임선생님 앞에서 외우면 선생님이 많이 예뻐해 주신다고 영란이는 믿고 있었다. 실제로 언니, 오빠들은 새 학년이 될 때마다 해야 할 것 중 가장 중요한 것으로 국민교육헌장 암송을 꼽았다.

"우리는 민족중흥의 역사적 사명을 띠고 이 땅에 태어났다······. 그런데, 국민이 뭐야?"

잘 외던 영란이가 내게 물었다.

"뭐긴 뭐야. 국민학교 다니니까 국민이지."

난 확신에 찬 대답을 했다. 말하고 보니, 내가 한 말이 정답일 거란 확신이 들었다. 난 첫 문장밖에 외지 못했다. 무슨 말인지 도통 알아먹을 수가 없는 그 단어들을 도저히 목에 넘기지 못한 건, 내 오기였는지도 모른다.

누군가 우리에게 말을 걸어왔다. 경석 오빠였다. 오빠는 수풀을 헤치며 우리에게 다가왔다. 나는 엄마가 경석오빠에 대해서 말하기 전까지만 해도 분명 경석오빠를 좋게 생각했었다. 그런데도 엄마가 했던 말이 자꾸 떠올라 이상하게 오빠가 맘에 들지 않았다. 그날따라 더 그랬다. 빨리 경석오빠를 벗어나고 싶었다.

"내가 재미있는 거 가르쳐 줄까?"

오빠의 눈이, 볼록한 안경 때문에 커다랗게 확대된 눈이 반짝였다. 궁금한 나머지 나는 방금 전까지 생각했던 것도 그만 잊은 채 바짝 오빠 앞으로 다가섰다. 나와 영란이는 눈을 깜빡거리며 오빠를 쳐다봤다.

"자, 잘 봐."

오빠는 우리 허리까지 웃자란 귀신머리 풀을 양 갈래로 나누어 잡더니 끈을 묶는 것처럼 묶었다.

"이게 뭐냐 하면, 왕골 덫이라는 거야."

"어, 그거 귀신머리 풀인데."

그렇게 말하고 나는 고개를 갸우뚱했다.

"응, 그건 그냥 별명처럼 부르는 이름이고, 진짜 이름은 왕골이야. 왕, 골."

오빠는 입을 달싹거리며 발음에 신경 써서 대답했다.

"이 덫에 걸리면 누구라도 꽈당! 알지? 꽈당, 어른이든 아이든, 누구든 꽈당!"

오빠는 꽈당이라는 말을 하면서 진짜 꽈당 엎어지는 것처럼 몸을 앞으로 수그렸다. 길고 구부정한 몸이 앞으로 엎어지는 모양은 정말 우스꽝스러웠다. 우리는 세 걸음에 하나씩 귀신머리 풀을 묶었다. 덫을 만들면서 허리를 구부렸더니 허리가 쑤셔 왔다. 나는 몸을 일으켜 세우고 월요일 아침마다 하는 국민체조의 등배지기 자세로 허리를 젖히고 토닥거렸다.

"오빠가 어디 갔지?"

영란이가 허리를 좌우로 돌리며 오빠를 찾았다. 정말 경석오빠는 보이지 않았다. 우리는 그 자리에 서서 오빠를 불렀다. 몇 번을 불렀을까. 마르고 긴 경석오빠의 몸이 풀 사이에서 느리게 올라왔다. 오빠는 우리가 묶어 놓은 덫에 걸려 엎어졌다 몸을 일으키고 있는 중이었다. 머쓱했는지 머리를 천천히 긁적이면서 우리를 향해 빙긋 웃어 보였다.

아지트까지 가면서 오빠는 자꾸 덫에 걸렸다. 그럴 때마다, 오빠는 몸을 털고 일어나면서 소리 내어 웃었다. 나와 영란이도 그런 오빠를 보면서 배를 잡고 몸이 뒤집어지게 웃었다.

"너희가 묶은 게 잘 안 보여서 그래. 내가 키가 크잖니."

오빠는 몸을 일으키면서 변명을 했지만 그 말이 끝나기가 무섭게 또 앞으로 엎어졌다. 나는 그런 오빠를 보면서 묘한 성취감을 느꼈다.

"정말, 귀신머리 풀이 맞지?"

영란이가 키득댔다.

경석오빠는 할 일이 없었는지 계속 우리를 따라 다녔다. 아지트에는 그간 우리가 집에서 가져다 놓은 여러 가지 장난감이 있었지만 우리는 경석오빠의 제안대로 방아깨비, 여치, 메뚜기를 잡아서 뒷다리를 실로 묶어 경주를 했다. 영란이가 잡은 방아깨비가 다리를 떼고 달아나는 바람에 경석오빠는 자신의 메뚜기를 영란에게 줘야만 했다. 그러면서 영란이를 자기 무릎에 앉히고 꽉 끌어당겼다. 영란이는 싫다고 두 발을 버둥거렸지만 오빠는 흐흐, 웃기만 했다. 곧, 오빠는 장난이야 장난, 하며 영란이를 놓아주고 다시 송장메뚜기를 잡아 다리를 묶었다. 정말, 송장메뚜기에는 당할 것이 없었다. 시커멓게 생긴 것부터 마음에 들지 않아 나는 잘 만지지도 않았다.

"이 송장메뚜기는, 저 산, 보이지? 저기. 저 산을 넘으면 국립묘지가 있는데 거기 시체들을 먹고사는 메뚜기야. 그래서 송장메뚜기라고."

경석오빠는 손을 뻗어 앞산을 가리키고 눈에 힘을 줘가며 말했다. 오빠가 낀 볼록렌즈 안경 때문에 오빠의 눈이 끈끈이주걱처럼 기괴하게 보였다. 생긴 것도 마음에 들지 않았는데 그런 이야기까지 들으니 기분이 나빠졌다. 더군다나 내가 선택한 여치가 그 송장메뚜기에게 졌으니 말이다.

경주에서 진 것들은 모두 햇볕 아래서 죽음을 맞이해야 했다. 경석오빠는 작은 구덩이를 파고 그 안에 진 것들을 모아 다리를 떼어냈다. 다리를 잃은 곤충들은 몸을 폴짝거렸지만 도망가지는 못했다. 경석오빠는 자신의 볼록 렌즈 안경을 벗어 햇빛을 모았다. 곧 까만 점이 생기고 작은 연기가 피어올랐다. 연기를 보고 경석오빠는 실실 웃음을 흘리기 시작했다. 곤충을 태우는 것에 열중하는 경석오빠는 엄마 말대로 정말 미친놈 같아 보였다. 오빠는 구덩이를 흙으로 덮고 영란이를 다시 무릎에 앉혔다. 영란이는 인상을 쓰며 오빠의 팔을 벗어나려고 애를 썼다. 오빠의 동작을 멈추게 한 건 나였다. 나는 오빠의 안경을 뺏어 수풀 속으로 던져 버렸다. 손 안에 흙을 쥐고 오빠를 향해 뿌렸지만 흙은 엉뚱한 곳으로 흩날렸다. 급한 대로 영란이의 손을 잡아 끌어 뛰기 시작했다. 얼마 지나지 않아 쿵 소리가 들렸다. 우리가 묶은 귀신머리 풀이 경석오빠를 잡아 두고 있을 거란 믿음이 생겼다.

등이 점점 뜨거워졌다.

산에서 내려온 우리는 동네 공터 보안등 아래서 아이들과 어울려 다방구를 했다. 영란이는 산에서의 일 때문인지 좀처럼 웃지 않았다. 놀이를 하면서도 여전히 뾰로통하기만 했다. 가게 앞 평상에 앉아 옥수수 바를 먹는 미숙이에게도 괜스레 신경질을 부렸다. 거지나 길에서 먹는 거랬어, 우리 엄마가. 미숙이는 영란이의 말은 아랑곳하지 않고 옥수수 바를 얄밉게 먹었다. 나는 뛰어 다니면서 계속 영란이에게 말을 걸었다. 그 바람에 홍래오빠에게 잡혀 술래가 되고 말았다. 내가 술래가 되자 오빠들은 물건 찾기 놀이를 하자고 했다. 술래의 물건을 숨기는 놀이로 다방구를 변형시킨 것이었다. 대부분 술래가 되면 신발을 벗었다. 몸에 걸친 것 외에는 지닌 물건이 없었으니 말이다. 나도 운동화를 벗어 오빠들에게 주었다. 전봇대를 향해 얼굴을 돌리고 큰 소리로 열까지 세었다. 하나를 세기도 전에 등 뒤로 이리저리 뛰어 다니는 오빠들의 발짝 소리가 들렸다. 열을 세고 뒤를 돌자 벌써 신을 숨겼는지 다들 내 앞에 서 있었다.

나는 한참 동안 운동화를 찾지 못했다. 엄마가 부를 때까지도 신을 찾지 못하자 오빠들은 하는 수 없다며 보안등 옆집인 홍래오빠네 화장실로 나를 안내했다. 우리는 모두 냄새를 참으며 화장실 앞에 서 있었다. 똥을 치운 지 오래되었는지 똥통이 가득 차 있었다. 윙하고 똥파리가 날아다녔다. 신은 아슬아슬하게 천장 모서리에 비죽 튀어나온 못에 걸쳐 있었다. 홍래오빠가 신을 잡으려고 나무를 향해 손을 뻗는 순간 운동화는 아래로 떨어졌다. 나도 모르게 눈을 감고 말았다. 철퍼덕 소리가 나기도 전에 주변 친구들은 와아 하고 소리를 냈다. 눈을 떠보니 나만이 그 자리에 붙박이처럼 서 있었다.

결국 운동화를 건져 내지 못하고 집으로 돌아왔다. 엄마는 평상에 앉아 아랫집 굴뚝에서 피어오르는 연기를 보고 있었다. 엄마가 먼저 발을 보게 될까 봐 걱정이 되었다. 다행히 엄마는 골목을 올라오는 나를 보고 부엌으로 들어갔다. 마음이 급해졌다. 먼저 새까매진 양말을 벗고 수돗물을 틀어 발을 씻고 평상에 앉았다. 그사이 엄마는 부엌에서 밥상을 들고 나왔다. 엄마는 대번에 내 발이 평소와는 다른 것을 알아챘다. 이야기가 어떻게 됐는지도 묻지 않고 엄마는 손부터 들어올렸다. 당장 내일 학교에 뭘 신고 갈 것이냐며 엄마는 쉬지 않고 엉덩이며 허벅지를 내리쳤다. 얼마나 소리를 내고 울었을까. 엄마는 대야에 물을 받아 엉덩이와 허벅지를 찬물로 살짝 적셔 주었다. 화끈하면서 얼얼했다.

 엄마는 저녁 밥상을 물리고 대야를 씻어서 부엌으로 가져갔다. 1학년 때까지만 해도 엄마는 마당 수돗가에서 나를 씻겼었다. 가끔 골목을 지나던 같은 반 남자애들이 벌거벗은 나를 보기도 했다. 처음에 엄마는 괜찮다고 했지만 내가 울음을 멈추지 않자 그다음부터는 부엌에서 몸을 씻기기 시작했다.

 엄마는 나를 먼저 씻겼다. 맞았던 부분이 화끈거려 몸을 움츠리자 엄마는 나를 가만히 안아 주었다. 그리고 두 손으로 엉덩이와 허벅지를 꼭 잡아 주었다. 엄마한테 맞았던 부분보다 엄마의 손이 더 뜨겁게 느껴졌다. 나를 다 씻기고 나자 엄마는 큰 대야에 뜨거운 물을 넣고 일요일에 평상 가득 널어 말린 아카시아 꽃잎을 넣었다. 그리고 찬물을 넣어 미지근한 물을 만들었다. 나는 물장난을 하면서 엄마에게서 나는 살냄새와 꽃향기를 맡았다. 목욕을 마친 엄마에게 은은한 아카시아 꽃향기가 났다. 머리카락에서도 꽃향기가 났다.

그 며칠 동안 나는 사람 몸만 한 벌이 침을 바짝 뽑은 채로 엄마를 공격하는 꿈을 계속 꾸었다. 엄마가 벌에 쏘여 죽을지도 모른다는 생각에 꿈속에서도 몸서리를 쳤다. 그 광경을 내가 내려다보고 있는 것 같아서 더 무서웠다. 어떻게라도 벗어나고 싶었지만 항상 몸이 바짝 긴장되어 꼼짝도 할 수 없었다. 꿈속이었지만 몸 밖으로 소리가 터져 나오지 않아 갑갑했다. 그래서 더 힘이 빠졌다. 그럴 때마다 엄마가 한참을 흔들어야 갇혀 있던 소리를 토해 낼 수 있었다. 엄마는 내 머리를 쓰다듬으며 말했다.

"다 크려고 그러는 거야."

나는 길을 가다가도 엄마의 목소리를 떠올려 깡충깡충 뛰어 키를 부풀리곤 했다. 빨리 높은 구두를 신고 화장을 하고 싶었다. 동네에서 제일 예쁜 데다 어떤 회사의 비서로 취직을 했다는 은진언니처럼 다 큰 여자가 되어 엉덩이를 흔들며 걷고 싶었다. 둥근 배에 아가를 담을 수 있는 여자가 되고 싶었다. 엄마 같은 어른이 되고 싶었다.

체육대회를 앞두고 언니 오빠들은 두 학년 전체가 하는 '찰스턴'을 연습해야 했기 때문에 아지트에서 통 볼 수가 없었다. 영란이와 내가 아지트에 도착했을 때 이미 아지트는 어른 둘의 놀이터가 되어 있었다. 몸을 숨겨야 할 사람은 바로 그 어른들이었는데도 우리가 뒷걸음질을 쳤다. 몸이 아주 간지럽다는 듯 숨차게 웃는 여자의 웃음소리가 계속 귓가를 맴돌았다. 영란이와 나는 아지트부터 동네까지 내려오는 길을 따라 귀신머리 풀을 묶었다. 어른 둘이 덫에 걸려 앞으로 꼬꾸라지는 상상을 하면서 나와 영란이는 키득거렸다. 그러다가 내가 묶은 것에 영란이 걸리기도 했다. 한참 풀을 묶고 있는데 뒤에서 샤샤샤 하는 소리가 났다.

"샤샤다!"

나도 모르게 소리쳤다. 어른들은 어떻게 부르는지 모르지만 우리는 그를 샤샤라고 불렀다. 그가 근처에 가까이 오면 샤샤샤, 소리가 났기 때문이었다. 그 소리가 그가 입으로 내는 것인지 그가 풀밭을 스칠 때 나는 것인지는 정확히 알지 못했다. 영란이와 나는 둘 다 멈춰 주위를 둘러봤다. 샤샤는 보이지 않았다. 샤샤를 직접 본 적이 있는 언니들이 말하길, 어린애들만 보면 샤샤는 바지 앞 춤을 열고 거시기를 내놓고 다닌다고 했다. 남자든, 여자든 상관없이 어린애들이기만 하면 말이다. 핫도그의 맨 안쪽에 있는 소시지 같은 것이 덜렁거렸다고 했다. 내가 좋아하는 옥수수 바 정도로 큰 것이라고도 했다. 말만으로는 도저히 샤샤의 모습이 그려지지 않았다.

또다시 샤샤샤 하는 소리가 났다. 훨씬 가까이서 나는 소리였다. 우리는 허겁지겁 뛰기 시작했다. 행여나 샤샤와 마주쳐 소시지를 닮은 것을 보게 될까 봐 겁이 났다. 뛰면서 잠깐씩 눈을 감기도 했다. 버드나무가 있는 공터가 바로 앞이었다. 움직이는 내내 등줄기에서 땀이 배어났다.

그날 밤, 나는 꿈에서 실제로는 한 번도 본 적 없는 샤샤를 보았다. 온몸에 털이 난, 텔레비전에 나오는 '바야바' 같은 남자였다. 소시지 같은 꼬리를 흔들며 덩실덩실 춤을 추고 있었다. 어느 순간 그 소시지 같은 것은 옥수수 바로 변했다. 영란이와 나는 소리를 지르며 내달렸다. 샤샤는 아무래도 좋은 듯 계속 훌라후프를 하는 것처럼, 훌라 춤을 추는 것처럼 몸을 흔들었다. 잠에서 깨어났을 때 누군가 나무로 된 덧문을 두드리는 듯한 소리가 들렸다. 엄마를 깨웠지만 엄마는 나를 힘주어 꼭 끌어안을 뿐이었다. 나는 엄마의 젖무덤에 손을 가져갔다. 마음이 조금 놓이는 것 같았다.

"덧문 열고 자면 안 돼?"

나는 작게 물었다. 하지만 엄마는 대답하지 않았다. 그날은 자면서도 숨통이 턱턱 막혀 오는 것 같아 자다 깨다를 반복하다 겨우 잠에 들었다. 또다시, 덧문을 두드리는 소리를 듣기도 했지만 그게 꿈이었는지 실제였는지 정확히 모르겠다.

엄마는 아랫집에 넝쿨에 활짝 핀 장미를 얻어다 아카시아와 꼭 같은 방법으로 목욕을 했다. 유리 그릇에 담긴 장미를 물에 넣고 몇 번이나 꼭 쥐어짜기를 반복한 후에 한참을 휘휘 젓다가 그 물로 몸을 헹구었다. 아카시아로 했을 때보다 향이 오래갔다.

엄마가 꽃물로 목욕을 하는 것을 보고 나는 산에 갈 때마다 꽃을 꺾어 왔다. 방아깨비를 잡아 경주를 시키는 일도, 아지트에서 구름이 흘러가는 것을 보는 일도 시들해졌지만 전보다 더 들떠서 산에 올랐고 꽃을 꺾었다. 개망초와 달맞이꽃을 엮어 화관을 만드는 법도 터득했다. 토끼풀 꽃줄기에 틈을 내어 눈에 들어오는 꽃들을 엮어 매일 새로운 반지와 팔찌, 목걸이를 만들었다.

"샤샤다!"

한참 잘 끊어지지 않는 개망초 줄기를 끊고 있는데 누군가 소리쳤다. 샤샤라는 소리를 듣고 나는 목이 꺾인 개망초를 그대로 두고 뛰기 시작했다. 주변 아지트에서 놀던 남자애들도 산이 무너져 내리기라도 할 것처럼 겁을 집어먹고서 나를 앞질러 뛰어 나갔다. 서로 엉기고 구르기도 했지만 모두 산을 빠져나가기 위해 필사적으로 뛰었다. 샤샤는 남자애들에게도 두려운 존재였다. 모두가 나와 영란이를 제치고 앞서 뛰어갔고 벌써 저만치 멀어지고 없었다. 나도 영란이를 제치고 뛰었다. 뒤에서 영란이의 울부짖는 소리가 들렸다. 머리꼬리가 긴 영란이가 샤샤에게 잡힌 모양이었다. 뒤를 돌아보니 영란이는 귀신머리 풀을 묶어 만든 덫에 걸려 울고 있었다. 스타킹을 신지 않은 다리가 풀에 쓸려 피가 나는지 무릎을 잡고 울기만 했다. 영란이의 뒤에서 검은 그림자가 성큼성큼 다가오고 있는 게 보였다. 나는 몸을 돌려 뛰었다. 영란이가 소리를 질렀지만 멍하게 멀어질 뿐이었다.

공터에는 아이들이 한데 모여 있었다. 오빠와 언니들은 영란이를 찾았지만 나는 말을 잇지 못했다. 언니들은 어른들께 알려야 한다고 슈퍼로 나를 데리고 갔다.

슈퍼 아저씨가 앞서 걸었고 우리는 그 뒤를 따르며 허공에 대고 영란이를 불렀다. 성큼성큼 앞만 보고 걷던 아저씨는 우리가 묶어 놓은 덫에 걸려 자꾸 엎어졌다. 영란이가 어떻게 되었는지도 모르는데 자꾸 웃음이 났다. 찔끔찔끔 눈물이 났다.

영란이는 혼자 있었다. 엎어졌던 자리가 아닌 다른 곳에서 절뚝거리며 걸어 나왔다. 아무도 샤샤에 대해서는 묻지 않았다. 공장에서 일하던 중 연락을 받고 뛰어온 영란이네 엄마는 우는 영란이를 사정없이 내려쳤다. 영란이의 디스코 머리가 금세 산발이 되었다. 아저씨가 영란 엄마를 뜯어 말렸다. 떨어진 아줌마의 손에는 머리

카락이 한 움큼이나 뜯겨져 있었다. 영란이는 아저씨 등에 업혀서 산을 내려왔다. 영란이의 짧게 끊기는 숨소리가 계속 이어졌다. 하도 눈물을 흘리고 운 탓에 꺼이꺼이 소리만 났다. 어른들의 한숨소리가 자꾸 들렸다.

한동안 버드나무 공터에 가도 오빠들을 볼 수가 없었다. 영란이도 만날 수 없었다. 동네에 그 많던 아이들은 동화책에서 튀어나온 피리 부는 사람을 따라 어디로 가 버린 것 같았다.

어느새 나는 영란이네 파란 대문 앞에 서 있었다. 영란이를 불러 보았지만 아무도 나오지 않았다. 엄마 말로는 아줌마도 공장에 나오지 않는다고 했다. 영란이네는 아무도 모르게 이사를 간 걸까. 방학 동안만 어디 갔다가 개학 때에 맞춰 오는 건 아닐까? 아니면 정말 어디로 가 버린 걸까? 알 수가 없었다.

나는 대문을 마주한 자리에 쪼그리고 앉았다. 아랫길에서 엿장수 아저씨가 딱딱 소리가 나게 가위질을 하며 리어카를 끌고 지나가고 있었다. 모두가 아저씨를 엿장수라고 불렀지만 아저씨는 엿을 팔지 않았다. 늘 구멍이 날 만큼 닳아빠진 솥단지와 뻥튀기를 바꿔 줄 뿐이었다. 금세 엿장수 아저씨의 가위 소리가 아득해졌다. 이미 리어카는 보이지도 않았다. 갑자기 풀독이 오른 다리가 가려웠다. 한참을 피가 맺히도록 다리를 긁고 있는데 끼익하고 대문이 열렸다. 처진 배가 눈앞에 보였다. 슬리퍼가 신겨진 발은 지저분했다. 하얀 색이어야 할 발톱은 새카만 송장메뚜기 색이었다. 고개를 들어보니 코가 빨갛고 눈이 노란 아저씨가 문 앞에 서 있었다. 영란이의 새아빠였다.

영란이는 새아빠를 지독히도 싫어했다. '맨날 뻥만 치고 이젠 아주 집에도 안 들어와. 엄마는 그 남자가 뭐가 좋은지 몰라. 나발꾼, 안 들어왔으면 좋겠어.' 하는 소리를 자주 들었다. 엄마도 영란이네 이야기를 하면서 혀를 찼다. 아저씨의 얼굴은 송장메뚜기처럼 길고 어둑어둑했다.

"네가 계속 영란이를 불렀던 게구나. 지금 없는데."

아저씨의 목소리는 낮게 울렸다. 나는 꾸뻑 인사를 하고 몸을 돌렸다. 왠지 아저씨와 마주하고 있다는 사실이 불안했다. 몸을 돌리려는 찰나 아저씨는 나를 단숨에 낚아채고는 장독대로 끌고 갔다. 아저씨가 마주 안았기 때문에 나는 장독대 뒤의 벽을 쳐다보는 꼴이 되었다. 장독대 뒤로 담쟁이넝쿨이 하늘을 향해 자라고 있었다. 그 넝쿨 중간중간에 나팔꽃이 피어 있었고 장독 아래에는 봉선화와 백일홍이 심겨져 있었다. 나도 모르게 꽃잎으로 손이 옮겨 갔다. 그러나 손이 꽃에 닿기도 전에 아저씨는 장독대 뒤에 몸을 낮추고 앉아 나를 아래로 끌어 내렸다. 나는 너무도 가볍게 아저씨의 무릎 위에 앉혀졌다. 학교에 들어가기 전까지 엄마는 내 머리를 감길 때, 나를 그렇게 무릎 위에 뉘이곤 했었다. 내 입을 막고 있는 아저씨의 큰 손에서 비릿하면서도 구수한 냄새가 났다. 아지트에서 불장난을 할 때 맡아 봤던 냄새 같기도 했지만 분명 다른 냄새였다. 아저씨는 손을 떼고 조용히 말했다.

"아저씨 말 잘 들으면 이거 줄게."

아저씨의 손에서 쩔그렁 소리가 났다. 아저씨의 엄지와 검지가 내 양 볼을 힘주어 눌렀다. 송장메뚜기가 나를 찍어 누를 것 같이 숨이 막혔다. 나는 있는 힘껏 발버둥을 쳤지만 가위에 눌리는 꿈에서처럼 헤어 나올 수 없었다. 엄마가 옆에서 흔들어 깨워 줘야 하는데. 나는 그런 생각을 하며 눈을 꼭 감았다. 눈을 감고 숨을 참으면 아저씨의 냄새도 얼굴도, 함께 있던 시간도 없어질 것 같았다.

그때, 대문이 열리는 소리가 났다. 철커덩하고 문이 채워지는 소리가 나자 아저씨는 200원을 손에 쥐여 주고 나를 풀어 주더니 아무 일 없다는 듯 집 안으로 들어갔다.

나는 머리에 있는 이를 털어 내듯 고개를 바닥에 떨구고 있었다. 앞니 끝으로 침이 고였다. 아저씨의 손이 닿은 뺨에서 구린내가 나는 것 같았다. 소독차의 흰 연기가 내 몸을 쏘는 상상을 하며 바닥에 침을 뱉었다. 빨리 그 집을 나가고 싶었지만 몸이 움직여 주지 않았다. 속이 울렁거렸고 하늘이 노래졌다. 영란이라도 만난다면 뭐라고 해야 할까 걱정이 앞섰다. 잠긴 문을 소리 나지 않게 열었다 닫으려니 머리끝까지 신경이 곤두섰다. 대문을 닫고 나오는데 발끝이 파르르 떨렸다. 그러면서도 200원으로 무엇을 할 것인지를 생각했다. 영란이가 그랬던 것처럼, 그 돈을 빨리 써 버리고 싶었다.

나는 동전을 들고 담뱃가게 앞 평상 위에 앉았다. 미

숙이는 생일에나 먹을 수 있는 바나나를 먹고 있었다. 나는 미숙이 옆에 앉아 한참 동안 퉤퉤 소리가 나게 침을 뱉었다. 아저씨한테서 났던 노린내가 가시지 않는 것 같아서 계속 울렁증이 일었다. 발끝에는 하얀 거품이 이는 침이 흥건해졌다. 나는 가게 안에 들어가 옥수수 바를 두 개 사 가지고 나와 다시 미숙이 옆에 앉았다. 말없이 하나를 꾸역꾸역 입에 밀어 넣었다. 전에 먹었던 맛을 느낄 수가 없었다. 아저씨의 몸에서 나던 역겨운 냄새가 자꾸 느껴졌다. 조금 더 먹으면 그 텁텁하고 구린 맛이 사라질까. 침이 자꾸 입안에 고였다. 나머지 하나를 들어 비닐을 벗기고 있을 때였다.

"여기서 뭐해?"

엄마가 나를 찾아 담뱃가게까지 내려온 것이었다. 나도 모르게 옥수수 바를 등 뒤로 감추었다.

"아줌마, 경미 여기서 옥수수 바 먹고 있었어요."

미숙이가 뽀르르 고자질을 했다. 엄마는 말도 않고 내 팔을 이끌었다. 손에 쥔 옥수수 바가 바닥에 떨어졌다. 발에 밟히면서 안에 들은 아이스크림이 껍질 밖으로 터져 나왔다. 운동화 바닥 모양이 선명하게 찍혔다. 갑자기 속에서 울컥 하고 무언가 올라왔다. 나는 그 자리에 선 채로 토하고 말았다. 비릿하고 시큼한 우유 냄새가 났다. 영란이가 예전에 말한 샤샤의 거시기가, 꿈에서 본 바야바가 달고 있던 옥수수 바가 머릿속을 헤집고 다녔다. 울렁거리는 속이 진정되지 않았다.

엄마에게 영란이 새아빠가 준 돈으로 옥수수 바를 사 먹은 것이라고 사실대로 말할 수밖에 없었다. 그날부터 엄마는 이사를 준비했다. 하지만 집을 구하기란 쉬운 일이 아닌 것 같았다. 번번이 엄마는 풀리지 않을 정도로 꼭 동여맨 보자기를 풀어 필요한 물건을 꺼내 쓰곤 했다.

엄마가 짐을 풀었다 쌌다를 몇 번 반복하는 사이 겨울이 왔다. 엄마는 연탄불이 꺼지지 않게 관리하는 법을 내게 가르쳐주었다.

"자, 이렇게 구멍을 맞추면 돼. 공장에서 이것 때문에 엄마가 올 수는 없잖아. 할 수 있지?"

나는 고개를 끄덕였다. 불을 조절하는 것도 어려웠고 무거운 연탄을 집게로 들어 구멍에 꼭 맞추는 것도 어려웠다. 엄마가 사들인 열 개들이 번개탄은 매일매일 줄었다. 번개탄에 불을 붙여 넣을 때마다 폭죽처럼 터지는 불꽃을 피해 눈을 감아야 했다. 눈을 감아도 폭죽처럼 터져 나온 빛들이 보였다.

아궁이의 불구멍을 열고 잠을 자도 언제나 방은 추웠다. 덧문을 닫고 자도 어디서 들어오는지 한기가 들었다. 아침이 되면 입술이 트고 볼이 터서 따갑기까지 했다. 대문과는 아무 상관도 없었는데 나는 대문이 없기 때문에 방이 추운 것이라 생각했다. 닫혀라, 참깨. 닫혀라, 참깨. 주문을 외듯 그렇게 속말을 했다. 스르르 대문이 닫히면 조금 덜 추울 것만 같았다.

나를 부르는 소리가 너무도 크게 들렸지만 몸을 일으킬 수가 없었다. 몸을 흔들어 대는 것도 느낄 수가 있었지만 아무것도 할 수가 없었다. 나는 벌에 쏘이는 꿈을 꾸고 있다고 생각했다. 하지만 벌은 보이지 않았다. 그전처럼 엄마도 보이지 않았다. 다만 그때와 같은 것은 몸을 움직일 수 없는데 정신이 깨어 있다는 것이었다. 전과 다른 공포가 잦아들었다. '다 크려고 그러는 거야.' 나는 벌 꿈을 꿀 때 엄마가 해 줬던 말을 스스로에게 했다.

잠시 후 나는 구토를 하면서 깨어났다. 손가락과 발가락에 피가 맺혀 있었다. 입가가 찝찌름했다. 엄마는 김치 국물이 담긴 대접을 내려놓으며 나를 덥석 안았다. 내 얼굴로 엄마의 눈물이 떨어졌다. 찬바람이 드는데도 덧문은 물론 문풍지 미닫이문도 열려 있었다. 엄마는 그렇게 한참 나를 안고만 있었다.

한 번도 공장에 가는 걸 빼먹은 적 없던 엄마였는데, 그런 엄마가 며칠 동안 공장에 나가지 않았다. 대신에 엄마는 아랫동네 시장통으로 집을 알아보러 다녔다. 그리고 며칠 후 우리는 부엌이 딸린 작은 방을 얻어 산동네를 내려왔다.

멀지 않은 곳으로 이사를 갔음에도 불구하고 쑥이 돋아나는 봄에도, 아카시아가 만개하는 초여름에도 나는 다시는 산에 올라가지 않았다. 그 동네 공터에서 함께 놀던 아이들도 금세 까맣게 잊고 말았다.

어쩌면 잊고 싶었는지도 모른다.

샤샤가 있고, 송장메뚜기가 있고, 미친 경석오빠가 있던, 그 산동네는 내가 고등학교를 졸업할 즈음에 모두 헐리고 아파트가 들어섰다. 가끔 아파트 앞을 지나다니면서 공터가 어디였는지, 버드나무가 어디 있었는지, 담뱃가게 자리는 어디였는지 하는 식으로 기억을 더듬곤 했다.

사춘기가 지나면서 나는, 나에게 아빠라는 존재는 죽은 것이 아니라 씨만 뿌리고 간 누군가였다는 것도 알게 되었다. 나는 엄마와 성씨가 같았고 엄마와 나는 법적으로 자매였다. 나는 그 사실에 대해 엄마에게 구체적으로 물어본 적이 없었다. 아버지가 누구인지도 알아보려 하지 않았다. 새로운 상처를 받아들이기에 나는 너무 많이 자라 버렸기 때문이었다.

설령 알고 싶다 해도 이제는 알 수가 없다. 얼마 전, 엄마는 브래지어 공장을 같이 다녔던 아줌마들끼리 하는 계모임에서 부부 동반으로 여행을 갔다가 사고를 당했다. 휴게소를 벗어나자마자 버스는 브레이크가 고장 난 것처럼 한참을 미끄러져 계곡으로 떨어졌다고 했다. 보험회사 직원은 언니, 아니 어머니의, 하는 식으로 여러 번 엄마를 다르게 불렀다.

엄마는 내게 열다섯 평 다세대 주택 전세금과 보험금을 남겼다. 그리고 밝혀지지 않은 우리의 이야기가 남았다.

슬픈 일이지만 이제는 엄마 덕분에 다시 창업을 준비할 수 있게 되었다. 지금껏 해 왔던 노동 강도가 높은 식당 찬모 일을 그만두고 새벽엔 근처 대학에 아침 식사 조리사로 출근을 시작해, 오전 11시부터 오후 2시까지는 도토루에서 함께 일했던 호현 언니의 베이커리 카페에서 빵을 만들고 있다. 요즘 사람들은 디저트를 함께 먹을 수 있는 베이커리 카페를 많이 찾는다고 들었다. 베이커리 카페가 많아져서 이용하는 사람들이 늘어난 것인지 수요에 따라 가게가 만들어진 것인지 아리송하기도 하지만 그 분야에 도전을 해 볼 생각이다. 인정빌라에서 멀지 않은 곳에 주덕산 공원이 있고 그 근처에는 카페거리가 형성되어 있었다. 거리 안으로 들어가는 것까지는 어려워도 그곳으로부터 멀지 않은 곳에서의 창업은 도전할 수 있을 것 같았다.

부동산 중개업자는 분주하게 움직이며 가게를 설명하고 있다.

"총신대입구역이 이수역으로 환승역이 된 다음부터는 여기, 여기 이 동네까지도 다 묶어서 상업지구 되는 거죠. 평당 호가가 말도 못하게 올랐어요. 이렇게 교통이 좋은 데다가, 이 정도 평수에 이만한 가격도 없죠. 정말 싸게 사시는 겁니다. 암요, 정말 좋은 결정을 하신 거라고요. 기러기로 살던 분인데 거기서 아이가 인종차별도 당하고 그랬나 보더라고요. 그래서 급하게 나가야 한다고, 정말 아깝게 내놓은 거예요. 아니면 이 가격에 가게를 내놓기도 힘들죠. 아주 운이 잘 맞아 떨어진 겁니다. 그러고 보니, 얼굴에 복이 아주 넘치시네요. 제가 사람을 많이 만나다 보니, 관상을 그럭저럭 봅니다."

중개인은 나를 치켜세우며 끝나지 않을 듯이 말을 잇는다. 나는 그의 말에 미소를 지어 보인 후 창가에 서서 길게 나 있는 골목을 내다본다.

"열려라, 참깨."

중개업자는 조금 의아한 표정으로 내 얼굴을 쳐다본다. 이내 쩝 소리가 나게 입맛을 다시더니 뒷짐을 지고 물러난다. 개의치 않고 나는 천천히 다시 한 번, 좀 더 큰 목소리로 말한다.

"열려라, 참깨!"

눈을 뜨니 이미 문은 열려 있었다.

우리에게 적당한 말이 없어

나는 글을 씀으로써 존재했고 어른들의 세계에서 벗어났다. 내가 존재한 것은 오직 글짓기를 위해서였으며, '나'라는 말은 '글을 쓰는 나'를 의미하는 것이었다.
— 장 폴 사르트르, 정명환 역, 『말』(민음사, 2008).

게이트가 열리자 환한 빛이 몰려들었다. 너무 밝은 나머지 모든 경계가 희미해졌다. 차차 음영이 잡히고 불 밝힌 상점들이 눈에 익기 시작했다.

펜스 앞에 선 사람들은 아직 도착하지 않은 누군가를 향해 노트만 한 종이를 흔들어 댔다. 알 수 없는 활자들이 몸을 흔들며 누군가를 애타게 부르는 듯했다. 나는 그들 중에서 유일하게 영어로 적힌 종이를 들고 있는 남자 앞으로 걸어갔다.

"제로 하우스? 아임 가야즈 칸."

남자는 자신의 얼굴을 향해 검지를 뻗어 보였다. 나는 가야즈가 들고 있는 종이에서 'u'를 가리키며 내 이름에서 이건 빼야 한다고 알려 줬다. 가야즈는 대답 대신 검지를 까딱이며 따라오라는 시늉만 했다.

가야즈는 영어를 못했고, 나는 힌디어를 못했다. 소통할 수 있는 최소한의 단어도 우리 사이에는 없었다. 우리에게는 제로 하우스까지 무사히 도착해야 하는, 확실한 목표만 존재했다. 나는 가야즈가 손짓하는 대로 캐리어를 맡기고 그를 따라갔다.

내가 은색 마루티 스즈키 시아즈에 앉자마자 가야즈는 가속 페달을 밟았다. 공항을 빠져나온 지 얼마 안 되어 노란 흙먼지가 일어나는 비포장도로가 나왔고 차는 심하게 덜컹거렸다. 노란 모래 폭풍 안에 있는 건가 싶을 정도로 시야가 확보되지 않은 상태에서도 가야즈는 뒤를 돌아 나를 살피는 여유까지 보였다. 나는 「매드맥스」의 퓨리오사가 구조한 임모탈의 여인 중 하나가 된 기분이 들었지만, 퓨리오사를 신뢰했던 여인들처럼 가야즈만을 철석같이 믿고 있을 수는 없었다. 뒷자리 손잡이는 하나도 성한 게 없었다. 델리까지도 몇 번의 터뷸런스를 경험한 뒤에야 겨우 내렸고, 벵갈루루행 국내선 비행기도 험난하게 타고 왔는데, 목적지를 목전에 두고 흰 소가 걸어 다니는 흙길에서 죽나 싶었다.

그 와중에도 가야즈는 계속해서 말을 걸어왔다. 못 알아듣는다는 것을 알고 있을 테지만, 그도 어떤 방식으로든 우리가 말로 통할 수 있다고 생각하는 것 같았다. 나는 그저 빙긋 미소를 지으며 고개를 끄덕이기만 했다. 그게 내가 할 수 있는 최대치의 비언어적 매너라고 생각했다.

마침 마루티가 신호에 걸려 멈췄고 가야즈는 차창 밖 주둥이가 긴 누런 개를 가리켰다.

"굿다! 굿다!"

"굿다?"

"굿다!"

다음은 느직느직 걷고 있는 소, 그다음은 담장 위에 앉은 고양이를 가리켰다.

개는 굿다, 소는 가이, 고양이는 빌리. 가야즈 칸, 유소영. 우리는 개와 소와 고양이와 서로의 이름을 서른 번도 넘게 불렀다.

철제 대문과 담벼락이 높은 주택 단지가 나오자 가야즈는 속도를 줄였다. 가야즈는 자줏빛 히비스커스가 담장을 넘어서까지 흐드러지게 핀 하얀 대문집 앞에서 마루티의 시동을 껐다. 그리고 검지를 들어 차창 너머를 가리켰다.

"제로 하우스!"

나는 가야즈를 따라 대문 안으로 들어섰다. 하얀 담벼락을 따라 어우러진 교목과 관목의 초록 이파리들을 보니 눈이 환해졌다. 통유리로 된 2층 건물 맞은편으로 테라스형 파고라와 진녹색 망고가 줄줄이 매달린 커다란 망고나무가 보였다. 현관문 앞에 선 두 남자가 내게 손을 흔들었다.

"반가워. 나는 베이커. 이쪽은 내 남편 시몽."

베이커의 영어에는 영국식 악센트가 강하게 묻어났다. 말할 때마다 그의 두 눈썹이 위아래로 자유롭게 움직였다.

베이커는 나를 복도 끝에 있는 102호로 안내했다. 침대, 붙박이 옷장, 책상과 개별 욕실을 갖춘 방이었다.

제로 하우스에 모인 작가는 미국 플로리다에서 온 캐리, 벵골 시인 알리, 카슈미르 저널리스트 모하마디, 그리고 한국에서 온 나까지 모두 넷이었다. 영국인 베이커와 프랑스인 시몽 부부는 제로 하우스의 매니저였다. 부부는 프랑스 남부에서 살고 있는데, 제로 하우스의 레지던시 프로그램이 열릴 때마다 인도에 와서 각국에서 날아온 작가들과 한 달여를 보내다 돌아간다고 했다.

제로 하우스에 초대된 네 명의 작가들이 저녁 식사 자리에 다 모였다. 마담들이 음식 그릇을 차려 놓고 빠지자 제로 하우스의 임대인 뚜룹띠가 와인을 들고 인사를 왔다. 뚜룹띠가 내게 말을 건넸다.

"워아쁘똠?"

뚜룹띠의 입을 쳐다보며 남인도식 영어를 알아들으려고 온 신경을 다 썼지만 알아듣지 못했다. 옆자리에 앉은 베이커가 내게 귓속말로 "너 어디서 왔냐고 묻고 있어."라고 귀띔해 주었다. 그제야 나는 "코리아."라고 대답했다. 뚜룹띠는 고개를 끄덕이더니 들고 온 와인을 작가들에게 따라 주고 제로 하우스 바로 옆에 있는 제집으로 돌아갔다.

다들 별말이 없이 식사를 이어 갔다. 커리 종류는 모두 내 입에 너무 짰는데, 모하마디는 싱겁다며 몇 번이고 소금을 뿌리고 또 뿌렸다. 모하마디는 머리카락이 꼬불꼬불한 데다 풍성했다. 소금통을 들고 잇새를 드러내며 빙글빙글 웃을 때마다 그의 머리칼과 턱선 전체를 감싸고 이어진 턱수염이 다 같이 흔들거렸다. 입맛에 딱 맞는 짠맛이 완성되자 모하마디는 카레를 버무리던 손으로 식사를 시작했다.

모하마디는 다양한 분야에 박식했다. 그만큼 궁금한 것도 많았다. 모하마디의 질문 덕분에 우리는 조금씩 서로의 정보를 공유해 나갔다. 물꼬가 터지고 나자 점점 대화는 길어졌고, 한 사람이 제 이야기를 풀어놓고 옆 사람에게 "앤드 유?" 하고 바통을 던지는 식의 대화가 이어졌다. 일대일 대화가 아닌 이렇게 다중의, 여러 음색과 발음의 영어를 한꺼번에 듣자니 뇌가 흐물흐물해질 지경이었다. 말이 섞이고 겹치면서 더러 말을 놓칠 때마다 나는 손바닥을 보이며 다시 말해 달라고 요청했다. 캐리도 알리에게 몇 번이나 '파든'을 붙여 다시 말해 줄 것을 부탁했다. 베이커도 알리가 천천히 말해 주면 좋을 것 같다고 의견을 보탰다.

우리는 서로 아는 게 없었고, 서로의 나라에 대해서도 제대로 알지 못했던 터라, 대화 주제는 무궁무진했다. 대화 초반에는 출신 국가와 지역, 생일, 나이, 현재 하고 있는 일 등을 묻고 답했다. 각자의 생일을 이야기하던 중 캐리의 생일이 얼마 안 남았다는 것을 알게 되었다.

"이번 생일 파티는 우리와 함께하는 거야!"

모하마디의 말에 우리는 함께 생일 파티를 해 주자고 한목소리로 약속했다.

첫날 저녁 식사는 새벽 2시까지 이어졌고, 우리는 인디언 싱글 몰트를 다 마시고서야 각자의 방으로 돌아갔다.

제로 하우스에 온 이후로 나는 매일 저절로 눈이 뜨여 일찍 잠에서 깼다. 새소리가 연이어 들리는가 싶더니 조심스럽게 정원을 옮겨 다니는 발짝 소리가 들렸다. 제로 하우스에서 제일 먼저 일어나 아침을 준비한다는 정원사 하시였다.

방문을 열면 언제나 플루메리아가 먼저 눈에 들어왔

다. 청소와 잔심부름을 도맡아 하는 소년 따룬이 밤새 떨어진 플루메리아를 물이 담긴 유리그릇에 띄워 방문 옆 콘솔 위에 놓아두는 것이라 했다. 그걸 안 다음부터 한국에서 챙겨 온 과자와 사탕을 침대 맡에 놓아두었는데, 따룬은 매일 딱 하나씩만 가져갔다.

정원사 하시와 눈인사를 하고 대문 밖으로 나서면 제일 나이가 많은 마담 라티와 만났다. 라티는 대문 바로 앞에 물을 뿌린 후 색 가루로 랑골리를 그렸다. 문간을 오가는 손님들을 환영하고 액운을 퇴치하고 번영을 기원하는 마음을 담아 매일 다르게 그렸는데, 나는 매일 달라지는 라티의 랑골리를 보기 위해 더 일찍 일어나기도 했다.

아침마다 라티와 하시, 따룬을 만났지만 그들은 좀처럼 말소리를 내는 법이 없었다. 언제나 눈과 입, 그리고 손으로 말을 대신했다. 말이 건너오지 않아서 나도 눈인사만 할 뿐 말을 하지 않았다.

제로에 모인 여섯 명은 매일 함께 식사를 했다. 아침은 자율이었지만 같은 시간에 나와 커피와 토스트 같은 것을 각자 챙겨 먹었고, 점심과 저녁은 마담들이 챙겨 주는 남인도 가정식 요리와 과일을 먹으며 이야기를 나눴다. 서로에 대한 정보가 점점 쌓여 가면서 각 나라의 문화와 사회 상황에 대한 주제로 화제가 옮겨 갔다. 모두 다른 영어를 쓰고 있다는 생각을 공유한 이후라 몇 번의 완급 조절이 있었고, 그 후, 우리는 말하는 것보다 듣는 사람들의 반응을 더 신경 쓰며 말하기 시작했다. 그런 섬세한 수정 작업을 거쳐 가면서 우리의 대화는 끝말잇기를 하듯, 계속해서 국가의 경계를 넘고, 성별, 인종, 종교를 넘었다. 젠더와 신념을 넘었고, 문학을 생각하는 가치관을 넘나들었다. 플롯과 스토리텔링에 대해 의견을 나눴고, 어디서 영감을 얻는지, 어떤 뮤즈를 모시는지에 대해서도 이야기했다. 모두의 입에서 출발한 말들은 각각 하나의 유닛처럼, 보통 명사처럼 다름의 한 형태로만 존재하는 듯했다. 우리는 서로의 말에 어떠한 수식도 붙이지 않았다. 그 자체로 듣고 이해했다. 첫 일주일 동안 우리의 대화는 거의 '절대 공동체'의 표본처럼 이어졌다. 우리는 서로에 대해 어떠한 표면적인 가치 판단도, 연대를 훼손할 어떠한 부정적인 언급도 시도하지 않았다. 오로지 서로가 서로인 자체로 온전해진다는 것을 인식하고, 서로를 배워 나갔다.

　제로 마담들이 쉬는 일요일, 우리는 나가서 점심을 먹기로 했다. 길을 나설 때 나는 캐리와 발을 맞춰 걸었다. 캐리는 김치와 떡볶이를 먹어 본 이후로 한국 음식을 아주 좋아하게 됐다고 말했다. 한국 음식을 좋아한다는 말이 꼭 나를 좋아한다는 말처럼 들린 나머지 나는 한국 음식을 직접 해 주겠다고 오지랖을 부렸다. 출국하기 전에 엄마가 싸 준 김이며 고추장 등이 아직 캐리어 안에 있었다. 안 가져간다고 뺐다 넣었다를 반복하다가 억지로 들고 온 것이었다.
　"나는 소영이 내성적이고 영어를 못할 거라고 생각했어."
　뒤이은 캐리의 말에 나는 급발진을 하고 말았다.
　"영어가 모국어는 아니니까. 그냥 생.존.영.어.를 하는 거지."
　Survival English에 강세를 주며 말하는데 마치 내가 Survivor가 된 듯했다.
　"굳이 말할 필요는 없겠지만 정확히는, Surviving

English야. 아주 특수한 상황은 아니니까."

캐리는 부사를 여러 개를 써 가며 자국의 언어를 설명해 줬다.

나는 부사를 많이 쓰는 사람을 별로 좋아하지 않았다. 부사는, 그 자체로 한정이며 강조니까. 어쩔 때는 강요 같기도 하니까.

"오호, 정말 그렇구나. 이렇게 또 하나 배우네."

나도 부사를 여러 개 써서 대답했다. 그럴 의도까지는 없었지만.

"뭐, 모국어도 아닌데."

허허 하고 웃긴 했지만 내가 웃는 게 웃는 게 아니었다.

두 번의 교차로를 지나면서 나는 어느새 베이커와 나란히 걷게 되었다.

"네 이름은 참 젊어."

베이커는 내 이름이 'You so Young'이어서 내가 오래도록 늙지 않을 거라고 덧붙였다.

2차로였던 도로가 4차로로 확장된 거리에서 우리는 베이커가 안내하는 쪽으로 우회했다. 길을 따라 상점들이 이어진 번화가가 나왔다. 맞은편 담장 앞에는 오토 릭샤가 여러 겹으로 대기 중인 게 보였다. 누런 벽돌로 된 담장에는 여러 신들이 그려져 있었는데 아랫부분이 모두 빛바랜 채였다. 지나는 사람은 아랑곳 않고 소변을 누는 남자들이 보였다. 길바닥에는 사람 똥인지, 소똥인지, 개똥인지 모를 똥들이 뭉개져 있어서 하마터면 밟을 뻔했다. 그걸 피하려다 몸이 휘청했는데 다행히 베이커가 내 팔을 잡아 주었다.

"여기, 혼자 나오면 안 되는 이유에 똥도 있어. 좀 전에 했던 것처럼 똥오줌은 잘 보고 피하는 거야. 여긴 인도니까."

제로에 도착한 첫날, 베이커는 혼자서 산책 나가는 것은 절대 하지 말라고, 둘이 나가더라도 남자들 무리가 있다면 절대 그쪽으로는 가지 말라고 당부했었다.

나는 내 발 옆에 있는 커다란 똥 무더기를 가리키며 이걸 한국에서는 '똥'이라고 발음한다고 알려 주었다. 베이커는 "똥, 똥, 똥, 똥"을 연이어 발음했다. 약간 바람이 새는 듯한 영국식 악센트를 입은 똥 소리는 또 다른 똥처럼 들렸다.

우리가 도착한 식당 '카트만두'는 벽마다 웨스턴 부츠와 카우보이모자, 리볼버 등의 포스터가 붙은 웨스턴 스타일의 네팔 음식을 파는 곳이었다. 매장 안에는 빠른 템포의 음악이 흘렀고, 메뉴판에는 익숙하면서도 생소한 여러 가지 퓨전 음식들이 올라와 있었다. 나는 오리지널 햄버거와 짠맛, 단맛의 라임소다를 다 시켰다. 캐리는 왜 인도 음식이 아닌 것들에만 오리지널이 붙는지 의아해하면서도 오리지널 샌드위치를 시켰다.

알리가 앉은 맞은편 벽에는 총구가 위를 향하는 리볼버 포스터가 붙어 있었는데, 알리는 그걸 보고 며칠 전 기사에서 봤다며 미국의 총기 난사 사건을 언급했다. 알리가 포문을 열자 모하마디는 무슬림 포비아에 대해 말했다. 미군이 전쟁지에서 저지른 일들을 이야기할 때는 일체형처럼 보이는 곱슬머리가 심하게 흔들릴 정도로 흥분했다. 베이커도 시몽도 알리도 나도, 전쟁 포로들에게 가혹한 고문을 가했던 미군에 대한 기사를 읽은 바 있었고, 다들 한마디씩 말을 보탰다.

"너도 작가잖아."

모하마디가 맞은편에 앉은 캐리의 얼굴을 주시하며

말했다.

샌드위치를 해체해 하나씩 포크질하던 캐리는 순간 동작을 멈추고 몇 초간 모하마디를 뚫어지게 쳐다보기만 했다.

"그래서?"

"적어도 작가라면, 너희 나라가 그런 일을 저지른 것에 대해서 목소리를 내야 해. 말해야 해."

모하마디는 자주, 이런 식으로 자신이 저널리스트인 것을 드러냈다.

"지금 이야기는 뭔가 잘못됐어. 너희는 지금 모두 '퍼킹 유에스에이'라고 하고 있잖아. 그런데, 그게 아니지. 지금 그 이야기를 하려면 '퍼킹 유에스에이 아미'라고 해야 맞지."

캐리는 두 손가락을 들어 따옴표를 만들어 보였다.

"그리고 작가니까 이야기하라고 하는 거, 그거 강요야. 남의 입을 억지로 벌려서 원하는 답을 얻어 내는 거라고."

캐리의 강변에 모두가 잠시 얼어붙고 말았다.

"나는 지금 이런 대화가 아주 불공정하고, 불공평하

다고 느껴."

캐리는 냅킨으로 손을 닦아 냈다.

"그리고 무엇보다도 우리는, 작가라면 그런 묶음으로 혐오하는 것부터 멈춰야 해. 나는 식사를 마쳤어. 먼저 들어갈게. 천천히 먹고 와. 너희는 묶음이니까."

캐리는 자리에서 일어났다.

베이커가 캐리의 손을 잡았다. 손이 잡히자 캐리도 어쩔 수 없다는 듯 베이커의 손을 풀고 다시 자리에 앉았.

"도대체 네가 생각하는 작가는 뭔데?"

캐리가 쏘아붙였다.

"뭐긴 뭐야, 낭독을 위해서 겨우 존재하는 인간이지. 작가가 없으면 낭독할 글이 없잖아. 자자, 우리 건배하자."

시몽이 소다 잔을 들었다.

"한국에서는 잔을 부딪칠 때 뭐라고 하니?"

베이커도 소다수 잔을 들어 보이며 내게 물었다.

"건, 배!"라고 말해 주자, 모두 내 말을 따라 했다.

이어 시몽이 물었다.

"한국에서는 술잔을 치면서 눈을 마주치면 무슨 의미

가 있어?"

"큰 의미가 없을걸? 적어도 나는."

"프랑스에서는 눈을 마주치고 술잔을 부딪치는 게 잠자리하자는 의미야."

시몽이 눈썹을 한껏 올려 장난스럽게 말하자 알리가 "너무 야한 소리 아냐?"라며 배시시 웃었다.

"영국에서는 예로부터 건배를 할 때 두 술잔을 부딪쳐 서로의 술이 섞여 들어가게 했는데, 그건 술잔에 독이 들어 있는지를 확인하는 하나의 과정이었어."

"그러면 우리도 독이 들었는지 확인해 볼까?"

내 말에 모두가 소다수 잔을 들어 올렸지만 캐리만은 끝까지 잔을 들지 않았다.

"누가 캐리 잔에 독을 탄 거야? 참고로 나는 아니야."

모하미디가 빙글빙글 웃으며 말했다.

캐리는 더 이상 참지 않고 자리에서 일어났다. 베이커가 모하미디에게 그러지 말라는 듯 고개를 저으며 미간을 찌푸려 보였다.

"다 먹고 와. 나는 캐리랑 먼저 들어갈게. 그리고 모하마디, 캐리에게 더는 모욕적인 언사를 하지 않았으면 좋겠어. 진짜 마지막으로 부탁하는 거야."

베이커는 캐리를 뒤쫓아 나갔다.

다음 날부터 우리는 조금씩 식사 시간을 따로 갖기 시작했다. 캐리가 있는 날이면 모하마디가 없었고, 모하마디가 식사를 하면 캐리가 내려오지 않았다. 주로 캐리가 더 많이 자리를 비웠다.

점심을 먹고 베이커와 식품 상점에 갔다가 나는 석류를 두 알 사왔다. 언젠가 캐리가 석류를 좋아한다고 말했던 게 떠올라서였다. 조심스럽게 칼집을 내어 껍질을 벗기고 붉은 알을 털어 접시에 담아 캐리 방으로 가져갔다. 열린 문틈으로 빨간 석류알이 담긴 접시를 본 캐리의 눈에 점점 눈물이 차올랐다. 나는 접시를 내려놓고 캐리를 안아 주었다.

"마미 소영."

그날부터 캐리는 나를 '마미'라고 불렀다. 나도 캐리의 머리를 쓰다듬으며 '나의 사랑스러운 딸 캐리'라고 불러 주었다. 며칠 동안 나를 완벽한 영어를 구사하지 못한다고, 소심한 동양 여자일 것이라 섣부르게 판단한 캐리에게 조금은 불쾌한 감정을 가지고 있었는데, 그런 감정을 떨쳐 내기로 마음먹었다. 내가 누구인가를 증명하는 일은 내가 너와 얼마나 다른지를 규정하는 데 달린 것인지도 모른다. 나는 캐리가 다르다고 말한 것을 고깝게 껴안고 있었던 내 자신을 반성했다.

제로에 모인 작가들은 의무적으로 두 번의 낭독회에 참여해야 했다. 한 번은 벵갈루루 작가들과 기자들을 초대해 낭독하는 자리였고, 한 번은 다른 분야의 작가들까지 초대해 치르는 제법 큰 연례 행사였다.

첫 번째 낭독회는 우리가 제로 하우스에 모인 지 10여 일이 지날 즈음에 열렸다. 저녁 6시에 시작되는 낭독회 때문에 제로 하우스의 마담들은 4시부터 응접실 큰 테이블 위에 남인도식 핑거 푸드를 차려 냈다. 고수를 먹지 못하는 나를 위한 음식들도 따로 챙겨 주었다. 나는 마담 라티의 손을 잡고 쪽 소리를 내며 고맙다는 인사를 건넸다. 역시나 마담 라티는 내 행동이 너무 재미있다며 두 손으로 얼굴을 가리고 웃었지만 어떤 언어적인 표현도 하지 않았다. 나는 그녀의 반대쪽 손등에도 똑같이 쪽

소리가 나게 키스를 해 주었다.

모든 준비는 행사 시작 20분 전에 끝났지만 아무도 제시간에 도착하지 않았다. 알리는 인도인들에게는 이른바 '인디언 타임'이라는 게 있어서 제시간에 오는 사람은 없을 것이라고 했다. 7시가 되어서도 아무도 나타나지 않았고 제로 하우스에 있는 그 누구도 행사가 늦어지는 것에 조급해하지 않았다. 유일하게 나만 시간의 흐름을 가늠하고 있었다.

8시가 좀 넘어서야 온다는 이들이 다 모였고, 그제야 우리는 낭독회를 시작할 수 있었다. 진행은 베이커가 맡았다. 내가 첫 번째 차례였다. 베이커는 먼저 내 소개와 더불어 내 소설의 몇 포인트를 짚어 놀라운 표현이 많은 작품이라고 과분한 찬사를 보냈다. 베이커의 수사에 괜히 가슴이 벅차올랐다. 말은 감정의 해석을 얻으면 한없이 멀리 비약하니까.

"저는 사우스 코리아에서 온 유소영입니다. 당신들이 보기에도 제가 참 젊죠? 당신들이 한국어를 할 줄 안다면 나를 정말 좋아하게 될 겁니다. 왜냐하면 내 소설은 꽤나 아름답거든요."

모두가 한꺼번에 웃음을 터뜨렸다.

"역시 수준 높은 독자들이 많이 모였네요. 여러분들이 한국어를 듣고 싶다고 해서, 제가 한국어로 읽고, 베이커가 영어 번역본을 읽기로 했습니다. 박수를 한 번 더 쳐 주시면 목소리가 보다 잘 나올 것 같네요."

박수갈채가 쏟아졌다. 캐리는 내게 엄지 두 개를 들어 보였다.

내 다음 순서는 캐리였다. 캐리는 아직 발표하지 않은 단편을 읽겠다고 밝혔다.

"플로리다에서 온 캐리는 파빈디아의 VIP 고객이 되어 지금 인도 경제를 일으키고 있어요. 우리 빅 쇼퍼의 소설을 다 같이 들어 볼까요."

베이커의 말처럼 캐리는 빅 쇼퍼였다. 산책을 나갈 때마다 한 무더기씩 물건을 사왔다. 파빈디아라는 브랜드가 좋다고 베이커가 소개한 이후부터 우리는 줄곧 그곳에 가서 쇼핑을 했는데, 내가 보기에는 거의 도매상급이었다. 언젠가 내가 미국에 더 싸고 좋은 옷들이 많지 않느냐고 물었을 때, 캐리는 이렇게 실키하고 얇은 면을 이 가격에 판다면 무조건 많이 사야 한다며 자신의 확고

한 쇼핑 철학을 드러냈다.

베이커의 표현에 캐리의 표정이 잠시 굳어졌지만, 그런 소개는 아무것도 아니라는 듯 금세 소설을 읽어 나갔다. 2075년을 배경으로 기후 위기에 맞서 다시 원시적인 공동체를 만들어 살아가는 한 가족의 이야기를 그린 소설이었다. 소설을 다 읽고 나서 캐리는 소설의 결말은 아직도 고민하고 있다고 밝혔다. 가족 모두가 죽는 마지막 장면만 100여 차례 고쳤다고 했다.

잠시 쉬는 시간을 가진 후 알리와 모하마디의 낭독을 들었다. 알리는 인도 전통 의상인 쿠르타에 금박 문양이 박힌 붉은 스카프를 오른쪽 어깨에만 걸친 차림으로 하늘과 바다, 호수가 나오는 시 세 편을 차례로 읊었다. 사이사이 속삭이듯 시 구절을 따라 읊는 사람들이 있었는데 그럴 때마다 알리의 가슴은 웅장하게 부풀었고 목소리 톤 또한 한층 높아졌다.

알리는 내 방 맞은편 101호에 묵었다. 나이는 나와 동갑이었고, 아내와 아들 둘이 있는 이슬람교도였다. 하루에 다섯 번씩 기도를 하는지 물었을 때 알리는 그렇지 않다고 했다. 자신은 돼지고기를 종종 먹기도 하는데, 그것이 자신의 신앙생활을 그르치지 않는다고 말했다.

"물론 비공식적으로."

알리는 검지를 입술에 세워 붙이며 그렇게 말했다.

마지막 차례는 모하마디였다. 그는 인도에서 제3의 성으로 인정받은 히즈라에 대한 글을 읽었다. 모하마디는 트랜스젠더를 남성과 여성이 아닌 제3의 성으로 수용한 인도 사회를 언급하면서 여권(旅券) 성별란에 제3의 성을 선택할 수 있는 나라는 캐나다, 독일, 아르헨티나와 인도 등 약 11개국에 달한다고 말했다. 모하마디는 꽤 진지하고 냉철한 표정으로 젠더는 문화가 인정하는 존재지만, 그 기준이 되는 성별 역시 남근이 있는지 없는지에 따라 구분하는 것이어서 남근 중심적일 수밖에 없었고, 또한 '젠더'를 지정하는 것 역시 의사들의 몫이라 지금까지도 의료화될 수밖에 없다고 지적했다. 동성애를 정신병으로 인식하던 시대에 인도에서는 히즈라를 성소수자가 아니라 영적인 존재로, 의지를 반영해 쟁취하는 영역으로 보았다는 데 유의미한 가치를 두고 평가해야 한다는 것을 피력했다. 더불어 모하마디는 그 성취에 한없는 박수를 보낸다며 말을 마쳤다.

가장 큰 박수 소리가 터져 나왔고 한참이나 이어졌다. 모하마디는 몇 번이나 가슴에 손을 얹은 채 고개를 숙이며 자신을 향해 건너오는 박수 소리에 감사를 표했다.

낭독회에 참석했던 사람들이 하나둘 제로 하우스를 떠나갈 즈음, 한 여성이 내게 말을 걸어왔다. 자신의 이름을 카리나라고 밝힌 그녀는 벵갈루루 소재 대학에서 현대문학을 가르치고 있다고 했다. 내 소설의 일부만 접했지만 듣는 내내 '익사이팅'해서 손에 땀이 났다며 손바닥을 내보였다. 그러면서 카리나는 내게 대학 몇 곳에서 낭독회를 가질 수 있겠느냐고 물었다. 생각지도 못한 환대였다. 어떻게 반응을 이어 가야 할지 몰라 주춤했지만 기꺼이 그러겠노라고 말했다.

"제게 큰 영광이 될 것 같아요."

나는 번역본으로 만든 브로슈어 다섯 권을 내밀고 카리나의 명함을 받았다. 카리나는 각 권마다 사인을 해 달라고 요청했고 나는 머쓱함을 견뎌 가며 영어로 사인을 해 주었다.

다음 날 아침 식사 자리에서 베이커는 카리나의 제안을 공식화했다.

"어제 낭독회에서 소영의 소설을 듣고 학생들에게도 낭독했으면 좋겠다고 요청을 해 왔어."

캐리와 알리는 내게 박수를 보냈다. 박수 리듬에 맞춰 탁탁 내 발을 건드리는 게 있었다. 고개를 숙이고 보니, 모하마디의 맨발이었다.

"한국에서는 맨발을 건드리면 결혼해야 해."

내 말에 모두가 모하마디의 장난을 알아챘다.

"그럼 나는 소영과 3일 전에 결혼한 거야. 내가 3일째 발을 건드렸거든."

모하마디는 능글맞은 표정으로 나를 좋아한다고 말했다. 우리 중 모하마디가 아침마다 아내와 통화하는 애처가라는 사실을 모르는 이는 없었다.

"모하마디, 나를 그렇게 좋아한다면 먼저 이혼해. 이혼하고 오면 내가 생각을 좀 해 볼게."

"소영, 무슬림은 일부다처제라 난 또 결혼해도 돼. 나랑 결혼할래? 내 와이프는 한집에서만 같이 안 살면 두 번째 아내를 맞는 것도 괜찮다고 했어."

"내가 졌다, 졌어. 그래도 앞으로 내 발을 또 건드리면 그때는 가만히 있지 않을 거야. 인도 경찰의 도움을 받는 수밖에."

"소영, 걱정 마. 그런 일이 또 생기면 신고하는 건 내가 할게."

캐리는 그 말을 남기고 자리에서 일어났다.

며칠 후 제로 하우스의 펀딩을 위한 대표자 회의가 열렸다. 뉴욕에서 활동 중인 인도 작가 가우리와 캐나다 기획자 제럴드, 그리고 제로 하우스의 주인 뚜룹띠와 매니저 베이커가 함께했다. 그 자리에는 캐리도 있었다. 제로 하우스에 한 푼도 기부하지 않은 나를 비롯한 시몽, 알리와 모하마디는 통유리로 된 2층 창가에 앉아서 그 모습을 지켜보았다. 말소리까지 들릴 만한 거리였지만, 너무 아득하고 먼 풍경처럼 느껴졌다.

마담 라티는 여러 번 차를 새로이 우려서 오갔고, 따룬은 가우리와 제럴드가 피워 대는 담배가 수북한 재떨이를 계속 교체해 주었다.

"자기와 상관없는 먼 나라의 예술가들을 위해 기부하는 이들의 모임이라니, 일루미나티는 아니겠지?"

알리는 힐끔 그들을 보고는 테라스 안쪽으로 들어와

소파에 몸을 던지듯 앉았다.

"가우리는 브라만이래."

시몽이 말했다.

"이제 계급은 다 없어졌잖아."

내가 반문하자 모하마디는 턱짓으로 아래를 가리켰다.

"저길 보면 알잖아. 내려다보이는데 우리가 우러러보게 되잖아, 젠장. 자본이 필요한 일에는 모두 백인과 화이트 인디언뿐이지."

나는 시몽, 알리, 모하마디를 차례로 쳐다보았다.

"그래도 우리는 저들보다 컬러풀하잖아. 얼마나 유니크하니."

내 말에 모하마디가 응수했다.

"다르고 싶은 건 모두의 욕망이지만 다른 것과 다름에 격을 두는 건 또 다른 문제거든. 인간은 기본적으로 불평등에 민감해. 본능적으로 생존하기 위해 민감해진 거야. 굳이 저들만의 회의를 전시하는 이유를 모르겠다는 거지, 나는."

"다들 담배를 피워서가 아닐까?"

내 말을 듣자 모하마디는 그럴 수도 있다는 듯 천천히 고개를 끄덕였다.

두 번째 낭독회가 있기 전, 우리는 벵갈루루 문화를 경험하는 단체 일정을 보냈다. 작가 교류 기관에서 정해 준 일정이라 모두가 참여해야 했다. 활동사진과 보고서가 제출되어야 다음 차수 작가들을 또 섭외할 수 있다고 했다. 덕분에 우리는 한 차례 연극을 보러 시내에 다녀왔고, 시내에 있는 대형 서점 두 곳을 돌아봤다. 단체 일정의 마지막은 벵갈루루 최대 전통 시장 크리슈나 라젠드라를 방문하는 것이었다.

우리 여섯 명은 택시 두 대를 나눠 타고 메트로까지 이동했다. 메트로는 혼잡하지는 않았지만 서 있는 사람이 많았다. 마침 시몽이 선 앞자리에서 승객 둘이 일어났고, 누가 뭐라고 하기도 전에 캐리는 자리에 앉고는 내게 손짓을 했다. 베이커가 가 앉으라고 손으로 자리를 터 주었고 나도 얼른 그 자리에 앉았다.

KR 마켓은 인터넷으로 접했던 것보다 훨씬 더 컸다. 서울의 가락시장은 비교도 안 될 정도로 압도적인 스케

일이었다. 우리는 과일 시장부터 걸어 들어가서 채소 시장을 거쳐 꽃 시장으로 옮겨 갔다. 나와 캐리는 꽃 시장 2층 상가에서 랑골리 스티커를 샀다. 마담 라티가 마당에 그려 넣는 것과 비슷한 도안들이었다.

유일한 인도인인 알리는 아내에게 줄 선물을 사겠다며 따로 움직였는데, 혼자 길을 잃었다. 몇 시간이나 지나 도착한 알리는 자신도 벵갈루루가 처음이라며 머리를 긁적였다. 내내 전화 통화를 하며 알리가 무사히 귀가할 수 있도록 챙겼던 베이커는 그제야 테이블에 앉아 저녁 식사를 시작했다.

"나는 지금껏 베이커만큼 친절한 사람을 본 적이 없어."

나는 베이커를 보며 그렇게 말했다. 베이커는 매너라는 게 인간으로 형상화된 모습 그 자체였는데, 양보와 배려가 몸에 밴 그 덕분에 나도 전보다 더 주변을 살피고 양보하고 배려하게 되었다. 나는 그런 건 타고나는 게 아니라 보고 배우는 것이라는 걸 다시 한 번 느꼈다고 말했다.

"나는 생각이 좀 달라. 베이커는 여자를 오히려 불평등한 시선으로 보는 것 같아."

캐리였다.

베이커는 차에 탈 때에도 항상 나와 캐리를 먼저 태웠는데, 그럴 때마다 차 문을 열어 주었다. 캐리는 가야즈가 열어 주는 것에는 별반 반응이 없었는데, 베이커가 그럴 때마다 자신이 열겠다고 완강하게 거부 의사를 표명했다.

베이커는 캐리의 이야기를 가만히 듣고 있었지만 시몽은 달랐다.

"그건 프레임이야."

베이커는 피곤한 듯 눈을 감고, 시몽의 셔츠 자락을 잡아당겼다.

"시몽 그만해."

"프레임이 아니야. 콘텍스트지."

캐리가 시몽을 보며 말했다.

"아니, 절대. 친절을 베풀면 그냥 받아. 너는 오늘 메트로에서 자리가 났을 때 우리들한테 양해도 구하지 않고 당연하게 앉아서 갔잖아. 나는 그런 이중성에 너무 신물이 나."

한없이 낮은 목소리였다.

"거기까지만 해."

베이커가 시몽을 향해 검지를 들어 보였다. 그리고 자신은 캐리의 말에 동의한다고 말했다. 매니저답게, 평화주의자답게 상황을 빨리 정리하려는 게 내 눈에도 보였다. 베이커의 말에 더욱 화가 난 시몽은 오늘은 호텔에서 자야겠다고 에코백을 챙겼다. 그러는 동안에도 캐리는 왜 프레임이 아니라 콘텍스트인지를 이야기했다.

시몽은 현관문을 박차고 나가 담배를 피웠다. 유리창 너머 정원에 서 있는 시몽을 보면서 베이커가 말했다.

"시몽이 어제 잠을 못 잤어. 아이들은 잠을 못 자면 투정이 많아져. 내가 가서 재울게. 오늘은 호텔에서 자고 싶은가 봐."

베이커가 자리에서 일어났다.

"베이커, 너는 정말 시몽을 사랑하는 것 같아. 네가 시몽을 바라볼 때 네 눈에서는 꿀이 떨어지거든."

나는 한국에서 흔히 말하는 '허니 드롭' 농담으로 분위기를 바꿔 보려 했다.

"어쩜 너는 말도 이렇게 시적으로 하니. 정말 천재 작가야."

"그러니까 한국 대표로 왔지."

베이커와 시몽은 내게 차례로 비쥬를 해 주고는 서로의 손을 잡고 제로의 흰 대문을 열었다. 우버 택시가 깜빡이를 켠 채 두 사람을 기다리고 있었다.

테이블로 돌아오자, 기다렸다는 듯 캐리가 내게 질문을 던졌다.

"책을 쓸 때, 젠더 의식을 어느 정도 가지고 쓰고 있어, 소영은?"

"글쎄, 나는 소설 안의 캐릭터만 생각하고 글을 써. 물론 나는 여성이고, 페미니스트이지만, 내 소설은 페미니스트 소설이 아니야. 굳이 말하자면 나는 휴머니즘 소설을 쓴다고 할 수 있을 것 같아."

차분히 내 말을 듣고 있던 캐리는 실망한 기색을 감추지 않았다.

"미국에서 휴머니스트라고 하는 사람들은 페미니스트를 외면하려고 하는 사람들이 많아. 그래서 나는 휴머니스트들의 말을 믿지 않아. 거짓 공감으로 사람을 혼란스럽게만 하거든."

캐리의 경험에서 나온 말인지, 그곳의 중론인지 아니

면 그 둘 다인지 명확히 알지 못했다. 모하마디는 캐리의 휴머니스트에 대한 규정은 심각하게 바이어스가 걸린 표현이라고 지적했다.

"그거야 말로 프레임이야."

이제는 마무리를 했으면 했지만 캐리와 모하마디는 다시 여성 인권에 대해 논쟁을 벌였다. 두 사람은 합이 잘 맞는 프로레슬링 선수들 같았다. 공격하고 반격하고, 또 반격을 가하면서 보는 이들의 도파민을 끝없이 자극하는 포르노그래픽한 게임에 열중한 선수들.

자정이 다 되었을 때까지도 두 사람은 개념적 정의를 따져 묻는 논쟁을 멈추지 않았다. 그게 과연 정리가 될까 싶었다.

곧 두 사람은 미국 정치 파트에 대한 이야기를 꺼냈다. 유니온 이야기도 나왔고, 정치적으로 어떤 견해를 가지고 있는지에 대한 대화였다. 힐러리와 오바마, 바이든과 트럼프가 언급되었고 중동 평화까지 이야기가 확장되었다. 모하마디가 언어 행위의 정치성에 대해 말을 꺼내자 캐리는 주디스 버틀러로 응수했다.

"나는 그만 가서 잘게."

내가 자리에서 일어나려하자 모하마디가 물었다.

"소영은 계획을 세울 때 보통 어느 주기로 잡아?"

"한국은 보통 월 단위로 돈을 주고받는 게 흔하거든. 그래서 일정을 짤 때도 그렇게 정리가 되는 것 같아."

딱히 궁금하지는 않았지만 나는 다른 사람들은 어떤지 되물었다.

"나는 하루 이상은 계획을 세우지 않아. 카슈미르에는 약속을 하고 돌아오지 못하는 사람들이 너무 많거든. 그래서 나는 내일의 일정도 세우지 않아."

모하마디의 처연한 목소리를 듣고 있자니 괜스레 미안한 마음이 들었다. 동시에 머릿속에는 캐서린 비글로 감독의 영화 「허트 로커」에서 가이 피어스가 폭탄을 제거하다 사망하는 장면이 떠올랐다. 폭탄이 터지고 시멘트 가루와 분진이 날아다니는 황폐한 마을. 비명과 폭음이 잔해처럼 떠도는 이라크의 한 마을이.

"그런데, 너는 돌아갈 비행기 표는 끊어 놓았잖아. 네 말에는 이렇게 모순이 많아."

캐리의 말에 폭음이 멈췄다.

"그건 또 다른 거지. 내가 집을 떠나온 거니까. 나의 일상을 이야기하는 거야. 메타포, 메타포, 콘텍스트로 봐야지! 캐리 뭐든 네 식대로 판단해서 말하지 마. 무슬림이 말하는 건 다 싫다 이거야?"

모하마디는 마지막 단어에 강세를 세게 주었다. 두 사람은 이제 레슬링 복을 벗어 던지고 서로를 향해 총구를 겨누고 있었다. 진짜 전쟁이 시작됐다.

"내가 그날, 카트만두에서, 9.11을 이야기하지 않은 건 내 나름의 예의였어. 나는 묶음으로 비난하고 싶지 않았으니까. 그건 언피씨하니까."

캐리도 언성이 높아졌다.

"그런데, 이제 했네. 언피씨."

모하마디는 그 말을 끝으로 잔에 남은 술을 단숨에 들이켰다. 캐리의 얼굴이 붉게 달아올랐고 금세 귀까지 빨개졌다.

더 이상 앉아 있을 수가 없었다. 알리도 함께 일어났다. 그 와중에도 모하마디는 또 맨발로 내 발을 쿡 찍고는 먼저 일어선 나보다 빠르게 계단을 올랐다.

캐리는 모하마디가 사라진 계단참을 노려보다가 시선을 내게로 옮겼다. 나는 캐리가 내게 그토록 적대적인 시선을 던지는 이유를 이해할 수가 없었다.

다음날부터는 제로 하우스 전체의 기류가 바뀌었다. 더 이상 우리는 다 함께 식사를 하지 않았다. 시몽은 홀로 여행을 떠났고, 베이커는 처리해야 할 서류 작업이 많다고 했다. 친목을 도모하기 위해 모인 건 아니었지만 이렇게까지 불편한 상태로 일정을 마무리하고 싶지는 않았다.

두 번째 낭독회 전날은 캐리의 생일이었다. 만난 첫날 했던 약속을 모두가 지킬지 의문이었지만 나는 식료품점에 가서 케이크를 사 온 후 모든 방에 노크를 했다.

다들 핑계를 대면 어쩌나 했는데 제 시간에 식당에 내려와 주었다. 나는 캐리 앞에 케이크를 놓고 초를 꽂았다. 캐리는 겸연쩍어했다.

내가 먼저 생일 축하 노래를 시작하자 모두 박수를 치며 함께 불렀다.

"캐리가 케이크를 썰어서 나눠 줘."

나는 캐리의 손에 플라스틱 칼을 쥐여 주었다.

"뚜룸띠와 하시, 라티, 따문에게도, 그리고 다른 마담들에게도 나눠 줘야지?"

캐리가 물었다.

"다 같이 나눠 먹기에는 좀 작지 않아?"

베이커는 어깨를 으쓱했다.

"분배는 캐리 몫. 단, 캐리는 남는 걸 먹는 거야. 가장 공정하게."

모하마디의 말에 캐리는 쥐고 있던 칼을 식탁 위에 내려놓았다. 모하마디는 소금통을 흔들 때처럼 빙글빙글 웃고 있었다. 나는 모하마디가 캐리를 비아냥거릴 의도로 말을 건넨 게 아니라고 믿고 싶었다. 존 롤스의 정의론까지 들먹거리며 캐리에게 마음의 짐을 얹어 주려고 하는 악의가 있을 거라고는 생각하고 싶지 않았다.

"널 볼 때마다 검은 산타가 떠올라."

"좋을 대로."

모하마디는 두 손을 들어 보였다.

"소영, 나를 위해서 이렇게 자리를 만들어 준 것에 감사해. 미안하지만 나는 함께 할 수 없을 것 같아. 더 이상은."

캐리는 내게 목례를 하고 식당을 나갔다. 모하마디

역시 방으로 올라갔다.

두 번째 낭독회는 첫 번째 낭독회보다 훨씬 큰 행사였다. 제로 하우스의 응접실은 물론 테라스까지 술과 음료, 핑거 푸드가 차려졌다. 양과 종류도 첫 번째 행사 때와는 비교도 안 될 만큼 훨씬 많았다.

나는 파빈디아에서 산 보라색 살와르 카미즈에 녹색 슬랙스를 받쳐 입었다. 내 의상을 보고 베이커는 보라색과 녹색은 여성 혁명을 상징한다고 이야기해줬다. 내가 케리 멀리건이 주연한 「서프러제트」를 본 적이 있다고 하자 베이커는 "빙고!"라고 핑거스냅을 해 보였다.

"다음 대학 낭독회에서는 작품 전문을 읽어 보면 어떨까?"

내 말에 베이커는 잠시 뜸을 들이다 말을 이었다.

"소영, 대학 낭독회는 못할 거 같아."

"왜?"

"지난 낭독회에서는 극히 일부만 읽었잖아. 소설 전체의 내용을 읽고 나서 카리나 쪽에서 연락을 줬어. 소영의 소설에 공감하지만 여기 대학을 다니는 화이트 인디언들에게는 읽힐 수가 없대. 상당히 보수적인 곳이라 성적인 표현이 나오면 문제가 될 수 있다고 말이야. 소녀가 엄마의 남자친구와 데이트를 하는 것까지는 괜찮은데, 결정적으로 삼촌이라고 호명하는 것 때문에 안 된다고 했어. 너무 근친상간이잖아."

베이커는 차분한 목소리로 아이를 어르듯 말했다.

"아니, 그건 그냥 번역이 그런 거야. 한국에서는 실제의 가족이 아니어도 그렇게 잘 불러. 문화라고. 진짜 오빠가 아니어도 나이가 많은 남자한테는 오빠라고 하고, 남편에게도 오빠라고 해. 친근한 남자 어른에게는 삼촌이라고 하고, 낯선 여자 어른에게서 모성 비슷한 감정을 느끼면 이모라고도 해. 물론 늘 그 말이 딱 그렇게 쓰이지는 않아도, 대체로 그렇게 많이 쓴다고. 오 마이 갓! 그런데 이걸 근친상간이라고 말한다고? 이거 실화야?"

내가 점점 흥분하자 베이커는 내 등을 살살 문질러 주었다.

"충분히 이해해. 하지만 이미 그렇게 연락이 왔어. 어쩔 수가 없잖아."

나는 베이커의 평온한 어조에 더 화가 났다.

"제3의 성도 수용하는 인도인데, 내 소설은 안 되는 거네."

나는 가시 돋친 목소리로 말했다.

"초긍정의 아시안 우먼 소영답지 않게 왜 그래."

"초긍정? 너한테는 내가 그런 사람이었네."

"대신 캐리가 가기로 했어."

"캐리가?"

"근친보다는 미완이 낫다고 하니까."

나를 도대체 어떻게 생각하길래, 라는 생각이 솟구쳤다. 하마터면 'How Dare You'를 밖으로 내뱉을 뻔했다.

이미 세계의 질서는 완벽하게 고정되어 있는데, 나는 의지로서 세상이 평평해질 수 있다고 믿었던 것이다. 무엇보다도 내 머릿속을 헤집어 놓은 건 차별당했다는 생각보다 거짓 공감 때문에 모든 관계가 끝났다고 선언하는 서슬 퍼런 목소리였다.

기분이 상할 대로 상한 나는 베이커에게 낭독 순서를 바꿔 달라고 말했고 베이커는 그렇게 하자며 마지막 순서로 나를 옮겨 주었다. 첫 낭독회와 같이 내가 한국어로 읽으면 베이커가 그 단락을 영어 번역본으로 읽기로 했다.

마침내 내 순서가 돌아왔을 때, 나는 내 소설이 번역된 책자를 반듯하게 세워 들고는 모인 사람 그 누구도 알아듣지 못하는 한국어로 입을 뗐다. 어떤 말을 해도 내가 하는 말을 알아들을 수 있는 사람은 없었다.

"무슨 말을 할지 모르겠습니다. 적당한 말이 없네요. 저는 이곳에서 인도를 잘 모르는 인도인 알리와 친구가 되었고, 선과 악에 대한 신념과 구분이 이미 확정된 저널리스트 모하마디와도 친구가 되었습니다. 파빈디아의 캐리는 프레임과 콘텍스트를 자주 교차해 사용합니다. 그리고 저, 소영은 더 이상 긍정적이지도, 어리지 않습니다."

다른 작가들의 이름이 등장하자 베이커는 눈썹을 치켜 올리고 고개를 갸웃했지만 지난번과 똑같이 첫 단락을 리드미컬하게 읽었다.

다시 내가 읽을 차례가 되자 모하마디가 번역 앱을 켜고 물었다.

"소영! 좀 더 크게, 한 번 더 다시 읽어 줄래?

나는 모하마디가 했던 것처럼 이가 드러나도록 웃어 보였다.

한때는 언어가 모든 것을 정리해 줄 수 있다고 믿은 적이 있었다. 말을 믿었고, 들은 것을 확신했다. 읽은 것들로 이해의 폭이 넓어졌고 쓰면서 감정을 다잡았다. 말이 만들어 주는 상호작용을 믿어 의심치 않았다. 내가 체험할 수 있는 경계는 그렇게 견고해졌고 그것은 꽤 오랫동안 내 세계를 지탱해 줬다. 아니 지탱해 준다고 상상했다. 하지만, 이제는 그 확신에서 한걸음 벗어나 있다.
물론 이 또한 확신할 수 없었다.

핑퐁

막례와 지성은 1976년 8월 18일 연희동 판자촌 입구 작은 서점에 딸린 방에서 새 살림을 차렸다. 함께한 첫 아침상에는 새벽에 삶아 토렴한 김치국수가 올라왔다. 두 사람은 건더기 하나, 고춧가루 하나도 남김없이 그릇을 비워 냈다. 막례가 설거지를 하는 동안 지성은 방 청소를 말끔히 끝냈다. 두 사람은 처음 만나던 날 입었던 원피스와 정장을 챙겨 입고 점심이 되기도 전에 집을 나섰다. 쌍우물을 지나면서 막례는 처음으로 지성의 손을 잡았다. 지성은 흠칫 놀랐고 어떻게 할지 몰라 한동안 손바닥을 편 채로 걸었다. 서른 걸음 정도가 지났을 때 지성은 최악 폈던 손에 힘을 주고 막례의 손을 감싸 쥐었다. 금세 땀이 차올랐지만 손을 놓지 않았다. 그 상태로 교차로에 있는 초원 사진관에 다다랐고 사진을 찍는 것으로 결혼식을 갈음했다.

웃는 표정을 짓는 건 어려운 일이었다. 라디오에서는 판문점에서 도끼 만행이 일어났다는 뉴스가 쉬지 않고 흘러나왔다. 이러다 나 다시 군대에 끌려가게 되지나 않을까. 카메라를 바라보던 지성이 막례에게 속삭였다. 금세 댕겨 오면 되지 뭐가 걱정이에유. 지성을 올려다보는 막례의 눈망울이 빤작거렸다.

그날 저녁 지성은 새로 산 노트에 날짜를 적고 김치국수와 쌍우물, 초원 사진관과 판문점 뉴스 같은 단어들을 기록했다. 기억할 만한 일과를 메모해 두는 형식으로 시작한 노트에는 점점 그때의 기분이나 감정이 추가되었다. 막례의 눈이 유난히 빤작거렸던 순간 같은, 오래 기억하고 싶은 장면들이 하나씩 늘어갔다.

두 사람이 결혼하고 얼마 안 지나 자갈밭에 불과했던 연희동 일대가 대대적으로 개발되었다. 막례와 지성도 남쪽으로 떠나는 사람들을 따라 사당동으로 이사를 왔다. 남쪽으로 더 내려가 성남에 터를 잡은 이들도 있었지만 따라가지 않았다. 배추밭이 뒤집어진 자리에 들어선 신작로를 보고 있자니 두 사람의 앞날도 그처럼 길고 넓게 뚫릴 것 같은 막연한 희망 같은 게 움텄다.

막례와 지성이 사당동에 와서 얻은 셋집은 방 두 칸짜리 슬레이트집이었다. 얼마 지나지 않아 지성은 대학 교무과장으로 있는 막례 큰형부 교원의 도움을 받아 대학 시설관리팀에 입사했다. 건물 누수부터 조경관리까지 모든 것에 다 동원되는 자리였다. 학교는 넓었고 시설관리팀 인원은 턱없이 부족해 지성은 종일 자전거를 타며 교정을 몇 바퀴씩 누볐다. 학교 안에 있는 모든 나무의 이름과 수령과 상태부터 어느 나무에 어떤 새들이 둥지를 텄는지까지 지성의 머릿속에 자리했다. 학생들은 떼를 지어 구호를 외쳤고 학교 앞으로 심심찮게 최루탄이 날아들던 시절이었다. 학적을 알 수 없는 가짜 학생들이나 사복경찰들도 교정 곳곳을 오갔다. 휴교령이 내려진 때에도 지성은 '학교의 주인은 학생이다'를 곱씹으며 페달을 밟았다. 주인이 돌아올 학교를 온전히 지켜 내는 것이 제 일이라 생각했다. 자신은 그저 푸른 잎이 가득한 풍경 가운데 점처럼 찍힌 익명의 한 사내가 되어야 한다고 새기며 더 바삐 움직였다.

시절은 뒤숭숭했지만 학교는 매달 25일이면 꼬박꼬박 월급이 나오는 좋은 직장이었다. 막례도 월급날이면 지성보다 노란 봉투를 더 반겼다. 손가락에 침을 묻혀 가며 몇 번이나 돈을 셌다. 막례에게 돈이란 시시각각 빼고 더해지는 숫자가 아닌 온전히 제 형태를 갖춘 물질이었다. 그래서 한 부분도 허투루 헐어 내 쓸 수 없었다. 막례와 지성은 이마를 맞대고 가급적 돈을 축내지 않고 어떻게 또 한 달을 살아갈지 구상했다. 그런 밤이면 지성은 막례를 더욱 힘차게 끌어안았다.

슬레이트 지붕을 몇 번 덧대고 잇대는 동안 소영이 태어났다. 막례와 지성이 결혼한 지 꼭 12년만이었다. 자신의 인생에서 자식은 없을 거라고 완전히 마음을 접은 후라서 자신들이 만들어 낸 것이 아니라 소영이 찾아온 것이라 믿었다. 나라는 온통 가을에 열릴 올림픽 열기로 들떠 있었고 공교롭게도 지성은 실직을 한 상태였다. 연못 앞 금송 기념식수 표지석이 사라진 사건 때문이었다.

택근은 그 시절 관리팀에서 한솥밥을 먹던 동료였다. 학교를 나오고도 가끔 안부를 묻거나 경조사를 챙기는 유일한 직장 인맥이었다. 퇴직 후 몇 년 귀촌 생활을 했던 택근은 얼마 전 인정빌라 근처 탁구장을 인수해 운영하게 되었다고 소식을 알려 왔다. 지성도 지하에 탁구장이 있는 건물을 잘 알았다. 그 건물 501호에 소영이 살고 있었다.

택근은 교직원들로 구성된 탁구 동호회 회장을 꽤 오래 맡았다고 했다. 물론 지성이 퇴직하고도 한참 이후에 만들어진 모임이었다.

"언제 한번 놀러 와. 이게 그냥 손만 움직이는 게 아니라 손부터 머리, 발끝까지 다 쓴다고. 또 몸만 쓰는 게 아니라 뇌를 쓰는 거라 나이 들수록 좋은 운동이 또 탁구라네. 전두엽이 활성화 되고 기억력도 좋아져. 운동량은 많은데 부상 입을 일이 없거든. 허리만 조심해서 살살 치면. 아, 그리고 집에서 축 처져 있으면 뭐하나. 삼식이 소리나 듣지. 나와서 사람들이랑 자꾸 어울리세, 응?"

그냥 듣고 있다가는 끝도 없이 길어질 것 같아 지성은 안 그래도 요즘 가끔 손에 힘이 안 들어가던 차였다고 말하고는 조만간 꼭 들르겠다고 약속을 했다. 그제야 택근은 저녁 무렵에는 자신이 항상 있으니 그 시간대에 오라면서 전화를 끊었다.

막례는 컵 한가득 찬물을 따르고 단숨에 들이켰다. 한여름에도 찬물은 입에도 안 대던 막례였다.

"보일러도 안 틀고, 침대 위에다 텐트를 치고 삽디다. 이 엄동설한에 가스 요금은 죄다 연체고. 아니 인도 갔다 와서 뭔 일이 있었나 도통 알 수가 없다니까."

일주일에 서너 번은 밥을 먹으러 건너오던 소영이 발길을 끊은 지도 넉 달이 지났다. 뭐에 심통이 났는지 막례와 말다툼을 하더니 막례가 제 집을 들여다볼 수도 없게 아예 현관 비번까지 바꾸어 버렸다. 제 식구 끼니 거르는 걸 세상 무너지는 것보다 더 무섭게 생각하는 막례였다. 궁금한 건 꼭 알고 넘어가야 직성이 풀리는 막례였다. 그 두 가지가 소영과 붙으면 순식간에 막례의 인내심은 임계점을 돌파해 버렸다. 막례가 소영의 일에 넉 달이나 참았다면 부처 수행하듯 잘 참아 낸 것이었다.

이보게 임자, 난 더한 것도 봤어, 라는 말이 튀어나올 뻔했지만 지성은 아래턱에 힘을 주고 입을 꽉 다물었다.

반찬을 해 나르던 막례와 다르게 지성은 단 한 번도 소영의 원룸에 찾아간 적이 없었다. 공식적으로는.

며칠 전 지성은 택근을 만나러 탁구장에 가는 길에 원룸 건물 1층 편의점 파라솔 의자에 앉아 혼자 맥주를 마시는 소영을 보았다. 지성은 발끝을 돌려 편의점 맞은편 골목 어귀로 몸을 숨기고 소영을 훔쳐보았다. 소영이 고개를 들어 좌우를 살필라치면 지성은 축구선수 박지성보다 빠른 양발재간으로 제 몸을 숨겼다. 순발력이 영 녹슨 건 아니라는 생각이 들었고 순간 이상한 기시감이 밀려왔지만 지성은 다시 소영이 있는 편의점으로 시선을 옮겼다.

기온이 영하로 떨어진 날이 며칠째 이어지고 있는데도 소영은 맨발에 슬리퍼 차림으로 편의점 파라솔 의자에 앉아 맥주를 마셨다. 발뒤꿈치가 하얗게 일어난 건지 언 건지, 하얗고 울긋불긋한 게 멀쩡해 보이지 않았다. 파란 플라스틱 의자에 붙은 소영의 엉덩이가 파랗게 얼어 가는 것처럼 느껴졌다. 살이 틀까 싶어 온몸 구석구석 로션을 꼼꼼하게 발라 키웠는데 한겨울에 제 살이 트는 줄도 모르고 저렇게 맥주 캔을 상대로 파이팅을 하면서 앉아 있는 것을 보고 있자니 지성은 저도 모르게 이가 시려 왔다. 무슨 일이 생긴 건지, 정말 술이 좋아서 저렇게 죽치고 앉아 술만 먹어 치우는 건지 도무지 알 수가 없었다. 생각할수록 지성은 소영에 대해 아는 게 그다지 많지 않았다. 그런 대상의 마음을 상상하는 건 더더욱 어려운 일이었다.

조산원에서 태어난 소영의 얼굴을 처음 마주한 날에도 지성은 소영이 어려웠다. 옹알이를 할 때에도, 한두 마디 말을 배워 갈 때에도, 질문 폭격을 쏟아 대던 초등학교 시절에도 지성은 홀로 무안해졌던 적이 많았다. 변덕이 심한 소영을 만족시키는 일은 표현력이 부족한 지성에게 너무 벅찼다. 누군가 자식은 능력 없는 신을 모시는 일이라고 했는데 그 말이 딱 맞았다. 신이 존재한다는 맹목적인 믿음만으로 살아야 했다. 원활한 상호작용에 대한 기대는 신앙심을 그르치기에 딱 좋은 것이었다.

소영은 드문드문 오가는 사람들과 차들, 꼬리를 바짝 세우고 걷는 고양이들에 시선을 던졌다 거뒀다. 눈앞의 풍경이 시시각각 변주되는 것에 넋을 놓고 있기도 했고 그러다가도 휴대전화를 들여다보며 낄낄대기도 했다. 왠지 온전해 보이지 않았다. 소영이 어깨를 들썩이며 킥킥댈 때마다 지성은 기괴함을 느꼈고 그건 왠지 모를 자책으로 이어졌다. 자신은 입에도 대지 않는 술을 혼자서 저렇게 먹어 대는 소영을 보고 있자니 바특하게 졸인 찌개를 떠먹는 것처럼 속에서부터 갈증이 올라왔다. 정작 그 순간 맥주를 간절히 마시고 싶은 사람은 지성이었다.

소영은 다 마신 맥주 캔을 우그러뜨려서 장렬하게 전사한 적군의 전리품을 진열하듯 파라솔 탁자 위에 일렬로 세워 놓았다. 이어 뿌듯함이 번진 얼굴로 다음 캔의 따개를 꺾어 땄다. 노란 맥주 거품을 호로록 빨아들이느라 동그랗게 오므려진 소영의 입을 보면서 지성은 기저귀 갈 때 닦아 주던 소영의 여문 항문이 떠올랐다. 노랗고 시큼했던 아깃적 소영의 똥내가 나는 것 같았다.

날이 추워서인지, 술을 마시고 있어서인지, 편의점 간판 불빛을 받아서인지, 소영의 코는 유난히 빨갰다. 지성이 두 다리를 서로 비벼 대며 추위를 견디는 동안에도 소영은 또다시 편의점으로 들어가 훨씬 용량이 큰 맥주 네 캔을 안고 나왔다. 저러다 말겠지 했던 지성의 생각은 슬슬 저러다 죽겠네로 옮겨 가고 있었다.

"그러게 월세는 그냥 내 주자니까."

막례가 지성을 향해 눈을 치떴다. 지성은 머리를 도리질해 맥주 캔을 한 손에 넣고 찌그러뜨리는 소영을 밀어냈다.

"글 쓰고 사는 게 오죽 어려워요? 내가 모르긴 몰라도 우리 소영이가 아주, 개를 호랭이로 둔갑시키는 재주꾼이니까. 어디 둔갑뿐인가. 축지에 장신까지 못하는 게 없지."

소영이 조용히 글 쓸 독립된 공간이 필요하다고 했을 때 원룸을 얻어 준 건 막례였다. 인정빌라에서 한 블록 바깥은 왕복 8차선 도로였고 그 건너는 방배동이었다. 막례는 행정구역이 달라지니 집에서 꽤 멀어진 느낌이 나지 않느냐며 독립을 대한독립만세처럼 외치던 소영을 달랬다. 보증금 3천만 원에 월세 60만 원짜리 4평 원룸을 얻는 데 소영이 가진 돈 전부인 2천만 원과 막례의 쌈짓돈이 들어갔다.

소영이 비장한 표정으로 독립이라는 단어를 입에 올릴 때부터 지성은 탐탁지 않았다. 과연 소영이 월세를 감당할 수 있을까 걱정이 되었다. 하지만 소영은 월세 그까짓 거 절대 밀릴 리 없다고 독립을 외칠 때처럼 눈에 불을 켜고 장담했다. 마뜩하지 않았지만 그렇게 원했던 일이니 스스로 개척해 나가는 것도 소영의 몫이라고 지성은 생각했다.

"내가 애가 닳아서 못 보겠다니까. 저러다 몸 축날까 봐 나는 그게 걱정이라니까. 어째요, 다시 들어오라고 해야지, 응?"

그렇게 우겨서 집을 나간 이상 소영이 다시 제 품으로 돌아오는 퇴행을 하지 않기를 지성은 바랐다. 온전히 자신의 판단만으로 결정을 내리고 그 결정을 기꺼이 감내하며 혼자 힘으로 버티고 살아 내기를 원했다.

"나는 반댈세."

"옴마, 지금 남 이야기해유? 꼭 반대표 던지는 정치인들같이 말하네. 야박시룹구로."

막례는 이제 지성이 꿈쩍도 않을 거라는 것을 잘 알고 있었다. 수틀리면 돌아앉아 몇날며칠이고 말을 않는 황소고집인 건 지성이나 소영이나 마찬가지였다. 막례가 판단이 빠르고 행동이 더 빨라진 건 두 사람과 함께 살면서 생겨난 반작용이었다.

 다음 날 지성은 운동복 차림으로 집을 나섰다. 공식적으로 탁구를 치러 집을 나선 것이었다. 운동을 마치고 나올 즈음 파라솔에 앉아 있는 소영을 만나면 단도직입적으로, 최대한 자연스럽게 물어볼 수도 있겠다 싶었다.
 3층 계단을 내려오다 올라오는 경미와 마주친 지성은 고갯짓으로 인사를 하고 발을 재촉했다. 마당을 지날 때에는 담배를 피우고 있던 범준과 마주쳤다. 지성을 보자마자 범준은 등 뒤로 담배를 감췄다. 범준의 머리 위로 긴 연기가 피어올랐다.
 "편히, 편히 피게나. 꽁초만 잘 단속하시게."
 "네, 아버님."
 언제부턴가 범준은 지성에게 아버님이라는 호칭을 쓰고 있었다. 아마 오랜 기간 병상에 있던 아버지가 세상을 떠나고 나서부터였을 거라고 지성은 생각했다. 그런 생각을 하면서 지성은 횡단보도 앞에 서서 신호가 바뀌길 기다렸다. 그리고 소영에게 할 말들을 되뇌었다.
 하지만 지성이 짜 놓은 프로세스는 하나도 진행되지

않았다. 탁구장에 들어가기도 전에 지성은 소영과 마주쳤다. 여전히 맨발에 슬리퍼 차림인 소영은 지성을 알아보고 손을 들어 보였다.

소영은 책 묶음을 폐지 리어카에 올리고 있었다. 지성은 얼른 뛰어 소영의 손에 들린 책 묶음을 받아 리어카에 얹었다. 묶음 가운데는 소영의 단편집도 있었다. 지성이 기억하기로 그 책에 실린 단편소설은 너무 야하고 어두운 데다 지나치게 폭력적이었다. 소영의 마음에 그런 단어들이 들어 있다고 생각하니 소영을 볼 때마다 눈을 마주치기가 어려웠다. 어디까지나 글일 뿐인데도 그랬다.

"저 많은 걸 다 버리는 거냐?"

멀어지는 리어카를 보며 지성이 물었다.

"필요하다는 사람들한테 나눠 주기도 하고, 알라딘에도 좀 팔고, 이제 거의 다 처분했어."

소영은 아무렇지도 않게 답했다. 집에서 짐을 내갈 때에도 옷은 계절마다 집에 와서 챙겨 간다고 하면서도 책은 가지고 있어야 글이 잘 써진다며 자신의 책을 몽땅 챙겨 나간 소영이었다.

"다섯 군데서나 퇴짜를 맞았어. 이제 청탁도 없고, 더 이상 책을 내자는 출판사도 없어. 물론 독자도 없어. 계속할 자신이 없다는 게 제일 큰 문제고."

"그랬구나. 그래서 앞으로는 어떻게 할 생각이냐."

조심스럽게 물어보려 했지만 그렇지 않은 말투가 튀어나왔다. 소영이 지성을 빤히 쳐다봤다.

"우선은 뭘 할지 당분간 쉬면서 생각이란 걸 좀 해 보려고. 아빠가 무슨 말 하려는지 아는데, 그냥 지금 상태를 결과라고 생각지는 말아 줬으면 좋겠어."

"내가 뭘 또."

지성은 그렇게 얼버무렸지만 소영은 지성의 눈을 똑바로 바라보았다.

"아빠가 못 본 것도 많다는 걸 말하는 거야."

파이팅 넘치게 맥주를 마시던 소영의 모습이 떠올랐지만 지성은 입을 꾹 닫은 채 말을 아꼈다.

"그리고 엄마한테는 아직 말하지 말아 줘. 뭐라도 좀 정리가 되고 나서 내가 이야기할 테니까. 알았지?"

지성은 고개를 끄덕였다.

소영의 나이 때 지성도 실직을 했었다. 상황은 달랐지만 계속 해 오던 삶을 이탈해 완전히 새로운 길을 개척

해 나가는 건 쉬운 일이 아니었다. 삶은 지성이 하는 만큼 주어지는 것도, 원하는 만큼 완성되어 가는 것도 아니었다. 생각지도 못한 일들은 언제나 내 등 뒤에 도사리고 있었다. 예측할 수 없었던 일들이 연이어 터져 놀라고, 두렵고, 당황하더라도 도망칠 수는 없었다. 그때의 지성이 재취업이 힘들었던 것처럼 소영도 의도치 않은 낭패를 맛보게 될 게 지성의 눈에 뻔히 보였다. 술로 마음을 다독일 때는 더더욱 그럴 거라고 지성은 생각했다.

지성은 그런 마음을 감추는 법을 몰랐다. 꾸미거나 살을 보태 부풀리는 법도 없었다. 어떤 생각을 하든지 표정으로 고스란히 드러났다. 대놓고 이런저런 비난을 쏟아내지 않아도 표정으로 그걸 다 하는 사람이 지성이었다.

소영은 지성의 머릿속에 깊이 뿌리내린 생존편향을 잘 알고 있었다. 그건 육체와 정신을 소진하면서 일상을 지켜온 지성 나름의 생존 전략이었다. 이해하고 있다고 모두 수용할 수 있는 것은 또 아니라서 소영도 지성과 긴 대화를 잇는 것이 어려웠다.

"그러마. 뭐든 해 보렴. 그건 찬성이다."

지성은 소영의 어깨를 한 번 잡았다 놓았다. 소영은

지성의 손이 닿았던 어깨를 흘끔 내려다보고는 어깨를 으쓱했다.

"아빠 탁구 치게? 그건 대찬성이야."

지하로 내려가는 문고리를 잡고 선 지성에게 소영이 엄지를 척 들어 보였다.

택근은 채 잡는 법부터 차근히 설명했다. 그리고 체육관 제일 안쪽에 있는 그물망 안으로 지성을 데리고 갔다. 사각의 그물망 안에는 탁구 머신이 있었다. 공이 오는 방향, 높이와 각도, 비거리까지 설정할 수 있는 기계였다. 택근은 왼손잡이인 지성에 맞게 설정을 바꾸고는 시범을 보였다. 엉거주춤한 자세로 취, 취, 소리를 얹어 가며 오른쪽 눈썹까지 탁구채를 쳐올렸다. 몇 번을 따라 해도 그 자세는 지성의 몸에 붙지 않았다.

"이 친구, 아주 몸이 굳었네, 굳었어. 그래도 급할 거 없지. 천천히, 하나씩 해 보라고."

그렇게 말하고 택근은 자리를 떴고 지성은 홀로 기계를 상대했다. 처음에는 공이 모두 허공으로 날아올랐다. 날아오는 공을 잡아채듯 탁 쳐내는 게 어떤 느낌인지 도통 알 수 없었다. 이해하지 못하면 그대로 흉내 내기도 힘들었다. 그러다 한두 개를 받아 냈고 이어 라켓 타면을 어떻게 하는 게 좋은지 감이 잡혔다. 열에 서너 번은 네트 반대편 테이블 위로 공을 안착시켰다. 허리가 리듬을 타면서부터는 더 많은 공을 받아칠 수 있었다. 핑, 핑 소리가 경쾌하게 들렸다. 안전한 파괴력을 과시하는 기분이었다.

"자세가 안 잡히면요, 아무리 공을 쳐도 절대 안 늘어요."

그물망 뒤에 선 남자가 말했다. 지성은 고개를 살짝 숙여 보이고 다시 기계와 랠리를 이어 갔다. 하지만 남자는 자리를 뜨지 않고 계속 지성을 바라봤다. 남자가 신경 쓰이기 시작하자 공이 사방으로 튀었다.

"거 봐요."

백발이 성성한 남자는 어느새 그물망 안으로 들어와 기계를 껐다. 아니 이건 또 무슨 경우지? 지성이 그렇게 생각할 틈도 없이.

"스쿼트 알죠?"

그렇게 시작한 남자의 개인 강의는 30분이 넘게 이어

졌다. 너무도 감사한 일이었지만 지성이 원한 일은 아니었다. 지성은 껌을 질겅질겅 씹어 가며 계속 열띤 강연을 하는 남자의 입만 바라봤다. 저 나이에도 풍선껌을 씹나 싶을 정도로 순도 높은 딸기향이 났다. 그런 생각을 하거나 말거나 남자는 입에 침이 흥건한 채로 자세의 중요성을 강조했다. 중간중간 침까지 튀기며 자신이 어떻게 탁구를 하게 되었는지도 알려 줬다. 지성은 몇 분이 안 지나 그가 아내와 두 딸이 있는 가장이라는 것과 사거리에서 아디다스 대리점을 운영하고 있다는 것도 알게 되었다. 감사하게도, 10퍼센트 특별 할인 찬스까지 주어졌다. 그의 빠른 목소리는 너무 많은 정보를 쏟아냈고 손은 지나치게 현란하게 움직였다. 금세 피로감이 몰려들었다.

"저 선생님, 잠시만요. 저는 혼자 좀 쳐 보겠습니다."

지성은 라켓을 가슴 가운데 세워 보이며 간청하듯 말했다.

"저 선생님 아니에요. 그렇게 부르지 마세요."

"아, 그럼 어르신이라 여쭈면 될까요?"

"아니 무슨 어르신. 다 같이 늙어 가는 처지에."

그렇게 말하고 남자는 풍선껌을 따닥따닥 터뜨리며

다른 테이블로 옮겨 갔다.

9시도 안 되어 탁구장은 텅 비었다. 택근은 퇴근 준비를 했고 지성도 떨어진 공을 주워 담았다.

"시골 공기 마시다 여기 오니 목이 텁텁하지 않나?"

지성이 물었다.

"시골도 시골 나름이지. 요즘은 공기도 공기고 인심도 전 같지 않고. 그리고 돈이 적게 들지도 않는다네."

지성이 단층 양옥을 살 때 즈음 택근도 그 근처에 생애 첫 주택을 구매했었다.

"재개발이 될 거라던데, 자네 들었나?"

"뭐 오래된 이야기지."

"이번엔 다르다고 그러네. 서울시장이 급행으로 밀어붙인다고 뉴스가 났네."

"그런가. 그래 봤자 골치 아픈 일들만 생기는 거 아닌지 모르겠네."

회의적인 지성에 비해 택근은 야망이 달랐다.

"나는 조합장이 되려고 하네."

"되려 고되지 않겠나."

"그냥 재취업 하는 거라 생각하고."

택근은 라켓을 정리하며 비식비식 웃음을 흘렸다. 그러고는

"그리고 되도록 피하게, 그 노인. 맞상대를 해 봤자 피곤하기만 할 걸세. 나도 여기 인수할 때 전 주인한테서 그 노인네 이야기부터 들었다니까."

풍선껌 노인의 이름은 관철이었다. 탁구장에서 그를 좋아하는 사람은 없었다. 어디 공사 고위직으로 퇴직했다는 관철은 자기보다 어린 사람들은 다 아랫사람 대하듯 하고 무슨 일이든 대우를 더 받으려 애를 썼다. 오만한 데다 무례하기까지 해서 그를 피해서 다른 탁구장으로 옮겨 간 이가 한둘이 아니었다. 그런데도 관철을 오지 못하게 할 방법은 없었다.

지성도 그런 사람이 하나 기억났다. 지성의 정강이를 걷어찼던 교무과장.

"그나저나 그때, 그 돌 말일세. 정말 어떻게 한 건가?"

택근은 뭔가를 추측하듯 눈을 가늘게 떴다.

"진짜로 내다 버렸나?"

지성이 교무회의에 불려간 건 처음 있는 일이었다.

간밤 연못 입구에 있는 기념식수 표지석 윗돌이 사라진 사건 때문이었다.

아랫돌만 남은 상태가 된 걸 제일 먼저 발견한 건 지성이었다. 여느 날과 똑같이 지성은 자전거 안장에 엉덩이를 얹고 페달을 밟았다. 가을비가 촉촉이 내리던 아침이었다. 본관 우측 산사나무를 지나 금송 앞에 다다랐을 때 지성은 전날과 뭔가 달라진 풍경에 고개를 갸우뚱했다. 이윽고 달라진 퍼즐을 발견하고 아연실색하고 말았다. 가까이 가서 보니 억지로 떼어낸 자리 옆으로 돌가루가 부셔져 있었고 여러 개의 발자국과 리어카 바퀴 자국이 보였다. 잔디밭 밖으로는 바퀴 자국도 발자국도 남아 있지 않았다. 표지석이 어디로 사라졌을지 지성은 그 자리에 서서 한참 동안 사방을 둘러보았다.

지성이 제일 먼저 그 사실을 알린 건 교무과에 근무하고 있던 윗동서 교원이었다. 막례는 11남매의 막내였고 첫째 영례와는 스물한 살 차이가 났다. 교원과 영례도 두 살 차이가 났다. 지성이 막례보다 다섯 살이 많다 해도 교원은 지성에게 삼촌뻘 되는 어른이었다. 지성은 조심스레 본 것을 알렸다.

교원은 눈을 희번덕거리며 예상했던 것보다 심하게 성을 냈다. 학교 밖으로 이 일이 새나가서는 안 된다는 말을 되풀이 하면서 몸까지 떨었다.

역시나 교무과장 규영은 얼굴이 새빨개진 상태로 지성을 맞았다. 윗돌이 사라진 영문을 알 도리가 없었던 건 지성도 마찬가지였지만 규영은 연거푸 진상규명을 하라고 소리를 질러 댔다. 학교 각 부처의 장들이 빙 둘러앉은 테이블 옆에 서서 지성은 벌 서는 아이처럼 회의를 지켜봐야 했다. 한참 만에 그만 나가 보겠다는 소리를 꺼내자 규영은 지성의 정강이를 걷어차며 욕지거리를 뱉었다.

윗돌에는 전두환의 글씨가 새겨져 있었다. 전두환은 백담사로 떠났고 시절은 평화롭기 그지없었지만 전두환의 영향력까지 모두 떠난 것은 아니었다. 지성만큼 교원도 규영에게 모진 소리를 들었다. 진상조사보다 원상복구가 더 중요했으므로 교원은 표지석을 제작했던 석재상에 전화를 걸었다.

며칠 후 표지석 윗돌이 다시 얹혔다. 윗돌이 떨어져 나갔을 때처럼 한밤중에 진행되었다. 전보다 더 단단하게 석재 에폭시를 사용하고 더 꼼꼼하게 시멘트 땜질을 했다. 그 자리에는 석재상 사장과 인부 두 명, 교원과 지성이 함께했다. 인부들이 돌아간 후 교원은 지성에게 당분간은 야간 당직을 맡으라고 말했다.

그날부터 지성은 해질 무렵 출근해 다음날 아침까지 야간 경비를 섰다. 경비 용역이 따로 있었지만 지성은 본관 앞뒤를 돌며 표지석을 지켰다. 금송을 식수한 날짜와 한자로 '대통령 전두환'이 적힌 게 다였지만 살아 있는 전두환을 지키고 있는 것만 같았다. 이같이 하찮고 보잘것 없는 데 자신의 공력을 낭비하고 있는 현실이 자신을 덧들였다. 그래서 더 권력이 두려워졌고 억울할 새가 없었다.

집에 돌아온 지성은 막례에게 소영의 이야기를 전했다. 말하지 말라고 했던 것까지 하나도 빠짐없이 말을 옮겼다.

"당분간은 뭘 하더라도 내버려두자고."

지성의 말에 막례는 고개를 끄덕였다.

"뭐 기다리는 김에 쫌 더 기다려 보죠, 뭐. 그건 그렇고 저쪽 뒤까지 재개발이 된다고 사람들이 오가던데."

막례는 대단위 아파트 단지가 그려진 조감도를 내밀었다. 조합설립 안내 브로슈어였다.

"서울시장이 3년 안에 밀어붙인다고 했다네."

그렇게 물꼬를 튼 지성은 택근과 나눈 이야기를 전하다 실직했던 이야기까지 거슬러 올라갔다. 당시에는 막례에게도 제대로 밝히지 않았던 일이었다.

"나도 그 일은 정말, 정말로 궁금합디다."

막례는 그간 참아 왔던 속마음을 토로했다. 호기심 대마왕 막례가 그동안 그만큼 참고 지내온 것은 예수와 부처와 성모 마리아가 대통합을 이룰 만큼 득도했기 때문이 아니었다. 지성의 성격을 너무도 잘 아는지라 애초에 포기를 했기 때문이었다.

지성이 실직을 하고 집에 돌아왔을 때에도 막례는 아무것도 묻지 않았다. 큰언니 영례도 남편 교원에게서 들은 게 없다고 시치미를 딱 잡아떼었던 터라 막례는 지성이 일을 그만둔 이유를 더 캐묻고 다닐 수가 없었다. 몇 해가 지나고 나서 교원에게 지나가듯 들은 이야기라고는 돌이 없어져서라는 말뿐이었다. 사방 천지에 돌이 넘쳐 나는데 그깟 돌 때문에 지성이 하던 일을 그만뒀다고 생각하니 막례는 큰 돌덩이가 가슴에 들어앉은 기분이었다. 그래도 지성에게 따져 묻지 않았다.

실직하고 지성은 몇 달을 집에서 전전했다. 경력이 꽤 되었지만 전 직장과 비슷한 곳에서는 지성을 받아 주지 않았다. 낯가림이 많아 장사를 할 주변머리도 못 되었다. 젖먹이 소영을 등에 업고 막례는 시장을 돌아다니며 먹고 살 궁리를 했다. 그리고 그동안 차곡차곡 모아 뒀던 돈으로 사계 시장 골목에 순댓국집을 열어 장사를 시작했다. 소영은 가게 안쪽에서 젖을 먹고 잠을 자며 자랐고 지성은 군말 없이 막례를 도왔다. 장사가 잘될 때에도, 1층 양옥을 구입했을 때에도, 그걸 헐고 장기융자를 얻어 다세대 주택을 올릴 때에도, 지성이 돌 되기 전에 돌아가신 자신의 어머니 이름을 따서 인정빌라로 이름 짓자고 했을 때에도 막례는 공치사 하지 않았다. 지성이 마음이 상해 입을 닫고 등지고 눕는 것이 보기 싫어서였다. 막례의 이러한 노력 덕분에 두 사람은 큰 소리 한 번 낸 적 없이 긴 시간을 함께해 왔다.

새 윗돌도 일주일이 지나기 전에 사라졌다.

그날도 지성은 야간 당직을 돌고 있었다. 당시에는 학생들끼리 모여 막걸리와 두부, 김치 등을 차려 놓고 학교 곳곳에서 술을 마시는 일이 잦았고 아침마다 수풀 속에서 잠을 깨는 학생들도 여럿이었다.

지성은 연못가에서 술을 마시던 학생들을 훔쳐보며 들고 나는 것을 기록했다. 학생들이 좌우를 살필라치면 지성은 재빠르게 몸을 숨겼다. 동체 시력 좋은 고양이도 깜빡 속을 정도로 빠른 몸놀림이었다.

학생들은 자정이 지나기 전에 하나둘 자리를 떴다. 지성은 숨죽인 채 나머지 학생들의 움직임을 주시했다. 어둑해서 얼굴까지 알아볼 수는 없었지만 긴 생머리, 뒷머리가 긴 꽁지머리, 가운데 가르마로 앞머리를 가른 장국영 머리까지 셋이 연못가에 남아 있었다.

인적이 완전히 끊기자 학생들은 표지석에 뭔가를 들이부었다. 그러고는 긴 송곳으로 바위짬을 찌르듯 윗돌과 아랫돌 사이를 찔러 댔다. 얼마 지나지 않아 윗돌이 흔들거렸다. 그사이 한 명이 다다다 달려 나가더니 언제 가져다놨는지 리어카를 끌고 왔다. 조경 관리를 할 때 지성이 사용하던 것이었다. 세 학생은 일사불란하게 삼위

일체가 되어 리어카 위로 윗돌을 끌어내렸다. 탁, 팅, 툭. 둔탁한 것들이 맞닿는 소리가 한밤 교정에 조심스럽게 울려 퍼졌다. 귀뚜라미 소리와 묘한 조화를 이뤘다.

이윽고 세 사람은 리어카를 끌고 본관 앞 연못으로 돌진했다. 한 치의 망설임도 없이. 철퍼덕, 첨벙, 푸르르. 지성은 한 시절을 군림하던 독재자가 수장되는 소리를 그저 듣고만 있었다. 입 밖으로 항변하지 못했던 억울함이 녹아내렸다.

학생들은 하이파이브를 번갈아 하고는 옷에 튄 물을 털었다. 이어 연못을 향해 세차게 욕을 퍼붓고 산사나무 뒤 문리대와 도서관 샛길로 유유히 사라졌다.

길게 두 줄의 리어카 바퀴 자국으로 짓이겨진 잔디와 질경이를 내려다보며 지성은 생각했다. 어떻게 할 것인가. 어떻게 해야 옳은 것인가.

어떤 선택을 하더라도 다 올바를 수는 없었다.

멀리 하늘이 푸르스름하게 밝아 왔다. 더 이상 시간을 지체할 수 없었다. 지성은 자전거를 타고 본관에서 가장 먼 곳에 위치한 조경막사로 달려갔다. 그곳에서 떼잔디를 꺼내 자전거에 싣고 연못가로 돌아왔다. 짓이겨진 부분만큼 질경이는 뽑아내고 떼잔디를 떼어내 얹었다.

사위가 밝아졌을 때 가을비가 촉촉이 내리기 시작했다. 곧 리어카 바퀴 흔적 같은 건 보이지도 않았다. 지성의 바지는 흙으로 엉망진창이었다. 떨어지는 빗방울을 맞으며 지성은 자연이 정리해 줄 일을 괜히 했나 싶었지만 똑같은 상황이 온대도 같은 행동을 했을 거라고 마음을 다독였다.

이야기를 다 듣고 난 막례의 입이 다물어지지 않았다.
"참말 그래서 학교를 그만둔 거예요?"
"잘린 거지. 내가 발견했기 때문에 내가 책임을 져야 한다는 게 제일 납득이 안 갔지만 어쩌겠나. 큰형님도 고생이 많으셨고."

이번에도 윗돌이 사라진 걸 가장 먼저 발견한 지성이 가장 먼저 용의선 상에 올랐고 가장 유력한 용의자가 되었다. 학교에서는 몇 차례의 교무회의를 거쳐 학생들을 들쑤셔 일을 키우기보다 표지석 자체를 없애기로 결의했다. 새로운 시대에 상응하는 판단을 내린 것이었다. 그렇다 하더라도 학교는 교원은 지방 캠퍼스로 발령을 냈고, 더 하급 직원이었던 지성은 파면했다. 지성이 범인이 아니라는 걸 밝혀내지 못한 이유에서였다. 지성은 아직도 그걸 납득할 수가 없었다. 몇 해 전 작고한 교원에게도 내내 미안한 일이기도 했다.

지성은 오래도록 그날의 일을 되새김질하며 살았다. 처음에는 발견자였다가, 목격자였다가 가담자가 되고, 최종에는 책임지는 인간이 되어 버린 건 어쩌면 운명이었을지도 모른다. 그리고 그 운명은 지성 스스로가 선택해서 완성해 온 것이었다. 자신이 학생이었대도 그런 전리품 같은 표지석은 두고 보지 않았을 거라고 지성은 자주 생각했다. 누구나 그렇게 하지는 않더라도 누구라도 그럴 수 있는 일이었다. 그때 그곳에서, 그들을 스친 건 지성의 인생에서 아주 작고 우연한 중첩이었다. 하지만 이처럼 어떤 우연은 생을 송두리째 뒤집어 버리기도 했다.

"참, 고생이 많았어요. 내가 몰랐었네."

막례가 눈을 빤작거리며 지성을 올려다봤다. 지성은 검버섯이 후두둑 피어난 막례의 손등을 물끄러미 바라보다 이내 손을 그러쥐었다.

"소영이는 진짜 그냥 두고 봅시다, 임자."

막례의 입이 다시 벌어졌다.

"지독혀, 참 지독혀."

막례는 혀를 내두르며 지성의 손을 뿌리쳤다.

소영은 원룸 1층 편의점에서 하루에 다섯 시간씩 아르바이트를 하기로 했다고 알려왔다. 사람들이 자꾸 돈을 던지고 반말을 하는 게 너무나도 불쾌하다면서도 세상에 그렇게 많은 인격들이 있다는 데 놀라고 있다고 말했다. 한편으로는 그런 인격들을 만나는 게 흥미롭다면서. 막례는 소영이 편의점 사장이 되는 미래를 상상하며 소영을 응원했다. 지성은 막례를 처음 만났을 때부터 지금까지 막례의 그런 탁월한 상호작용이 부러웠다. 부럽고 선망한다고 그렇게 살 수 있는 건 아니었다.

지성은 조금씩 탁구 실력을 키워 나갔다. 여전히 훈수를 두는 사람은 많았다. 지성처럼 자세가 어정쩡하고 받아친 공도 제 방향을 못 찾아가는 사람을 만나면 다들 그렇게 안타까워 어쩔 줄을 몰랐다. 그래서 지성이 원하는 것과는 상관없이 탁구계의 후배를 지도 편달해야 한다는 선배의 한없는 마음으로 반말로 코칭을 해 주는 사람도 있었고 같이 치자고 청해 놓고 서브를 넣지 못하니 더 배우고 오라고 자리를 뜬 사람도 있었다. 손목과 무릎에 보호대를 착용한 노인은 다짜고짜 성적인 비유를 했다.

"기계랑 치면 기계에만 익숙해져. 연애하는 거랑 똑같지. 여러 여자랑 쳐 봐야 여자를 잘 알지 않겠어?"

"제가 그런 비유를 좋아하지 않습니다."

지성이 그렇게 말하자 노인은 쌩하니 자리를 벗어났다.

점잖게 생긴 안경 쓴 노인은 탁구 창세기 신화를 설파했다. 하늘이 열리고 한 세계가 열리고 탁구공이 그 세계의 중심이라고 핏대를 세우며 말했다. 탁구를 치러 왔는가, 아니면 말을 하러 왔는가. 지성은 지루하고 따분했다.

딸기껌 관철도 빠지지 않았다. 관철이 가까이 오기도 전에 딸기향이 확 끼쳤다. 관철은 지성이 듣거나 말거나 탁구가 얼마나 정교하고 과학적인 신체 활동인지를 피력했다. 코어의 힘을 기르는 전신운동이면서 정신운동이라고 했다. 그는 대화를 간절히 원하는 사람처럼 그물

망에 두 손을 걸치고 계속해서 말을 걸었다. 지성은 고갯짓만 까딱할 뿐 대거리를 하지 않았다. 미안한 생각도 들었지만 그게 관철에게 할 수 있는 최대한의 상호작용이었다.

봄이 되면서 탁구장에도 새로운 회원들이 늘었다. 대부분 지성과 비슷한 연배였다. 택근은 지성을 포함한 신입 회원들의 승급을 나누는 대회를 열 거라고 알려왔다. 지성은 이번 대회에는 참여하지 않겠다고 답했지만 더 이르게 탁구장에 나갈 채비를 하고 집을 나섰다.

현관 앞은 막례가 아침 일찍 양재동 꽃 시장에 나가 사온 토마토 모종으로 그득했다.

"저걸 다 심나?"

"한 판을 사는 게 더 싸서 샀쥬. 앞집, 뒷집 나누면 좀 좋아요."

막례는 방울토마토를 수확할 때처럼 환하게 웃었다. 지성은 난생 처음으로 막례의 뺨에 손을 얹었다 떼었다. 순간, 지성도 막례도 멈칫했지만 금세 마주 보고 미소를 지었다.

"다녀 오리다."

멀어지는 지성을 흘깃 보면서 막례는 콧노래를 흥얼거렸다. 어깨를 덩실거리며 빨간 대야 안에 적당히 간격을 벌려 모종을 심었다. 봄바람이 제법 시원했다.

탁구장 안에는 형형색색의 운동복을 갖춘 사람들이 랠리를 이어 갔다. 입구 첫 테이블 앞에 선 관철은 새로운 신입에게 스쿼트 자세부터 가르치고 있었다. 테이블을 닦던 택근이 지성이 들어서는 것을 보고는 기계가 있는 그물 안 테이블이 비었다며 손짓을 했다.

지성은 여전히 기계와만 탁구를 쳤다. 공이 오는 방향, 높이와 각도, 비거리까지 설정해서 예측 가능한 공을 받아쳤다. 물론 지성도 알고 있었다. 인생은 변화구를 주고받는, 불가능한 상호작용을 해 나가는 일이라는 것을. 하지만 안다고 해서 다 행동할 수 있는 건 아니었다. 알고 있으니 언젠가는 그렇게 할 수 있을 거라고, 지성은 생각했다. 언젠가는.

탁구공이 발랄하게 날아오른다.

핑, 퐁!

작가의 말

 아무도 몰랐겠지만 나는 첫 단편집을 낸 직후부터 내내 '인정빌라 세계관' 안에서 소설을 쓰고 발표했다. 인정빌라는 사당동에 위치한 다세대주택이고 내가 자라온 환경과 비슷한 공간이다. 때문에 필연적으로 이번 책 안에는 내가 5퍼센트 정도 담겨 있는데 나는 그 5퍼센트 정도의 사실과 경험을 바탕으로 소설을 확장시켜 나갔다. 그래서 인정빌라 각 호에 사는 인물들은 나인 동시에, 나의 가족이고, 이웃이면서, 타자이기도 했다. 시작과 끝이 맞닿아 있고, 세계의 질서를 관장하는 중심이 해체되고,

모두가 저마다의 색을 발산하며 비슷한 무게 추를 지니고 사는 모습을 그리고 싶었고 대체되고 지연되면서도 하염없이 연결되는 사람 사이의 상호작용을 좀 더 생생하게 담아내고 싶었다. 수년 동안 그들과 함께 어깨를 걸고 지냈는데 한 권의 책으로 묶고 나니 이제 어깨가 가벼워진 것 같기도 하다.

돌아가신 김윤식 선생님께서는 내가 단편을 발표할 때마다 내 글에 대한 월평을 작성해 주셨다. 한 번도 얼굴을 마주하고 이야기를 나눈 적 없는 선생님의 문장은 메시아의 전언처럼 느껴지기도 했다. 그 귀한 문장들을 밑거름 삼아 글 쓰는 마음을 지금까지 이어 올 수 있었다. 나를 신진작가라 불러 주셨던 시절을 평생 가슴에 담고 살 것이다.

원고를 매만지느라 여름부터 자주 밤을 샜다. 한밤 고요한 시간에만 집중이 잘 되니 나는 늘 밤에 깨어 살았다. 그 밤을 한결같이 함께 해 준 나의 단짝 고양이 바라에게 고마움을 전하고 싶다. 이제는 시력을 잃고 기력이 쇠잔해진 상태지만 매일 밤 바라는 내 시선이 닿는 가장 가까운 곳에 자리해 밤을 지켜 주었다. 그래서 어둠이 두

렵지 않았고 세상 속에서 겪었던 불안과 불행이 나를 흔들지 않았다.

이 책이 나오기까지 8년 가까이 소요되었다. 발표할 당시와 상황이 바뀐 것과 법과 제도를 다시 파악해야 하는 일들이 있었는데 그럴 때마다 자문을 해 주신 많은 분들이 계신다. 이 지면을 빌어 감사의 인사를 전한다. 더불어 기꺼이 내 모든 글의 첫 독자가 되어 준 편육 스님과 원고를 처음 전달받고 검토해 준 박혜진 부장님과 편집을 맡아 준 정기현 과장님께 감사를 전하고 싶다. 과분한 추천사를 써 준 진달래 기자님께도 깊이 감사드린다. 바쁘신 와중에도 이 책의 해설을 흔쾌히 수락해 주신 정홍수 선생님께는 깊은 존경과 감사를 드린다.

마지막으로 많은 기억을 소실한 가운데서도 내가 소설가라는 사실만은 붙들고 계신 나의 아버지 동성 씨에게 이 책을 바친다.

2025년 겨울
김봄

작품 해설

단절의 세상, 열림과 이어짐의 꿈

정홍수(문학평론가)

1

김봄의 소설집 『인정빌라』는 서울 사당동의 다세대 주택 인정빌라에 사는 사람들의 이야기다. 아홉 편의 단편은 독립적이고 완결되어 있지만, 인정빌라라는 공간은 개별 작품을 묶어 내는 공통의 배경이 되고 있다. 작품에서 인물들이 맞닥뜨리고 있는 삶의 문제는 제각각이며, 우리는 다양한 인물들이 들려주는 이야기들을 만난다. 동시에 소설집 속의 인물들은 공통의 주거 공간이 형성하는 생활의 세목과 공기 안에서 때로는 얼굴을 마주하고 때로는 스치듯 살아간다. 노인 고독사를 다룬 작품(「끝말잇기」)처럼 인정빌라라는 공간이 이야기의 구심점으로 강하게 작동하는 경우도 있고, 「아는 사람의 장례식」에서 세입자 박하가 인정빌라의 주인집에서 함께 하는 뜻밖의 저녁 밥상처럼 인물들간의 교감이 깊어지는 순간도 있다. 그러나 인정빌라는 특별한 인정과 온기를 떠올리게 만드는 자그마한 '서민 공동체'의 기표가 아니다. 인정빌라 역시 일정한 단절과 무관심이 불가피한 우리 시대의 일반적인 삶의 풍경에서 예외 지대일 수 없다. 인정빌라는 주소지의 같은 지번을 가리키는 기호에 그칠 수도 있다.

그렇긴 하나 일곱 가구가 모여 사는 인정빌라와 그 서민 동네의 분위기가 인물들의 이야기에 스며들며 만들어 내는 배경적 맥락은 분명 존재한다. 다만 그걸 명료하게 설명하기 쉽지 않다는 데 『인정빌라』의 이야기들이 갖는 독특함이 있는 것 같다. 인정빌라는 사회계층적 함의를 품고 있지만, 개별 인물의 이야기들은 사회적 축약도 속에 갇혀 있기보다는 각자의 구심력과 원심력 안에서 움직인다. 김봄 소설은 가급적 인물들을 조망하는 해석적 기준점을 설정하려 하지 않는다. 소설의 사회학적 환원은 김봄 소설이 사뭇 경계하는 일인 듯하다. 인정빌라라는 배경은 소설집의 이야기들에 느슨하게 섞여 드는 방식으로 인물들의 이야기에 관여한다. 인정빌라는 각각의 이야기들에 규정적이지 않은 채, 이야기들을 기웃거리고 멀리서 지켜보는 느낌이다. 그 느슨한 연관은 우리네 삶의 연결·단절에 대한 작가의 질문을 포함하고 있는 것일까.

소설집 구성과 관련하여 또 하나의 흥미로운 지점은 소설가 유소영이라는 인물이 등장하는 두 작품의 존재다.「우리에게는 적당한 말이 없어」와「핑퐁」. 전자는 소설가 소영이 해외 작가 레지던시 프로그램에서 있었던 일을 일인칭으로 들려주는 이야기로 표면적으로는 인정빌라와 무관한 듯하지만「핑퐁」을 보면 소영이 인정빌라의 주인인 막례, 지성 부부의 딸인 게 드러난다. 소영은 얼마 전부터 인정빌라 근처에 원룸을 얻어 독립해서 살고 있다. 그녀는 소설 쓰기를 접고 다른 길을 모색하려 하고 있고, 노부부는 착잡한 시선으로 딸을 지켜보고 있다. 소영이 폐지 리어카에 실어 버리려는 책 묶음 가운데는 그녀의 단편집도 있다. 아버지인 지성은 그 책에 실린 딸의 작품을 "너무 야하고 어두운 데다 지나치게 폭력적이었다"(365쪽)고 기억한다. 「우리에게는 적당한 말이 없어」에서 소영의 작품은 인도 남부의 한 대학에서 낭독을 제안받지만, 그곳 화이트 인디언들의 보수적인 도덕관념에 어긋나는 소설 속 표현 때문에 낭독회는 취소된다. "소녀가 엄마의 남자친구와 데이트를 하는 것까지는 괜찮은데, 결정적으로 삼촌이라고 호명하는 것 때문에 안 된다고 했어. 너무 근친상간이잖아."(346쪽) 김봄의 첫 소설집 『아오리를 먹는 오후』(민음사, 2016)의 표제작 「아오리를 먹는 오후」가 소환되는 대목이다. 이 작품에서 한 여중생은 '삼촌'이라고 부르는 엄마의 남자친구에게 성폭력을 당하다 죽음에 이른다.(작가는 죽은 소녀에게 화자의 자리를 주어 그녀의 시선과 목소리로 이야기를 이끌어 간다.) 이런 삽화들은 소영이라는 인물에게서 작가의 자기 언급을 읽을 수 있는 여지를 남긴다.

　물론 소영은 작가 김봄과 등치될 수 없으며, 소설가들이 자신의 소설 속에 종종 등장시키는 위장한 분신쯤

될 것이다. 소영은 「우리에게는 적당한 말이 없어」에서는 공감과 소통의 언어에 대한 회의를 전하는 예민한 소설가-화자로 등장하지만, 「평풍」에서는 부모에게 걱정을 끼치는 딸일 뿐이다. 「평풍」에서 전업작가의 길을 내려놓고 새로운 일을 찾으려는 소영의 이야기는 주로 초점화자인 아버지의 눈으로 포착되어 있다. 두 작품에서 소설가 소영의 존재에는 흔히 '작가'의 자리에 따라붙는 신비화나 특권적 시선의 향유가 없다. 소영은 희미하게 김봄이라는 작가와 연결되면서 인정빌라와 접속하는 이야기의 한 모퉁이를 차지한다.

「평풍」에는 소영과 관련된 인상적인 삽화가 나온다. 기온이 영하로 떨어진 날 소영은 원룸 1층 편의점 파라솔에서 슬리퍼 차림으로 맥주를 마시고 있고, 이 모습을 아버지 지성이 몰래 지켜보고 있다. "소영은 드문드문 오가는 사람들과 차들, 꼬리를 바짝 세우고 걷는 고양이들에 시선을 던졌다 거뒀다. 눈앞의 풍경이 시시각각 변주되는 것에 넋을 놓고 있기도 했고 그러다가도 휴대전화를 들여다보며 낄낄대기도 했다. 왠지 온전해 보이지 않았다."(360~361쪽) 얼마 후 소영은 원룸 1층 편의점에서 하루에 다섯 시간씩 아르바이트를 하기로 했다고 부모에게 알린다. "사람들이 자꾸 돈을 던지고 반말을 하는 게 너무나도 불쾌하다면서도 세상에 그렇게 많은 인격 유형들이 있다는 데 놀라고 있다고 말했다. 한편으로는 그런 인격들을 만나는 게 흥미롭다면서."(382쪽) 소영은 작가의 삶을 접기로 하지만, 나름의 방식으로 세상 속으로 가고, 세상의 사람들을 향한다. 소설가 소영의 글쓰기는 중단되어도 사람들의 이야기는 계속된다. 그러고 보면 작가는 이야기의 특권적인 구심점이 아니다. 이야기는 세상 속에서, 사람들 사이에서 생겨난다. 이야기는 세상에 대한 반응이다. '시시각각 변주되는' 세상의 풍경이 있고, 거기에 반응하는 소영이 있다. 여기가 또 다른 출발점일 수는 없을까.

게다가 「평풍」 속 지성의 생각처럼 세상은 종종 우리가 건넨 것과는 전혀 다른 것들을 돌려주기 일쑤다. "물론 지성도 알고 있었다. 인생은 변화구를 주고받는, 불가능한 상호작용을 해 나가는 일이라는 것을."(385쪽) 여기서 '불가능한 상호작용'은 김봄 소설이 하려는 어떤 과업을 암시하는 것 같다. 예측 불가능한 세상 앞에 김봄 소설은 서 있다. 맨발로 파라솔에 앉아 거리의 사람들을 바라보는 소영의 자세는 가볍다. 그녀는 더 이상 작가라는 이름에 집착하지 않으며, 작가의 특권적 눈으로 세계를 해석하려고도 하지 않는다. 소영의 자세는 화자보다 청자에 가깝다. 저 거리의 사람들이 들려주는 이야기에 귀를 기울이는.

사실 김봄의 첫 소설집 『아오리를 먹는 오후』에 나오는 미성년 십대 화자들의 잔혹하지만 밀도 높은 이야기가 바로 그렇게 해서 탄생했던 것일 테다. 자신의 이야기를 풀어놓을 수 없는 존재들에게 화자 혹은 서술자의 지위를 넘겨주는 일. 그때 작가는 이야기의 창조자에서 이야기의 전달자로 얼마간 물러나 있다. 그러나 첫 소설집에는 비정하고 정교한 문체 너머로 그 이야기를 해석하고 통제하는 작가의 시선 또한 완강하게 남아 있었다. 두 번째 소설집 『인정빌라』에서 작가는 좀 더 활달하고 자유롭게 인물들에게 화자의 지위를 넘겨주고 있는 것 같다. 물론 여기에도 작가의 정밀한 통어는 작용하고 있겠지만, 전체적인 소설의 어조는 훨씬 개방적이다. 그 개방성은 소설 속 소설가 소영의 자세와 결단에 얼마간 암시

되어 있는지도 모르겠다.

2

 앞서 말한 것처럼 소설집의 작품들은 등장인물의 캐릭터만큼 다양한 이야기의 방향과 결을 갖고 있다. 그럼에도 전체적으로 이야기를 감싸는 공통의 어조, 분위기가 없는 것은 아니다. 부분적으로는 인정빌라라는 공간이 품어 내고 있는 효과일 수 있겠지만, 세상의 이야기들을 향한 작가의 시선 때문일 수도 있다. 인물들이 부딪치는 문제와 갈등은 하나같이 만만치 않다. 그러나 이야기는 과도한 절망이나 체념 쪽으로 흐르지 않는다. 전체적으로 삶의 지속에 대한 묵묵한 응시가 있고, 인물들은 그들이 멈춘 자리가 최종 지점이 아니라는 것을 안다.

 반려동물이 이야기의 중심에 등장하는 두 작품, 「짝」과 「개와 당신의 이야기」는 일견 사뭇 다른 방향에서 이야기를 맺는 것 같다. 「짝」은 301호에 사는 수영, 찬호 부부의 이야기인데 아내인 수영이 일인칭 화자로 이야기를 들려준다. 쥐과 동물을 싫어하는 수영이 아이들의 성화로 햄스터를 키우게 되면서 일어나는 소동극 뒤에는 훈훈한 결말이 기다리고 있다. 결혼과 출산 이후 경력이 단절되면서 지금은 청과 코너에서 파트타임으로 일하며 힘겹게 살림을 꾸려가는 수영에게 가족이라는 '짝'은 사랑 이상으로 그만큼의 책임이 요구되는 엄중한 관계다. 태아수종 진단을 받은 후 주변의 임신 중단 권유를 뿌리치고 어렵사리 둘째 보리를 출산한 수영이 "그 일을 겪고 나서 남편과 나는 절대 닥치지 않은 미래에 대한 속단도, 부정적인 언사도 하지 않기로 약속했다."(29쪽)고 알려주는 대목에서 우리는 그 책임에 대한 생각이 얼마나 아픈 시간을 거쳐 형성되었는지 짐작하게 된다. 그리고 수영이 스스로에 대해 들려주는 이야기의 힘은 "그런 경험들은 사람을 절대 단단하게 만들지 않는다."(29쪽)는 진술에서 역설적으로 증폭된다. 우리는 햄스터에 대한 수영의 거부감에 훨씬 복합적이고 단단한 심리적 배경이 있음을 이해하게 된다. 그런 가운데 햄스터가 사고로 다리를 다치고 멀리 연신내의 소형 동물 전문병원으로 가서 엑스레이를 찍고 깁스를 하는 이야기가 흥미롭게 펼쳐진다. 아이들의 애정과 지혜는 햄스터에게 젖병으로 약을 먹이는 절묘한 방법까지 찾아낸다.「짝」은 자그마한 반려동물이 수영의 가족으로 정착하는 과정을 생명윤리에 대한 특별한 언급 없이 자연스럽게 보여 준다. 수영에게도 찾아온 작은 변화는 그녀가 이 이야기의 '적극적인' 화자라는 사실에 충분히 암시되어 있다. 이들 가족의 삶은 경제적으로 넉넉지 못하고, 수영의 근심도 가볍지 않지만 햄스터가 또 하나의 구성원으로 합류한 가족의 이야기는 별다른 희망의 설계 없이도 삶의 지속에 대한 믿음을 담담하게 열어 보인다. 어쩌면 절망과 비정의 이야기가 만연한 세상에서 예외적으로 보일 정도인데, 김봄의 소설이 들려주는 이야기는 그 같은 의심과 회의야말로 세상의 삶을 있는 그대로 보지 못하는 편견과 도식의 소산일 가능성이 크다고 말해 주는 것 같다. 연화와 보리, 두 아이가 커 가면서 수영네 가족은 방이 하나 더 필요해졌고, 대출을 받아 이사를 준비하고 있다. 인정빌라 301호에는 또 다른 세입자가 들어오게 될 텐데, 우리는 경미라는 인물이 살아가는 또 다른 이야기를「대문 없는 집」에서 만나게 될 것이다.

알도라는 이름의 대형견이 반려동물로 나오는「개와

당신의 이야기」에서 사고를 일으킨 개는 최종적으로 안락사에 처해지기도 하지만, 그 개의 이야기에는 이율배반적이고 모순적인 우리네 삶의 착잡한 모습이 해결 난망의 형태로 뒤얽혀 있다. 인정빌라 101호에 사는 실패한 시나리오 작가 범준이 일인칭 화자다. 여자친구 미리는 자신의 반려견과 함께 범준의 집에서 잠시 동거 중이다. 영화판 일이 끊어진 범준은 동생 경준의 소개로 비윤리적인 대사를 만들어 AI를 학습시키는 아르바이트를 한다. 동생 경준과는 뇌졸중으로 쓰러진 아버지의 간병을 둘러싸고 갈등이 첨예한 상태다. 범준이 써 내야 하는 비윤리적인 문장에는 욕이 금칙어로 되어 있는데, AI가 집중적으로 학습해야 할 그 상황은 혐오와 적대가 단지 언어의 개선과 분식으로 해결되기 힘들다는 점을 아이러니하게 보여 준다. 형제는 아버지 간병의 부담을 '공평하게' 나누겠다는 생각 때문에 매번 충돌하고 험하게 싸운다. '공평함'이라는 말에 집착할수록 상황은 더욱 악화된다. 대형 반려견과 함께 지내면서 부담해야 하는 정신적 육체적 노동의 배분을 둘러싸고 범준과 미리 사이에도 작은 균열이 생겨난다. "누가 하네스를 할 것인가. 나는 미리의 몸통에 하네스를 씌우는 상상을 했다. 공평하게 한 번씩 주고받았으니 미리와 나는 비긴 셈이었다. 공평해지기 위해 우리는 점점 더 나빠지고 있는지도 몰랐다."(141~142쪽)

눈에 보이는 해결책은 '말'을 개선하는 것처럼 보인다. 조롱의 의미로 전락한 '천만 작가'라는 범준의 아이디, 대형견의 이름을 둘러싼 범준과 미리의 신경전 등, 김봄의 소설은 '말'에 얽힌 이야기의 디테일을 정교하게 구축하면서 '말'로 감당하기 힘든 현실의 실제적 파열을 향해 나아간다. '죽고 싶다고, 죽여 달라고' 말하는 병상의 아버지를 대면할 때 범준 형제의 갈등과 무력감은 최고조에 달한다. 견주들의 모임이 있던 날에는 공원 이용을 둘러싸고 어린 학생들과 충돌이 일어난다. 미리를 향해 한 학생이 거친 말과 함께 위협적으로 주먹을 흔들게 되고, 미리의 부주의로 입마개가 풀려 있던 알도가 아이를 향해 달려들며 난장판이 벌어진다. 범준은 마침내 '개새끼'라는 참았던 욕을 토해 낸다. 알도에게 공격당한 아이는 정신과 치료까지 받아야 하는 상황이 되고, 알도는 안락사를 권유받는다. 범준과 미리는 나름대로 보상과 합의에 최선을 다하지만, "그 사건에 관련된 누구도 공평하다고 생각하지 않"(177쪽)는다. 범준과 미리 사이에도 '공평함'을 둘러싼 불만은 해소되지 않고, 미리는 짐을 챙겨 인정빌라를 떠난다.

젖병을 문 햄스터의 애틋한 가족 합류 이야기 「짝」을 기억하는 독자에게 김봄은 일견 균열과 파열로 점철된 파국의 서사를 건네고 있는 것처럼 보인다. 물론 그 파국은 정교하게 구축된 것으로, 반려견의 '안락사'가 범준의 마음에 미칠 또 다른 파장까지 곱씹게 만든다. 이 이야기에서 '윤리의 말'은 비윤리적 현실을 감당하지 못하고 자꾸만 미끄러진다. 어쩌면 김봄 소설은 범준의 이야기를 통해 윤리/비윤리의 경계 너머에서 위태롭게 출렁거리는 우리네 삶을 가급적 있는 그대로 드러내 보여 주고 싶었는지도 모른다. 그렇다면 이야기를 이렇게 끝맺는 것도 한 가지 방법이 될 수 있을 것이다. 답답하고 막막한 대로.

그러나 범준의 이야기는 파국의 무게를 더는 방식으로 조금 더 나아간다. 소설은 범준과 미리의 후일담을 들려주는데, 「짝」에서 만난 '지속의 시선'이 여기에 있다.

떠나간 미리가 보내온 사진에는 개털을 빗기는 모습이 담겨 있다. 사진 속에서 미리는 웃고 있다. 또 다른 개를 입양했는지는 분명치 않다. 두 사람의 관계는 끝난 것일까. 그것도 분명치 않다. 비윤리적인 문장을 쓰는 범준의 아르바이트는 계속된다. "불행한 일 가운데 다행히도 나의 세 번째 비윤리적 문장들은 통과되었다."(178쪽) 소설의 처음, "좀 더 확실하게 비윤리적인 문장"(139쪽)을 요구하는 담당자의 메일을 받았던 범준에게 얼마간 내공이 생겼다는 것일까. 알도의 안락사, 여자친구의 떠남 등 저간의 이야기는 범준을 주저앉히지 못한 것 같다. 무엇보다 "차곡차곡 시간이 지나고"(178쪽) 요양보호사와 교대해서 아버지를 간병하는 날이 온다. '차곡차곡'을 챙기는 감각 안에 '인정빌라'의 이야기들을 관통하는 '지속의 시선'이 있다. 아버지는 여전히 '죽고 싶다'는 말을 되뇌지만, 범준에게는 이제 아버지에게 들려줄 자신의 이야기가 있는 듯하다. 그렇게 소설이 끝나는 지점에서 삶의 이야기가 시작된다. 뾰족한 출구가 있는 것은 아니지만, 범준의 시간은 열려 있다. 「짝」의 이야기만큼 여기에도 삶의 지속을 지켜보는 개방성이 있다.

「새들도 멀미를 한다」의 이야기도 있다. 101호 병철과 석희 부부는 임시직 건설 현장과 재해를 입은 두부공장에서 각자의 방식으로 싸우고 견딘다. 병철은 아내가 공장의 컨베이어벨트에 누워 억울함을 호소할 때마다 달려가야 하고, 그만큼 자신의 일자리를 지키기는 힘들어진다. 혼자서 어떻게든 대학 입학금을 마련해 보려는 딸 아영은 부모 몰래 아르바이트를 하다가 손님의 모욕을 참지 않고 맞서 싸운다. 석희가 딸의 입학금을 위해 힘겹게 추가로 받아온 합의금은 그렇게 사라진다. 이들 가족의 삶에는 나아질 셈법이 잘 보이지 않는다. 아영은 묻는다. "우리는 왜 이렇게 가난해?"(253쪽) 흔한 파국의 서사로 닫힐 듯한 지점에서 소설은 석희가 장애인의 재활을 돕는 사회적 기업에 취업한 사실을 알려 준다. 아영도 새로운 아르바이트 자리를 얻는다. 병철 역시 불안한 대로 직장에 복귀한다. 현실의 막막함과 강퍅함은 그대로지만 소설은 열린 시간 속에서 이들 가족의 이야기를 전한다. 병철이 공사 현장에서 바라보는 하늘에는 잠시 방향을 잃은 것처럼 보이는 새들이 어딘가로 날아간다. 소설이 전하는 이상한 온기는 전적으로 이들 가족이 그들의 시간 안에서 찾아낸 것이다. 『인정빌라』의 이야기들은 닫힐 듯한 곳에서 열린다. 이 개방성이 『인정빌라』의 이야기들을 내적으로 결속시킨다.

3

'열림'과 '개방성'을 범준이 좋아하는 '원심력'의 이야기와 연결시켜 볼 수도 있겠다. 범준은 "어떤 이야기들은 아주 강력한 원심력을 가지고 있어서 주변의 모든 이야기들을 끌어당겨 버린다. 나는 그런 이야기들을 만들고 싶었다"(142~143쪽)고 말한다. 원심력은 바깥으로 뻗어나가는 힘을 의미하는 것일 테다. 그 힘으로 멀리 떨어진 주변의 것들과 연결되고자 하는 바람이 여기에는 있다. 범준은 자신이 겪은 실패의 시간 안에 웅크리고 있지 않고 어쨌든 그 이야기를 살아가야 하는 시간을 향해 열어 둔다. 그리고 그만큼은 그가 원했던 원심력의 지향 안에 있다. 원심력은 타자를 향하고 시간은 타자의 얼굴들 중 하나다.

그러나 바깥으로, 그리고 타자를 향해 열려 있기는

쉽지 않다. 우리는 폐쇄와 단절의 서사에 익숙하고 얼마간 그럴 수밖에 없는 세상을 살아간다. 인정빌라의 사람들도 마찬가지다. 302호 노인 진국의 고독사는 인정빌라에 퍼진 냄새를 통해 뒤늦게 확인된다.(「끝말잇기」) 그 냄새조차도 누군가에게는 별다른 관심사가 되지 못한다. 일곱 가구가 모여 살고 있지만 닫힌 현관문 너머로는 각자의 삶이 있을 뿐이다. 202호 주민 지연은 한 번도 진국을 본 적이 없다고 말하는데 그럴 수 있을 것이다. 「끝말잇기」는 그 와중에 201호의 가족이 감쪽같이 사라져 버린 또 다른 이야기를 들려준다. 고독사나 한 가족의 사라짐이나 언제든 일어날 수 있는 일이며 인정빌라의 이웃들 역시 이런 사태에 무력하기는 마찬가지다.

다만 주인 막례를 비롯해 말숙, 금란과 같은 동네의 세 할머니들에게는 인정빌라 앞 작은 화단이라는 이야기의 공연장이 있다. 진국의 이야기도 201호 가족의 이야기도 여기서 전달되고 새로운 이야기로 만들어진다. 주민들의 반응 역시 이들의 입을 타고 재가공되어 전해진다. 인정빌라 건물 외벽을 타고 자라나는 방울토마토의 원심력은 그 이야기의 은유처럼 보인다. 김봄의 소설은 진국의 마지막 순간, 처절한 쌕쌕거림을 들었을 수도 있는 유일한 존재를 상상한다. "지연이 사는 202호 에어컨 배관을 감고 뻗어나가 기어이 302호 화장실 창문까지 다다랐던 방울토마토가 그것을 보았을까, 들었을까."(70쪽) '끝말잇기'처럼 확장되는 이야기의 생태에는 공동체와 삶과 관련된 '이야기'의 오랜 원형적 뿌리가 있다. 인정빌라라는 공간이 얼마간 세상의 속도와 다른 삶의 풍경을 담고 있다면, 이 지체에는 거꾸로 '이야기'의 힘을 복원할 가능성이 숨어 있는지도 모른다. 그러나 김봄 소설은 그런 가능성을 감상적으로 소망화하지 않는다.

「끝말잇기」는 동거남과 결별 수순을 밟고 있는 202호 지연의 이야기이기도 하다. 지연은 자신과 '필'의 이야기가 방울토마토의 '끝말잇기'로 저작(咀嚼)되는 것을 원치 않는다. '고양이털이 나오는 밥'과 관련된 두 사람의 갈등은 사소하다면 사소하지만, 그것은 "둘의 관계 전체를 상징하는 것"(87쪽)으로 인정빌라를 떠나는 또 다른 한 사람의 이야기에서 결정적인 지점이 된다. 그것은 '방울토마토'의 방식으로는 나눌 수 없는 또 다른 단절의 이야기를 포함한다.「끝말잇기」는 단절의 현실을 부각하는 데 그치지 않고, 그 단절을 마주하고 있는 우리 시대 '이야기/소설의 능력'을 생각해 보는 자리까지 우리를 데려간다. 공동체의 온기가 사라진 시대에 소설은 '나눌 수 없는 단절'을 내면화하면서 전통적인 '이야기'의 자리와 결별할 수밖에 없었다. 그러나 이야기와 소설의 단절은 반드시 불가피한 것인가. 단절 이후에도 잔존하는 삶의 형식이 있다면 우리 시대의 서사는 그 잔존을 포함하면서 세상과 만날 수는 없을까. 어쩌면 김봄 소설은 '인정빌라'라는 공간에서 어정쩡한 채로 남아 있는 잔존의 형식들과 만나면서 그 이어짐을 생각해 보고 있는지도 모르겠다.

인정빌라의 주민들은 작은 주거단지를 공유하는 이웃으로 얼마간 서로 아는 사람들이기도 하지만, 동시에 서로를 모르는 채로 살아간다. 이 같은 관계의 양상에는 우리 시대의 실존에 대해 깊이 있는 질문을 가능케 하는 지점이 있으며, 김봄 소설은 이를 놓치지 않는다. 우리는 이어짐과 소통을 꿈꾸지만 단절과 고립의 조건은 다양한 각도에서 우리 삶에 스며든다. 인정빌라의 화단을 지키는 할머니들은 방울토마토의 은유를 거느린 '이야기꾼'의 재림처럼 보이지만, 발터 벤야민이 말한 '소설가'와 '독자'의 고독은 쉽게 달래지지 않는다. 막례가 나누는 방울토마토는 종종 불필요하고 성가신 침입처럼 느껴진다.

「아는 사람의 장례식」의 주인공 박하는 201호의 새 주민으로 혼자 사는 여성이다. 일 때문에 집을 비우는 일이 잦다. 한동안 연락이 되지 않자 막례는 걱정이 되어 문을 열고 빈집으로 들어가고, 그 순간 도착한 박하는 그런 행동을 받아들이기 힘들다. "지금, 남의 집에서 뭐 하시는 거예요?"(183쪽) 소설의 첫 문장은 상황을 압축한다. 막례는 안도감과 반가움에 세입자 박하를 얼싸안지만 박하는 막례의 두 팔을 밀어낸다. 막례의 행동에 내력이 있듯(우리는 진국과 사라진 201호 전 가족의 이야기를 알고 있다.), 박하의 닫힌 마음에도 그만한 내력이 있다. 박하의 어린 시절부터 계속된 부모의 불화는 어머니의 이른 치매를 거쳐 끔찍한 실화 사건으로 이어진다.(진국의 생전 이야기를 들려주는 또 다른 작품 「분홍 코끼리」에는 폐지 줍는 문제로 충돌하는 이웃 여인네들의 이야기가 나오고, 동네에서 일어난 화재 사건도 등장한다. 치매를 앓는 박하의 어머니는 강박적으로 폐지나 쓰레기를 집에 쌓아놓았고, 쓰레기 더미에 잘못 옮겨붙은 불은 집을 태운다. 작가는 별개의 이야기 속 다른 사건들에 희미한 연결의 감각을 부여하고 있는 것 같다.) 화재로 아버지는 죽고, 어머니는 지금 요양병원에 있다. 부모는 한집에서 내내 남처럼 살았다. 사고의 충격은 박하가 전화번호와 메일 계정을 모두 없애고 사람들 사이에서 사라진 적이 있었다는 사실에서 잘 드러난다. 박하에겐 또 다른 시련으로 남자친구의 죽음도 있다. 박하는 단절과 고립의 시기에 우연히 만난 대학 선배의 도움으로 일을 찾아 조금씩 세상으로 돌아오고 있는 중이다. 박하에게 언젠가 터져나올 수밖에 없는 막막한 슬픔의 덩어리가 잠복해 있다는 것은 충분히 짐작할 수 있는 일인데, 백팩 두 개에 담긴 박하의 가벼운 살림은 인정빌라 역시 위안의 정처가 되기 힘들다는 것을 알려 준다. 백팩을 베고 인정빌라의 텅 빈 공간에 몸을 누인 박하의 꿈속으로 한동안 잊고 있던 '불의 꿈'이 다시 찾아온다.

그런데 김봄 소설이 박하의 이야기에서 찾아낸 슬픔의 출구는 일반적인 고통의 서사에서 보기 힘든 작은 빛으로 우리를 이끈다. 대학 선배 경준이 보낸 단체 부고 메시지가 시작이다. 메시지를 보낸 경준도, 부고의 당사자로 세상을 떠난 대학 선배 호영도 사실 박하와는 먼 사람으로, 사적인 관계는 전혀 없다. 대학 동문이라는 큰 울타리가 전부라고 할 수 있다.(경준은 「개와 당신의 이야기」에서 범준의 동생으로 나온다. 102호 범준과 201호 박하는 이런 관계를 모르는 채 아래위층에서 한시적인 이웃으로 살아간다. 『인정빌라』의 전체 구도와 형식은 이런 식으로 개별 이야기에 드리워진다.) 뜻밖에도 박하는 직접 조문을 결정하고 '잘 모르는 사람'의 장례식에 간다. 그리고 참았던 울음을 터뜨린다. 조문길 차 안에서 떠올린 어린 시절 외할머니 집에서의 기억(그날 아버지 상현과의 갈등 중에 어머니 정숙이 들고 있던 과도의 떨림은 박하의 몸 전체에 전해졌다.), 혹은 남자친구 휘영의 이야기가 그녀의 억눌린 슬픔에 물꼬를 틔웠을 수도 있다. 아니면 논두렁에서 짧은 생을 마감한 영정 속 선배의 안타까운 사연을 상가에서 뒤늦게 접하면서 갑자기 울음이 터져 나왔을 수도 있다. 박하가 자식을 잃은 노모의 어깨에 기대 소리 내어 우는 장면에서 우리는 슬픔의 공명이 반드시 잘 아는 관계에서만 일어나지 않는다는 걸 이해한다.

  그럼에도 박하가 상가에서의 울음의 와중에 "선배, 저는요……, 저는 말이죠. 호영 선배를 몰라요."(218쪽)라고 말할 때 우리는 박하가 자기도 모르게 자신의 슬픔의 서사를 다시 쓰고 있다는 것을 놀라움 속에 확인한다. 그것은 슬픔의 방향을 자신의 안으로 가두는 것이 아니라, 모르는 사람을 향해 열어 두는 일이다. 그리고 이때 단절과 소통의 이야기는 우리를 짓눌러 온 오래된 세상의 도식 바깥에서 새롭게 시작된다. 어떤 위로는 모르는 사람에게서, 우리가 짐작하지 못하는 방향에서 온다. 그 방향은 때로 우연의 소산일 수도 있다. 어릴 적 외가에서의 아픈 기억을 정밀하게 더듬어 박하가 자신의 슬픔의 기원을 확정하려 할 때, 혹은 휘영의 아버지에 대한 기억을 '누에치기'에서 '담뱃잎 말리기'로 바로잡으려 할 때, 박하의 이야기는 가지런히 정돈될지언정 안으로 닫힌다. 그러나 우리의 기억은 때로 흐트러져 버릴 필요도 있다. 그 풀린 틈새에서 우리는 세상의 다른 얼굴들, 다른 이야기들을 만난다. 잘 모르는 선배의 상가에서 느닷없이 터져 나온 박하의 울음은 그녀를 자기 밖의 '모르는'

시간 속으로 데려간다.

문상길에서 돌아온 박하를 맞는 사람은 인정빌라의 화단 앞 의자에 앉은 막례다. 막례는 눈이 퉁퉁 부은 박하를 자신의 집 저녁 밥상으로 데려간다. 인정빌라에서는 누군가의 죽음이 한참 뒤에 발견되기도 하지만, 이런 밥상의 시간 역시 별스럽지 않게 일어난다. 그렇게 인정빌라의 주민들은 각자 잘 모르는 채로, 스치기도 하고 만나기도 한다. 박하는 숟가락 가득 밥을 퍼 올리며 말한다. "꼭 알던 사람 같아요, 할머니."(223쪽)

박하는 지금 누구를 향해 말하고 있는 것일까. 누구를 보고 있는 것일까. 아마도 이것은 김봄 소설이 인정빌라의 이야기들을 통해 전하는 가장 속 깊은 순간일 것이다. 인정빌라의 이야기들에서 인물들은 각자 모르는 사람들인 채로 자신들의 이야기에 충실하다. 그러나 여기에는 우연처럼 열리고 다가오는 이어짐의 시간이 있다. 단절의 감각이 자연화되는 세상에서 김봄 소설은 인정빌라의 방울토마토처럼 자라나고 뻗어나가는 이야기의 꿈을 잃지 않는다. 그 시선이 미덥고 뭉클하다.

추천의 글

진달래(한국일보 기자)

3년 전, 김봄 소설가의 단편 「개와 당신의 이야기」를 처음 읽었다. 끝이 없는 윤리적 질문을 던지는 행위로 인간의 존엄성에 접근하려 했던 작가의 시선이 콱 와닿았다. 그런데 이번 『인정빌라』에서 다시 만났을 때는 다른 소설처럼 읽혔다. 이전엔 뇌가 반응했다면, 이번엔 배가 반응했다고 해야 할까. 책을 덮고 난 뒤 배꼽에서 명치까지 뭉근한 것이 차올랐다. 은은했고 담담했다. 문득 생각했다. 이 뭉근함이 진짜 김봄의 힘이구나.

『인정빌라』에서 만날 인물들의 삶은 괜찮지 않다. 고단하다. 그래서 평범하다. 그러나 그 평범함은 밋밋함으로 치환되지 않는다. 김봄의 문장이 조각한 삶은 그럴 수가 없다. 빌라 주인인 '막례'가 직접 키워 건네는 방울토마토와 같아서다. 방울토마토는 인정빌라를 감싸 오르며 놀라운 생명력을 드러낸다. 그것은 기생이 아니다. 빌라, 그리고 그 안의 인물들을 붙드는 장력이다. 그곳을 '집'이라 부를 수 있게 하는 힘이다. 그 줄기를 타고 책장을 한 장씩 넘길 때마다 우리 몸속 한기는 조금씩 빠져나간다.

이 겨울에 이 소설집이 출간된 것이 참 다행이다. '집'의 온기가 그리운 이들에게 이 책을 건넬 수 있으니까. 우여곡절을 지나 지친 몸이라면 더욱 반갑다. 나는 그 뭉근한 것을 '사랑'이라고밖에 표현하지 못하겠지만, 당신은 그것을 무엇이라 부를지 궁금하다. 웰컴 투 『인정빌라』.

인정빌라

1판 1쇄 찍음	2025년 12월 5일
1판 1쇄 펴냄	2025년 12월 12일
지은이	김봄
발행인	박근섭, 박상준
펴낸곳	(주)민음사
출판등록	1966. 5. 19. (제16-490호)
주소	서울시 강남구 도산대로1길 62
	강남출판문화센터 5층(06027)
대표전화	02-515-2000
팩시밀리	02-515-2007
	www.minumsa.com

© 김봄, 2025. Printed in Seoul, Korea

ISBN 978-89-374-4867-6 03810

* 잘못 만들어진 책은 구입처에서 교환해 드립니다.